阅读之前 没有真相

午 夜 文 库

凯西·莱克斯

唐普兰希·布兰纳系列

凯西·莱克斯 Kathy Reichs（1950— ）

凯西·莱克斯出生于芝加哥，在西北大学获得博士学位。她不仅是全球驰名的畅销书女作家，还是全美刑事人类学协会十五名鉴定合格的法医之一，也是美国法医科学协会的成员，并担任刑事审判的常任专家。此外，她还在北卡罗来纳大学夏洛特分校担任社会人类学教授，活动足迹遍及美、加及全球疑难案件现场，工作时间平分在北卡罗来纳大学夏洛特分校和蒙特利尔。

凯西不是铁伊，没有将推理小说发展到“通俗”小说的极限，也不是米涅·沃特丝，在推理的过程中借由案情展现社会问题。对凯西而言，“女法医唐普兰希·布兰纳系列”是她的专业经验加上她对推理小说的兴趣，而细致铺陈的一套侦探小说作品。这个系列的作品之所以深深吸引人，正是来自于她用专业知识建构了另一种来自科学之神的启发，让已死之人通过“被解剖”而发出求救信息。在这个系列的作品中，身为人类学法医的唐普兰希·布兰纳出于对死者的尊重和对真相的渴求，超越了代表公权力的警察，一跃成为破案的主角。作者刻意凸显其在真实世界与小说世界中的重叠身份，使读者在阅读的过程中能同时体会到亲临解剖现场的震撼和解谜破案的乐趣。

作为美国当今最顶尖的两位法医侦探小说作家，评论界常将凯西·莱克斯和帕特丽夏·康薇尔相提并论。的确，这两位女作家不仅同为畅销排行榜的常客，描写的也同样以女法医为主角，但凯西的小说有些更重要的特质，她善于展现真实的场景，在作品中也不乏以她的专业巨细靡遗地描绘法医工作的细节，而这些我们都很难在康薇尔的小说中见到。

凯西·莱克斯的第一本小说《听，骨头在说话》不但荣登《纽约时报》畅销排行榜，更荣获一九九七年的“阿瑟·埃利斯”最佳处女作小说奖。而后续的《看，死亡的颜色》、《追，致命的抉择》、《逃，毁灭的航程》、《挖，墓穴的秘密》以及《猜，白骨的阴谋》等，本本均登上畅销排行榜，并成为国际级畅销书。美国二十世纪福克斯公司根据凯西的事迹及作品改编的电视剧《识骨寻踪》(*Bones*) 正在全美黄金时段热播。

凯西·莱克斯 作品年表

2009	206 Bones
2008	Devil Bones
2007	Bones to Ashes
2006	Break No Bones
2006	Bones TV series
2005	Cross Bones
2004	Monday Mourning
2003	Bare Bones
2002	Grave Secrets
2001	Fatal Voyage
2000	Deadly Decisions
1999	Death du Jour
1997	Déjà Dead

猜，白骨的阴谋

Bare Bones

（美）凯西·莱克斯 著
缪莹 译

新星出版社 NEW STAR PRESS

1

正当我把那个婴儿的骸骨装进袋子的时候，我恨不得杀掉的那个人正火烧屁股似的朝着北方逃向夏洛特。

那时我还不知道这件事。我从来没听过那个人的名字，更不知道他是这场恐怖游戏的主角。我为该如何向吉迪恩·班克斯开口而苦恼。我该怎么告诉他呢？他的孙女已经死了，而他最小的女儿正在逃亡。

整个早上，我的脑细胞们都在吵个不停。负责逻辑的部分说：你只是个刑事人类学家，通知家属不是你的责任。验尸官会将你的发现写成报告，重案组探员会负责传达消息。打个电话就行了。

掌管良心的部分却说：这些都很正确，但是现在情况不同，你认识吉迪恩·班克斯。

我把那一小撮骸骨塞进袋子、封好袋口、在塑料袋上写下编号，内心不禁涌起一股深沉的悲哀。几乎没有什么可检验的。如此短暂的生命。

关上证物柜时，我脑海里浮现出吉迪恩·班克斯的模样。一张满是皱纹的黄色脸庞，灰白的卷发，开口说话时如同有人在割强力布质胶带。

画面逐渐变大。

一个穿着法兰绒格子衬衫的矮个子男人正弯着腰，用拖把擦洗瓷砖地板。

这个上午，我的记忆细胞一直对我重复相同的一幕。虽然我试着让脑海里浮现其他的影像，但那个人的模样仍不断出现。

吉迪恩·班克斯是我在北卡罗来纳大学夏洛特分校的同事，一起共事了将近二十年。三年前，他退休了。为了感谢他把我的办公室和实验室打扫得那么干净，我每年都会寄生日贺卡给他，圣诞节还会送份小礼物。我认识的班克斯是个一丝不苟、很有礼貌而且信仰虔诚的人。他把自己都奉献给了子女。

他还把走廊擦得一尘不染。

就是这样。工作之外，我们的生活并无交集。

直到塔梅拉·班克斯把她刚出生的婴儿放进烧木头的火炉里，自己却失了踪。

我穿过走廊，走到我的办公室，打开笔记本电脑，把资料摊在桌上。我刚开始写报告，门口就出现了一个人影。

“家庭访问已经超出了你的工作范围。”

我按了“保存”键，然后抬头看去。梅克伦堡县的验尸官穿着一身绿色的手术服，右肩上的一点血迹像极了被染成暗红色的马萨诸塞州。

“我不在乎。”正如我不在乎把屁股上的脓包挤出来。

“我很乐于和他说说话。”

要是不在乎他沉迷于跑步的话，蒂姆·拉勒比其实还挺帅的。每天的马拉松训练让他变得身材干瘦，头发稀少，脸皮硬得像皮革。他凹陷的脸颊和眼眶都成了暗褐色，深不见底。他的眼里流露出关切之意。

“除了上帝和浸礼会教堂，家庭一直是他的生活重心。”我说，“这件事肯定对他打击很大。”

“或许没那么糟糕。”

我看了他一眼。我们一小时前就讨论过这件事。

“好吧。”他举起一只结实的手臂，“是很糟糕。班克斯先生一定会非常感激你个人的关心。谁开车带你去？”

“瘦子斯莱德尔。”

“你今天运气真好。”

“我本来想自己去，但他非要送我去。”

“你说的不是瘦子吧？”装模作样的惊讶。

“我想他是希望拿到某项终身成就奖。”

“我看他是想和你上床吧。”

我立刻抓起一支笔朝他扔过去，但被他一掌挡开了。

“给我小心点。”

拉勒比走了。我听到解剖室的房门咔嗒一声开了又合上。

我看看手表。三点四十二分。斯莱德尔二十分钟后才会到。我的脑细胞全都畏缩起来。我的大脑在瘦子身上达成了一致。

我关掉电脑，整个人靠在椅背上。我该怎么跟吉迪恩·班克斯说呢？

很抱歉，班克斯先生。看来你最小的女儿生下一个孩子，然后用一条毯子包了包，把他当做柴火烧了。

真不错，布兰纳。

哎哟！我的视觉细胞忽然传来新的影像。班克斯从一个破皮夹里抽出一张柯达彩色照片，上面有六张褐色的面孔。男孩们都剪了短发，女孩们都绑着马尾。六个人都笑得露出了牙齿。

影像缩小了。

那老人笑容满面地看着照片，坚持要让每个孩子都上大学。

都上了吗？

我不清楚。我脱掉实验室的外套，把衣服挂在门后的挂钩上。

我在北卡罗来纳大学夏洛特分校任教时，班克斯家即使有孩子上过这所学校，显然也对人类学毫无兴趣。我只遇到过一个。雷吉，在家中孩子的排行里处在中间。他曾上过我的人类进化史课。

大脑记忆细胞告诉我，当时雷吉瘦瘦高高，戴着一顶棒球帽，帽檐压得很低，盖住了他那对刀锋似的眉毛。他一直坐在教室最后一排。A 等的智力，C+ 的努力。

那是多久以前了？十五年前？还是十八年前？

那时，我和许多学生一起工作。那段日子里，我的研究主要集中在古代尸体上，还教授了几门本科的课程。生物考古学、骨骼学、灵长类生态学。

有天早上，一位从人类学系毕业的女孩出现在我的实验室里。她是夏洛特-梅克伦堡警局的重案组探员，手里拿着一包从浅坟里挖出的白骨。她问她从前的教授是否能够判断那是不是某个失踪孩子的骸骨。

我可以。那些就是。

那是我第一次从事验尸工作。现在我只教刑事人类学的研讨班，并来回奔波于夏洛特和蒙特利尔两地，担任刑事审判的刑事人类学家。

我做专职教授的时候，地理上的距离成为难题，结果课程安排变得很复杂。现在，我只保证那个研讨班的课程。其他时候，哪里有需要，我就去哪里。几个星期在北方，几个星期在南方。如果案情需要或是法院要我出庭作证，就会更久一点。

北卡罗来纳和魁北克？这事说来话长。

学校的同事说我的工作是“学以致用”。我运用骨骼学的专业知识，从尸体和骸骨上找出有用的细节。哪怕只有几根骨头，我也有办法找到蛛丝马迹，而这种情况下实在无法进行常规解剖。不管是全尸、腐尸、干尸、焦尸或残尸，我都得设法给他们一个名字，否则他们就会被送进无名的坟墓。在某些案子里，我还得判断死者的死因和死亡时间。

塔梅拉的婴儿案中，只有一杯烧焦的骨头。一个新生儿被当成木块扔进了火炉里。

班克斯先生，我对此感到很难过，但我不得不告诉你……

我的手机响了。

“嘿，博士。我的车停在前面。”是斯莱德尔。夏洛特-梅克伦堡警局重案组里有二十四个探员，其中我最不喜欢的人大概就是他了。

“我马上到。”

警方突然接获线报，发现这起骇人听闻的焚尸案的时候，我已在夏洛特待了几个星期。他们把那些烧焦的骨头送到我这里，斯莱德尔和他的搭档认为这是一起凶杀案。他们在现场搜集证据，找寻目击者，做笔录。一切线索都指向塔梅拉·班克斯。

我背起皮包和笔记本电脑，走出办公室。途中，我把头探进解剖室。拉勒比从他那死于枪杀的受害者身上抬起头来，用戴着手套的手指朝我比画着，让我要小心斯莱德尔。

我的回答是一个大大的白眼。

梅克伦堡县医事检察所占据了一幢毫无特色的砖头鞋盒子的一端。这地方叫做西尔斯花园中心。鞋盒子的另一端则是夏洛特－梅克伦堡警察局。这座建筑物不但缺乏美感，而且四周的柏油还多得可以铺满整个罗德岛。唯一的建筑之美就是墙角的那点弧度。

走出双层玻璃门时，我的鼻子立刻淹没在一股混杂了废气、烟雾和柏油的气味里。阵阵热浪不但穿透墙面射出来，还从连着停车场的砖头台阶上蒸发出来。

炎热的镇子。城市的夏天。

有个黑人妇女坐在大学街对面的一块空地上，背靠着一棵美国梧桐树，两条象腿在草地上伸直了。她正用报纸扇着风，有模有样地跟某个不存在的人争执什么问题。

人行道上有个穿着黄蜂队紧身运动服的男人，推着一辆手推车往市政大楼方向走去。他刚走过那个黑人妇女身边就停了下来，抬起手臂擦拭额头的汗水，检查了一下手推车里一袋袋的物品。

那个男人发现我在看他，便向我挥手。我也向他挥了挥手。

斯莱德尔的那辆福特金牛座停在台阶下面。车子没有熄火，幽暗的车窗全都摇了上去，车内的空调呼呼送着冷风。我走下台阶，打开后车门，收拾好座位上的几个档案夹、一双塞满录音带的高尔夫球鞋、两个汉堡王纸袋和一瓶防晒霜，再把我的电脑塞进刚清出来的一点空间里。

厄斯金·斯莱德尔绰号叫瘦子。他毫不怀疑地自认为是“老派人士”，但只有上帝才知道哪个团体会认可他。他戴着一副仿冒的雷朋眼镜，呼吸中都是骆驼香烟的烟味，嘴边经常挂着脏话。斯莱德尔在模仿好莱坞电影里的警察，可模仿得滑稽可笑而不自知。别人告诉我他在工作上很棒，但我却很难相信。

我走近车子时，我们的辣手神探[1]正在后视镜里检查他的下排牙齿，两片嘴唇朝外翻，活脱脱一副猴子受到惊吓的怪相。

听到我打开车门，斯莱德尔跳了起来，立刻把手伸向后视镜，做出调整的模样。我钻进车内后，他还在调后视镜，就像是天文学家在调哈勃太空望远镜那般仔细认真。

“博士。”斯莱德尔的雷朋眼镜直盯着后视镜。

“侦探。”我点点头，把皮包放在脚边，关上车门。

斯莱德尔终于满意了后视镜的角度，挂上挡，驶离停车场，穿过大学街往费法路飞驰而去。

一路上我们没有交谈。车内的温度虽然比外头低三十华氏度，却充斥着一股浓重又混杂的味道。陈腐的汉堡和薯条味。汗味。防晒霜味。斯莱德尔搁他大屁股用的竹垫子散发出的味道。

还有瘦子本人。这个人不管是闻起来还是看起来，都像是个抽烟的人去拍了张反对抽烟的海报。我在梅克伦堡县医事检察所担任顾问的十五年间，曾有过几次和斯莱德尔共事的荣幸。每次都是去艾格拉维逊街。但这次的案子不同。

班克斯家位于樱桃区，就在I—227这条夏洛特版市区环城公路的东南方。最近几年来，从西部的迪尔沃思市到北部的伊丽莎白市都经历了文艺复兴，但樱桃区与其他市中心的区不同，并未加入这股浪潮。

---

①原文为Dirty Harry，是二十世纪七十年代经典新警察电影《紧急追捕令》系列中的主角的绰号。

当这些邻居们都融为一体，变得雅痞起来时，樱桃区的时运朝南发展。这个社区坚守着自己的草根特性。它从黑皮肤开始发展，到今天还是如此。

几分钟过后，斯莱德尔驶过一家奥特贝尔洗车店，在独立大道向左转入一条小巷子，再右转进入另一条巷子。路旁那一棵棵三十年、四十年，甚至上百年的橡树和木兰，在质朴的窗框和砖面投下阴影。晒衣绳上懒洋洋地挂着一排排衣服。洒水器发出滴答声和呼呼声，有的则在花园的水管尽头旁静立着。自行车和玩具三轮车散落在院子和走道上。

斯莱德尔把车停靠在这个街区中段的路旁，伸出大拇指比了比一幢屋顶伸出窗户的单层小屋。屋外的墙板是褐色的，边缘则是白色。

“孩子被烧死的地方一定像个老鼠窝。想想，我得去翻那些脏东西，我会得疥疮的。”

“疥疮的起因是小虱子。”我的语气比车内的温度还冷。

“完全正确。我们不该听信别人的鬼话。”

“你该戴上手套。”

“你说得对。还要戴口罩。那些人——”

“侦探，那些人又怎么了？”

“有些家伙就像猪一样。”

“吉迪恩·班克斯是个勤劳正派的人，独自扶养六个孩子长大。”

“老婆跑了？”

“梅尔芭·班克斯十年前因为乳腺癌过世了。”看吧，我对老同事还是有所了解的。

“流浪汉的命。”

无线电一阵嘈杂的噪声，我一个字也没听到。

“还是不肯原谅孩子不考虑后果就把内裤脱掉的事。一团乱？没——没——没问题。流个产吧。”

斯莱德尔关掉引擎，把雷朋眼镜转过来看着我。

“或者会更糟。”

“塔梅拉这样做，可能有什么苦衷。”

我并不真的相信这点，我花了整个早上来反对蒂姆·拉勒比。但斯莱德尔这家伙实在太令人讨厌了，因此我发觉我正在为反对而反对。

“对。商业委员会也许应该选她当今年的模范母亲。”

“你见过塔梅拉吗？”我问道，强迫自己的声音保持平稳。

“没有。你呢？”

没有。我无视了斯莱德尔的问题。

“你见过其他班克斯家的人吗？”

“没有。塔梅拉烧死孩子的时候，隔壁有几个家伙正在吸毒。我给那些人做了笔录。”他把车钥匙放进口袋，“很抱歉，我并没顺道过去和那位女士以及她的家人喝杯茶。”

“你永远不会和班克斯家的孩子们打交道，因为他们都很有教养，为人正直。吉迪恩·班克斯是个正直——”

“塔梅拉搞上的那个蠢货可和正直这个词不怎么搭边。”

“孩子的父亲？”

“除非爸爸干活的时候，我们的热裤小姐只在娱乐而已。”

别生气！这个男人是只蟑螂。

“那男的是谁？”

“他叫达利尔·泰里，在南特赖恩路搭了一个小爱巢。塔梅拉和他同居。”

“泰里在贩毒？”

“而我们不是在谈论艾克德药店。”斯莱德尔敲了一下门把手，走出车外。

作为回应，我也敲了一下。一个小时。我就解脱了。

一阵罪恶感带来的刺痛。我是解脱了，但吉迪恩·班克斯呢？塔梅拉和她死去的婴儿呢？

我和斯莱德尔走在人行道上。

“天哪，这天气热得能把北极熊的屁股烤焦。”

“现在是八月。”

“我现在应该到海边去才对。”

是的，我心想。埋在四吨的海沙底下。

我跟着斯莱德尔走上一条小路。路的两旁散落着青草屑。我们来到一个小水泥台阶前。他用大拇指按了按大门旁生锈的按钮，然后从口袋里掏出手帕擦脸。

没人应门。

斯莱德尔敲了敲纱门的木框。

还是没有回应。

他又敲了一下。他满是汗水的额头闪闪发亮，汗湿的头发一绺绺地分开。

“警察，班克斯先生。”

他用手掌不断敲着纱门，门框咔嚓作响。

“吉迪恩·班克斯！”

大门左侧有一台空调窗机正在滴水。远处传来割草机的声音。街区上方的某处扬起一阵街舞的乐声。

斯莱德尔又敲了两下，腋下灰色聚酯纤维布料上浮出半月形的图案。

“有人在家吗？”

空调的压缩机不断嗡嗡作响。一只狗吠了起来。

斯莱德尔一把拉开纱门。

咻！

他开始敲木门。

砰！砰！砰！

他把纱门丢开，放声大吼。

“警察！有人在吗？”

对街有户人家的窗帘突然拉开，又立刻合上。

是我的幻觉吗？

一滴汗从我背上流下来，和其他汗珠一起浸湿了我的胸罩和腰带。

就在那时，手机响了。

我接起电话。

这个电话竟让我卷入一连串的旋涡里，最终让我夺走了一个人的性命。

2

“唐普 · 布兰纳。”

“烤全猪！”我女儿发出一串猪叫般的声音，“去烧烤啦！”

“我现在没空，凯蒂。”我转身背对着斯莱德尔，把手机紧贴在耳朵上，听我女儿说话。

斯莱德尔又开始敲门，这次摆出了盖世太保般的架势。“班克斯先生！”

“我明天中午去接你。”凯蒂说。

“我不懂雪茄。”我尽可能小声地回答她。凯蒂要我陪她一起去参加一个野餐会。举办者有一家卖雪茄和烟斗的店。我不知道这是为什么。

“你吃烧烤就行了。”

砰！砰！砰！纱门再度晃个不停。

“是的，但是……”

"还有你喜欢的蓝草乐团呢。"凯蒂也很坚持。

就在这时，门终于开了。一个女人隔着纱门怒视着我们。斯莱德尔只比她高一英寸，体重却比那个女人轻了许多。

"吉迪恩·班克斯在家吗？"斯莱德尔大声喊道。

"你是什么人？"

"凯蒂，我得挂了。"我低声说。

"博伊德很想你。它有话对你说。"博伊德是我那个已分居了的前夫养的狗。跟它说话，或是提到有关它的话题，通常都不会有什么好结果。

斯莱德尔隔着纱门出示他的证件。

"中午去接你？"我女儿简直跟斯莱德尔一模一样，不肯放过别人。

"好吧。"我舒了口气，按下"结束"键。

那个女人仔细查看着斯莱德尔的证件，双手叉在腰上，活像个狱卒。我把手机放进口袋。那个女人看完证件后，先盯着我的同伴看了一会儿，又转头看了看我。

"我爸爸在睡觉。"

"我想你最好还是叫醒他。"我连忙说道，希望能阻止斯莱德尔发脾气。

"塔梅拉的事？"

"是的。"

"我是塔梅拉的姐姐，吉妮瓦，跟瑞士的那个[1]很像。"听语气，这话她已经说过很多次了。

她反手拉开纱门。这次纱门发出一阵仿若敲击琴键的声音。斯莱

①吉妮瓦（Geneva）和日内瓦（Geneva）拼法相同。

德尔拿掉太阳眼镜，从她身旁挤进去，我也跟着他来到一间昏暗的小客厅里。我们进来的地方正对面有一个通向门厅的拱道。我看到右边是厨房，而厨房的后门关着。我们左边也有两扇关着的门，尽头处则是间浴室。

六个孩子。我只能想到孩子们争着洗手洗澡的画面。

我们的女主人合上纱门，又关上里面的门，转过身来面对着我们。她的皮肤是巧克力般的深褐色，眼球的虹膜则是松果那种淡黄色。我估计她有二十五六岁。

“吉妮瓦是个美丽的名字。”我实在想不出更好的开场白，“你去过瑞士吗？”

她盯着我看了很久，面无表情。她的头发全都梳到后面，前额和太阳穴处的皮肤渗出点点汗珠。那台唯一的窗机显然是在给另一个房间降温。

“我去叫我爸爸。”

她把头歪向客厅右墙边的一张破沙发。墙上有扇窗户开着，覆在上面的窗帘因为热气和湿气软绵绵地垂下来。

“想坐就坐。”这不是问句，而是个陈述句。

“谢谢。”我说。

吉妮瓦摇摇摆摆地走向拱道，短裤在两条大腿间挤作一团。一束又小又翘的马尾辫从她脑后冒了出来。

我和斯莱德尔各自坐在沙发一角，然后我听到门开了，接着传来福音电台的微小声响。几秒钟以后，音乐被终止了。

我环视四周。

屋内的装潢用的都是沃尔玛的新品。油地毡。塑料躺椅。薄橡木板咖啡桌和茶几。塑料棕榈树。

但可以清楚地看出一双巧手的存在。

我们身后那幅绣边窗帘散发着一股洗衣店清洁剂和唐尼牌衣物柔顺剂的味道。我这边的沙发扶手上有道裂痕，但已被细心地补好了。所有东西的表面都干净得能反光。

书架和桌子上摆满了相框和粗糙的工艺品。一只漆成五颜六色的陶土鸟。一个印了一只小手的陶盘，盘底刻着雷吉的名字。一个用冰棒棍子做成的盒子。成打的便宜纪念品。金色的塑料垫肩和头盔。一张跳投的照片。一张拦截快速球的照片。

我又仔细看了看最靠近我的几张快照。圣诞节的早晨。生日派对。运动队伍。一段段记忆都保存在廉价商店买来的相框里。

斯莱德尔从地上捡起一个抱枕，扬起眉毛，把抱枕放在我和他中间。枕头上用蓝色和绿色的线绣着“上帝是爱”这句话。梅尔芭做的手工品吗?

早上的时光，我一直沉浸在悲伤的气氛中。此刻我想到这六个缺少母爱的孩子，又想到塔梅拉不幸夭折的婴儿，心里更是难过。

那个抱枕。那些照片。学校和球队的点点滴滴。如果把挂在拱门上的黑人耶稣画像拿掉，我就仿佛坐在芝加哥南区贝弗利的童年时代的旧居一样。贝弗利到处绿树成荫，有家长教师联谊会卖的烘焙点心，还有丢在阳台上的早报。在我七岁之前，我家那幢砖头小平房一直是我的绿山墙①，我的黄松牧场②，我的企业号太空船③。但在我七岁时，我的母亲因为幼子的死悲痛欲绝，决心回到她热爱的卡罗来纳，而她的丈夫和女儿们则跟随着她渐渐从悲痛中醒来。

---

①《绿山墙的安妮》是一部甜蜜的描写儿童生活的小说，作者为加拿大女作家蒙哥马利。

②《黄松牧场》为美国一部电视剧。

③企业号太空船是电视剧《星际迷航》中的星舰。

我很喜欢那幢小砖房，在那里会感觉安全而受到保护。我在这个地方感受到了相同的感觉。

斯莱德尔掏出手帕擦脸。

“希望那老头是睡在空调房里。”他似乎只用半边嘴说话，“家里有六个孩子，他还能单独睡一个房间，也算幸运了。”

我没理他。

热气把屋内所有的味道都挥发出来。洋葱。食用油。木板光亮剂。还有油毡地板专用的某种清洁蜡。

谁来给地板上蜡呢？我疑惑着。塔梅拉？吉妮瓦？还是班克斯自己？

我仔细研究那个黑人耶稣。他和我母亲床头挂着的耶稣像穿着一样的长袍，戴着一样的荆冠，手掌也都摊开着。只有血统和肤色不同。

斯莱德尔重重地叹了一口气，一根手指勾了勾衣领，把衬衫领子从脖子那里拉出来翻好。

我看着那块油毡地板，上面有灰白两色的小圆石图案。

仿佛是火炉里的焦骨和灰烬。

待会儿我该说些什么？

一扇门突然打开了。一个福音乐团正在唱《以主之名前进》。软底鞋踩在油毡地板上，发出窸窣声。

吉迪恩·班克斯比我记忆中矮小了许多，骨瘦如柴。有哪里不对劲。倒带。他在自己的家中应该看起来更加高大才对。一国之主。家长。是我记错了吗？是岁月让他衰老？抑或是担忧？

班克斯在拱道那头徘徊，厚重的眼镜里藏着一双皱巴巴的眼皮。过了一会儿，他终于走向前，走到躺椅旁坐了下去，瘦骨嶙峋的双手紧紧抓着椅子的扶手。

斯莱德尔倾身向前，但我打断了他。

“谢谢你肯见我们，班克斯先生。”

班克斯点点头。他穿着暇步士的拖鞋、灰色的工作短裤及橘色的保龄球衫。他的两只手臂像是从袖子长出来的细树枝。

“你家很漂亮。”

“谢谢。”

“你在这里住了很久吗？”

“到十一月就满四十七年了。”

“我没法不注意你的照片。”我谈起那些照片，“你的家庭很美满。”

“现在只剩我和吉妮瓦住在这里。她是我的二女儿，都是她在帮我照顾这个家。我小女儿塔梅拉两个月前离家出走了。”

我用眼角的余光看到吉妮瓦走进了拱道。

“你应该知道我们为什么来这里，班克斯先生。”

“是的，我知道。你们是来找塔梅拉的。”

斯莱德尔清了清嗓子，暗示我直接进入主题。

“我很难过，班克斯先生，但我不得不告诉你，我们在塔梅拉的客厅火炉里找到一些东西——”

“那房子不是塔梅拉的。”班克斯打断了我的话。

“房子租给了一个叫达利尔·泰里的男人。”斯莱德尔说，“有证人说，你女儿跟泰里先生已经同居了将近四个月。”

班克斯一直看着我。他的眼里充满痛苦。

“那房子不是塔梅拉的。”他又说了一遍，语气中没有愤怒，没有争执。他只是一个想正确表述自己意思的男人。

我的衬衫粘在背上，前臂也因为那便宜家具而开始发痒。我深吸了口气，重新开口。

“我们在那间屋子的火炉里找到的东西里，包括一个婴儿的骨头。”

我的话似乎让他措手不及。我听见他倒抽了一口气，看到他下巴微微颤抖。

“塔梅拉才十七岁。她是个好女孩。”

“我知道。”

“她不可能有孩子。”

“对不起，她的确生了孩子。”

“谁说的？”

“我们已经向很多人求证过了。”斯莱德尔说。

班克斯沉思了一会儿，接着说道：“你们为什么会去翻别人家的火炉？”

“有个线人给了情报，说那里有个婴儿被烧死了，于是我们就去调查。”

斯莱德尔没说那个线人叫哈里逊·庞德尔。这个人绰号叫“乖宝宝”，是个在街头兜售毒品的贩子。最近他被警方逮捕，和警方讨价还价，想靠提供情报减刑。

“那个人是谁？”

“那不重要。”斯莱德尔有点动怒，口气变得尖锐起来，“我们需要知道塔梅拉的下落。”

班克斯用力站起来，拖着脚步走向最近的一个书架。等他又坐回躺椅上喘口气时，他递了张照片给我。

我看着照片中的那个女孩，同时隐约感觉到班克斯正盯着我看，而他的二女儿就站在拱道那头。

塔梅拉穿着一件金黄色的背心裙，胸前绣着一个大大的黑色字母W。她单膝跪地，另一条腿在身后伸直，双手叉在腰上，身旁围绕着一圈金色和白色的花球。她笑得非常开怀，眼底充满欢乐，卷曲的短发上有两个发卡在闪闪发光。

“你女儿当过拉拉队队长。”我说。

“是的。”

“我女儿七岁时也参加过拉拉队，”我说，“沃纳明星橄榄球组织，专为小孩开的。后来她更喜欢在队里打球，就退出了。”

“每个人都有自己的想法。”

“是的，先生。确实如此。”

班克斯又递给我一张照片，不过这张是宝丽来的一次成像照片。

“他就是达利尔·泰里先生。”班克斯说道。

照片上，塔梅拉站在一个高高瘦瘦的男人身边。男人脖子上戴着一条金项链，头上扎着头巾，一只蜘蛛足般细长的手臂搭在塔梅拉肩上。尽管这女孩在笑，但眼中的热情已经不在。她脸色憔悴，身体僵硬。

我把照片递还给他。

“班克斯先生，你知道塔梅拉人在哪里吗？”我轻柔地问道。

“塔梅拉现在是个大姑娘了。她说我不能再管她了。”

一阵沉默。

“我们希望能跟她谈谈，或许她可以解释这一切。”

一阵更久的沉默。

“你认识泰里先生吗？”斯莱德尔问道。

“塔梅拉就快高中毕业了，跟她哥哥雷吉、哈利、乔纳和萨米一样。她不碰毒品，也不跟男孩子乱来。”

我们等了一会儿。班克斯没再往下说，斯莱德尔终于忍不住开了口。

"后来呢？"

"后来达利尔 · 泰里出现了。"班克斯咬牙切齿地吐出那个人名，这还是我第一次看到他露出愤怒的表情，"从此她就忘记了学业，成天就想着泰里，做白日梦，惦记着他什么时候出现。"

班克斯看了斯莱德尔，再看着我。

"她以为我不知道，但是我听说过达利尔 · 泰里。我告诉过她，那个男的不适合她，而且不会再回来了。"

"她就是那个时候搬出去的？"我问道。

他点头。

"那是什么时候的事？"

"复活节那阵子，四个月前。"

班克斯的眼角泛着泪光。

"我知道她有心事。我以为她只是想着泰里。我的天哪，我不知道她在烦恼孩子的事。"

"你知道她跟泰里住在一起吗？"

"我没有问过，上帝原谅我，但我想八成是搬到他那里去了。"

"你知道你女儿为什么可能会伤害她的孩子吗？"

"不知道，女士。塔梅拉是个好女孩。"

"会不会是泰里先生不想要这个孩子，对你女儿施压？"

"事情不是这样。"

吉妮瓦忽然开口，我们都朝她望去。

她穿着毫无形状的衬衫和糟糕透顶的短裤，麻木地看着我们。

"你是什么意思？"

"塔梅拉对我说过一些事，你懂我的意思吗？"

"她很信任你？"我说道。

“没错。她很信任我。告诉我她不能告诉爸爸的事情。”

“有什么她不能告诉我的？”班克斯的声音听起来高而尖锐。

“很多事，爸爸。她不能跟你说达利尔的事，因为你只会对她大吼，老是强迫她要向上帝祈祷。”

“我只是想安抚她的灵——”

“塔梅拉跟你讨论过她和达利尔·泰里的关系？”斯莱德尔打断班克斯的话。

“说过一些。”

“她有没有告诉你怀孕的事？”

“有。”

“什么时候？”

吉妮瓦耸耸肩。“去年冬天。”

班克斯猛地垂下肩膀。

“你知道你妹妹在哪里吗？”

吉妮瓦没理会斯莱德尔的问题。

“你们在达利尔的火炉里找到什么东西？”

“一些烧焦的骨头。”我回答。

“你确定那是婴儿的骨头？”

“确定。”

“说不定那个婴儿生下来就死了。”

“的确有这种可能性。”我嘴上虽然这么说，但自己都对此感到怀疑，但我不忍看到吉妮瓦悲伤的眼神。“所以我们才想找到塔梅拉，找出事情的真相。除了谋杀，还有其他的原因可以解释那个婴儿的死。我非常希望那才是真相。”

“说不定是个早产儿。”

“我是骨骼学专家，吉妮瓦。我从那些骨头就可看出胎儿的生长过程。”

我提醒自己别忘了KISS[①]原则。“简单扼要，笨蛋也明了”。

“塔梅拉的婴儿足月了。”

“那是什么意思？”

“意思是怀孕期已满三十七周，或非常接近这个时间。也就是说婴儿已大到可以存活下来。”

“但还是可能会有其他问题。”

“是有可能。”

“你怎么知道那就是塔梅拉的孩子？”

斯莱德尔插进来，掰着他那腊肠般的手指逐一说明。

“第一，有好几个证人都说你妹妹怀孕了。第二，那些骨头是在她住所的火炉里找到的。第三，她和泰里都失踪了。”

“也有可能是别人的孩子。”

“那我也可以是特蕾莎修女，但我不是。”

吉妮瓦看回我这边。

“你们验过DNA了吗？”

“骨头碎片太少，又烧得太严重，没法进行DNA测试。”

吉妮瓦没有反应。

“班克斯小姐，你知道你妹妹的下落吗？”斯莱德尔的语气越来越严厉。

“不知道。”

“你还有没有别的事可以告诉我们？”我问道。

---

① Keep It Simple, Stupid.

“只有一件事。”

吉妮瓦看了看她爸爸，又看着我，再看看斯莱德尔。一个是白人女性，一个是白人警察。都不是好选择。

她最终认为女人会比较安全，便把她所知道的爆炸性事件投向了我。

3

斯莱德尔开车送我回来取车时，我一直试着压抑自己的情绪，提醒自己我是个专业人士。

我为塔梅拉和她的孩子悲哀，为斯莱德尔不懂得体恤班克斯一家而生气，还为今后两天必须完成的事感到焦虑。

我已经答应凯蒂和她一起度周六。星期天有朋友会来。星期一则要第一次在没有家人的陪同下去度一个多年来我为自己留下的假期。

请别误会。我热爱每年海滩边的家庭聚会。我的妹妹和外甥基特会从休斯敦飞来。我前夫家那堆拉脱维亚亲戚也会从芝加哥远道而来。皮特手上如果没有进行中的诉讼案子，也会来和我们玩几天。我们在纳格斯海德租个十二间房的度假屋，或是在威尔明顿、查尔斯顿或博福特附近，骑自行车，躺在海滩上，看《天才也疯狂》[1]，读小说，重

①《天才也疯狂》（*What About Bob?*），一九九一年上映的美国电影。

建亲人间的感情。我们都非常喜欢海滩一周的时光。那是大家轻松自在地聚在一起的时间。

但我这次的单人旅行将是另一种不同的体验。

非常不同的体验。

我在心里一而再、再而三地列着清单。

报告。送洗衣物。日用品。清洁。打包。把博迪交给皮特。

花边新闻。他已经一个多星期没有和我联络。这种情形并不寻常。我们虽然已分开好几年了，但平时还是会经常见面或联络。我们的女儿凯蒂。他的狗博伊德。我的猫博迪。他那些住在伊利诺伊州的亲戚。我那些住在得克萨斯州和卡罗来纳州的家人。一些共同的联系总是每隔几天就把我们扔到一块儿。而且，我喜欢皮特，仍旧喜欢他的陪伴。我只是无法和他结婚。

我留了张字条给凯蒂，问她爸爸是不是到外地去了？还是在跟哪个女人谈恋爱？

爱情。

我的心又回到清单上。

家务？

哦，天哪。

我加了一项。客房被单。

我永远也做不完。

当斯莱德尔在警察局的停车场让我下车时，我发觉我的颈部肌肉非常僵硬，而且把一阵酸痛送抵后脑勺。

我那辆马自达里升起的热气帮不上忙，城里的交通也不管用。

到市中心如何？夏洛特的居民还没决定该让这个城市往哪个方向发展。

我知道今晚一定会熬夜，就索性绕道去南端大街一家叫拉巴斯的墨西哥餐厅，买了一份辣椒肉馅玉米卷饼的外卖。还有给博迪的鳄梨色拉酱和特级酸奶油。

我的房子被称为“马车房别馆”，沙伦府第里的老住户则简单地叫它“别馆”。沙伦府第位于夏洛特东南的迈尔斯公园附近，建于十九世纪，是原来的大宅院改建而成的分户出售的大厦。没人知道为什么要建这么个马车房。它是个古怪的小地方，位于大楼的旁边，在原始的府第设计图上并没有它的存在。沙伦府第到了。马车房到了。药草园和正规的花园。没有别馆。

无所谓。这地方虽小，却非常适合我住。楼上有卧室和浴室，楼下有厨房、餐厅、客厅、可以兼做书房的客房。一千两百平方英尺。这就是中介说的“舒适”。

六点四十五分，我把车停在院子旁。

别馆静得出奇。我从厨房进去，只听到那台弗里吉戴尔牌冰箱嗡嗡叫着，还有壁炉上那个布兰纳老奶奶的挂钟在轻轻地滴答作响。

“嗨，博迪。”

我的猫没有出现。

“博迪。”

还是不见踪影。

我把晚餐、皮包和公事包放下，走向冰箱，拿出一罐健怡可乐，嘭的一声拉开瓶盖。当我转过身，就看到博迪在餐厅门口伸着懒腰。

“每次你都不会错过这嘭的一声，是吗，小家伙？”

我走向它，蹲下去抚摸它的耳朵。

博迪坐下来，抬起一条腿，开始舔自己的生殖器。

我仰头喝了一口可乐。虽然不是比诺霞葡萄酒，但喝起来差不多。

我整日与比诺霞为伍的日子已经过去了。要不就是希拉葡萄酒、喜力啤酒或廉价的美乐葡萄酒。那是一段漫长的痛苦挣扎，但已经因为美好的结局落下了帷幕。

我怀念酒精吗？该死，太对了。有时候我连做梦都会闻到酒味，都会尝上一口。但我可不怀念宿醉后醒来的滋味。两手发抖，头昏脑涨，自我厌恶，并为记不得自己干过什么而焦躁不安。

从现在开始，只有可乐相伴。这才是真正该喝的东西。

整个晚上，我一直在写报告。博迪本来陪在我身边，但吃光鳄梨色拉酱和酸奶油后，就四脚朝天地躺在沙发上，睡觉去了。

我从蒙特利尔回到夏洛特后，除了塔梅拉的孩子之外，我还检验了另外三具尸体，各写一份报告。

有人在加斯托尼亚市的一处垃圾场的一堆轮胎下发现了一具不完整的尸体。白种女性。年纪在二十七岁至三十二岁之间。身高在五英尺二到五英尺五之间。做过大量牙齿方面的治疗。鼻骨、右上颌骨和下巴有断裂后又愈合的迹象。肋骨和胸骨曾遭锐器所伤。手上有自卫的伤痕。可能是谋杀案。

有人在诺曼湖划船时，船身钩到了一只前臂。成年人，可能是白种人，可能是女性。身高在五英尺六到六英尺之间。

有人在糖果小溪的岸边发现了一枚头骨。老年人，女性，黑人，没有牙齿。过世已久。可能是因坟墓遭到破坏而顺水流出来的。

我一边工作，一边不断回想起去年春天在危地马拉时的情景。我脑海里浮现出一个站姿，一张面孔，一道超级性感的疤痕。我感到一阵难以掩饰的兴奋，但又不免感到一丝焦虑。那即将到来的海边之旅真的是个好主意吗？我不得不强迫自己专心写报告。

凌晨一点十五分，我关掉电脑，拖着疲惫的步子走上楼去。

直到洗完澡躺在床上，我才有时间想起吉妮瓦·班克斯说的话。

“那不是达利尔的孩子。”

“什么！”我、斯莱德尔和班克斯同时叫了出来。

吉妮瓦又喃喃地重复了这句令人震惊的话。

那么是谁的孩子？

不知道。塔梅拉只说她肚里的孩子不是达利尔·泰里的。吉妮瓦只知道这么多。

或是只愿意说这么多。

成千上万个问题争先恐后地冒出来。

吉妮瓦的证词是否能说明泰里的清白？或是加重他的嫌疑？泰里得知孩子不是他的，因此谋杀了那个婴儿？还是他强迫塔梅拉杀死自己的亲骨肉？

吉妮瓦的话会是正确的吗？这婴儿是不是生下来就死了？他是不是有基因缺陷？脐带方面的问题？塔梅拉伤心欲绝，于是选择了最适合的方式，把夭折的婴儿放进火炉里烧了？是有这种可能。那么婴儿又是在哪里生下来的呢？

我感觉博迪跳上了我的床，搜索着安睡之处，然后蜷起身体，躺在我膝盖后面。

我的思绪又飞向即将到来的海滨之旅。这会让我们有所进展吗？这是我真心想要的吗？我是在寻找某种意义，还是只想来场激烈的性爱？天知道，我真是个好色的女人。我能对另一段关系作出承诺吗？我还能相信男人吗？皮特的背叛让我心碎神伤，婚姻破裂是如此地折磨人。我真的不知道。

回到塔梅拉身上。她在哪儿？泰里有没有伤害她？他们是否已经一起远走高飞？还是塔梅拉跟别的男人私奔了？

我就这样天马行空地胡思乱想着，最后只得到一个令人焦虑不安的结论。

所有这些关于塔梅拉的答案都要靠瘦子斯莱德尔去寻找。

我醒来时，绯红的阳光正洒落在窗外那棵木兰树的枝叶间。博迪已不见了踪影。

我看了一下钟。六点四十三分。

“不会吧……”我喃喃自语，随即弯起双膝，整个人钻进被褥里去。

一股重量袭上我的背。我没管它。

一条舌头像刷子般扫过我的脸颊。

“现在不行，博迪。”

几秒钟后，我感到头发被扯住。

“博迪！”

暂时风平浪静，但随后又是一阵拉扯。

“住手！”

它扯得更厉害了。

我迅速起身，一根手指指着博迪的鼻子。

“不要啃我的头发！”

我的猫用那双圆圆的黄眼睛注视着我。

“好吧。”

我夸张地叹了口气，把被子扔回床上，穿上我的夏季制服。就是短裤和T恤。

我知道让步的结果就是让它得寸进尺，但我无法拒绝它。这招很管用，而博迪这小家伙知道这一点。

我把博迪弄在厨房地板上的鳄梨色拉酱擦干净，吃了一碗燕麦片，然后一边喝咖啡，一边翻看《观察者》。

派拉蒙旋转车轮水上乐园的深夜音乐会结束后，七十七号州际公路发生了一起连环车祸。两人死亡，四人重伤。有位男子在威尔金森大道的一户人家的前院里遭到枪击。一位当地的人道主义者涉嫌将六只小猫压死在他的垃圾处理机内，以虐待动物罪遭到起诉。市议会仍就体育场的新址进行争吵不休。

我把报纸折好，开始盘算接下来要做些什么。

把衣服送去洗？买日用品？用吸尘器打扫卫生？

去他的。

我又倒了一杯咖啡，走进书房，把早晨剩余的时间都花在了报告上。

凯蒂中午十二点准时来接我。

尽管我女儿是个优秀的学生，有天分的画家，木匠，又会跳踢踏舞，又会画漫画，守时却不是她高度重视的观念。

嗯哼。

而且据我了解，她也从不看中这项南部特有的烤肉传统。

尽管我女儿的户籍地址填的是皮特家，而且她也是在皮特家长大的，但她从位于夏洛茨维尔的弗吉尼亚大学回来以后，我们母女俩还是会经常聚在一起。我们一起去听摇滚演唱会，去做SPA，看网球赛，打高尔夫球，下馆子，上酒吧，看电影。她可从未向我提议过要去别人家的后院烤肉和听蓝草乐队。

嗯哼。

我看着凯蒂穿过院子，内心忍不住又是一阵惊叹。我竟生出一个如此出众的女儿。虽然我还不至于糟糕到像是放了一个星期的碎肉烤饼，但凯蒂竟是个绝世佳人。一头麦金色的秀发，一双翡翠绿的眸子。她的美能让男人跟自己的好兄弟比腕力，能让男人从摇晃不定的跳板上为她表演燕子式跳水。

这又是一个闷热的八月午后，让人想起童年的夏天。我从小长大的那个地方，只有电影院有空调，屋子里和车里都热得让人发昏。不管是芝加哥那幢小砖房，还是夏洛特这幢杂乱不堪的木质农舍，都没有空调。对我来说，六十年代是个吊扇和换气扇的时代。

炎热潮湿的天气让我想起坐公车去海边的旅行。在酷热的蓝天底下打网球。游泳池畔的午后时光。大人在屋后的门廊里喝茶，我们则追着萤火虫。我喜爱那样的炎热。

然而，在凯蒂这辆大众车里，还是有空调比较好。我们一路上都开着窗，头发被风吹得乱七八糟，时常覆在脸上。

博伊德站在后座，鼻子迎着风，茄子般的舌头挂在嘴角。这只七十磅重的动物，浑身都是扎手的棕色毛发。每隔几分钟，它就会换个车窗待着，在快速穿过车厢的时候把口水甩到我们的头发上。

这阵阵的风除了不断送来酷热的空气，并未带来多少凉意，反而还把后座的狗臭味吹到前座来。

“我觉得自己好像坐在烘干机里。”我说。车子正从比提斯福特路转进七十三号州际公路。

“我会把空调修好的。”

“我会给你钱。”

“好啊。”

“这野餐究竟是怎么回事？”

“马克兰家每年都会举办一次，邀请朋友和烟斗店的常客来参加。”

“那我们为什么去？”

凯蒂转了转眼珠子。这是她三岁时学会的动作。

我在这方面已经算很有天分了，但我女儿却有世界级水准。她精于表达各种精妙的细微感受，而我完全无法掌握。她现在做的只是个简单动作，意思是说我已经向你解释过了。

“因为野餐很好玩。”凯蒂说道。

博伊德来回换着车窗，最后停在后座中间，开始舔我脸上的防晒油。我把它推到一边，擦着我的脸颊。

“我们为什么要带着狗上路？”

“爸爸去外地了。那个路标是不是写科恩斯浅滩？”

“这话题转得好。”我看了看那个路标，“是的，没错。”

我回忆了一番当地的历史。在十七世纪，科恩斯是卡陶巴人的渡口，后来是彻罗基族的印第安人在使用。在法印战争①期间，丹尼尔·布恩曾在此奋战。

一七八一年，威廉·李·戴维森将军曾率领爱国志士，在此与康华里爵士率领的英国红袍军战斗。戴维森虽死于那场战役，却把自己留在了梅克伦堡县的历史上。

二十世纪六十年代初，杜克电力公司在科恩斯浅滩给卡陶巴河筑起大坝，还挖掘了近三十四英里长的诺曼湖。

今天，杜克公司又建了一座麦圭尔核电站，就在戴维森将军的纪念碑和占地二千二百五十英亩的科恩斯浅滩野生动物保护区旁边，以

①法印战争（French and Indian War，1754—1763）是英国和法国对北美统治权的决定性战役，法国及其殖民地带领印第安同盟与英国及其殖民地率领的印第安同盟在北美展开了激战。

解决旧有的水力发电厂供电量不足的问题。

如果这位将军发现这块神圣的土地上竟多了座核电站，不知道会有什么感想呢？

凯蒂把车拐进一条比我们出发时的那条柏油马路还要窄的双车道道路。路的两旁种着松树和阔叶树。

“博伊德喜欢乡下。”凯蒂加了一句。

“博伊德只喜欢它能吃的东西。”

凯蒂瞄了一眼那张手绘地图的复印件，又把它塞回遮阳板后面。

“应该再朝右开三英里左右就到了。那是一个旧农场。”

我们已开了将近一小时的车。

“那个人住在这里，还在夏洛特市里有家烟斗店？”我问。

“马克兰的店原本开在公园路购物中心。”

“抱歉，我不抽烟斗。”

“他们还有卖各种各样的雪茄。”

“这就是问题所在。我还没开始添置今年的物品。”

“想不到你竟然不知道这家店。那地方几乎是夏洛特的公共场所，很多人在那里聚会。好几年了。马克兰先生退休了，事业都交给儿子们管理。住在这儿的这个负责打理科尔内留斯的新店。”

“还有呢？”我扬高声调。

“还有什么？”我女儿用那双无辜的绿眼睛看着我。

“他可爱吗？”

“他结婚了。”

棒球大联盟级别的挤眉弄眼。

“但是他有朋友？”我试探着。

“谁都有朋友。”她唱着回答我。

有辆小货车缓缓从对面驶来。博伊德发现车上有只猎犬，突然从我这边挤向凯蒂那边，硬是想把头伸到半开的车窗外，还发出它最佳的咆哮，吼着“我要是没被困在这辆车子里……”

“坐下。”我命令道。

它坐下了。

“我会见到那位朋友吗？”我问。

“会的。”

几分钟后，我发现道路两旁已经挤满了车子。凯蒂把车停在右边一排车子后面，关掉引擎，下了车。

博伊德开始焦躁起来，在后座不停跑来跑去，舌头在嘴里进进出出。

凯蒂从后备厢拿出折叠椅递给我，然后给博伊德的颈圈系上皮带。那条狗迫不及待地想参加这场宴会，差点把凯蒂的手臂拉脱臼。

房子的后院是一块约二十码宽的草坪，位于一片树林与一幢黄色的木造农舍之间。院子里的一棵大榆树下聚集了大约一百个人。有些人坐在户外椅上，有些人则三三两两地，一手端着纸盘，一手拿着啤酒罐，或站着聊天，或到处闲逛。

很多人戴着运动帽，也有很多人在抽雪茄。

有群孩子在一间大概从康华里死后就没再粉刷过的谷仓外玩掷马蹄铁的游戏。其他孩子在互相追逐，或是扔球，或玩抛飞盘游戏。

蓝草乐团已经在房子与谷仓之间准备就绪。他们站得很远，再远电线就不够长了。尽管天气热得要命，但乐团的四个人仍穿着西装，打着领带。主唱开始用低沉的嗓音唱起《白宫蓝调》。虽然不是比尔·门罗[①]，但唱得不坏。

---

①比尔·门罗（Bill Monroe，1911—1996），二十世纪二十年代末崛起的美国乡村歌手，被誉为蓝草乐派之父，蓝草之名来自其乐团名“蓝草男孩”。

舞台下的人群面朝着那四个蓝草男孩围成半圆形，我和凯蒂拿着椅子加入他们。这时，有个年轻人突然出现。

“凯特！”

凯特？听起跟塔特[1]押同一个韵。我把衬衫从黏糊糊的背上拉开一些。

“嗨，帕玛。”

帕玛？我猜他的本名是不是叫帕米。

“妈妈，我给你介绍一下，这位是帕玛·卡曾斯。”

“嗨，布兰纳博士。”

帕玛急忙转过身子，向我伸出手来。这年轻人虽然个头不高，但有一头浓密的黑发，一双湛蓝的眼睛，笑起来像《乖仔也疯狂》里的汤姆·克鲁斯。他帅得几乎令人不安。

“唐普。”我伸出一只手。

帕玛·卡曾斯握起手来几乎可以捏碎我的骨头。

“凯蒂跟我说过很多你的事。”

“真的吗？”我看着我女儿。她一直看着帕玛。

“这条狗叫什么名字？”

“博伊德。”

帕玛弯下腰去摸博伊德的耳朵。博伊德舔了他的脸。他在狗背上拍了三下，又站起身来。

“好乖的狗。我能给女士们拿两罐啤酒来吗？”

“我要一罐。”凯蒂像小鸟似的唧唧喳喳地叫道，“给我妈妈拿一罐健怡可乐。她戒酒了。”

---

①凯特（Kater）与塔特（Tater）的尾韵相同。

我丢给女儿一个足让热焦油结冻的冰冷眼神。

“别客气，要吃[1]什么尽管拿。”帕玛转身离去。

博伊德以为帕玛提到它的血统，突然用力往前冲，把皮带猛地从凯蒂手里拽出来，绕着帕玛的双腿转圈。帕玛恢复平衡后，又转过身来，完美的脸上满是疑惑。

“解开皮带没关系吧？”

凯蒂点点头。“不过要小心它偷吃东西。”

她拿回皮带，从博伊德的颈圈上解开。

帕玛竖起大拇指。

博伊德开心地猛转圈子。

在主屋后面，折叠桌上摆着装在保鲜盒里的自制菜肴。凉拌酸圆卷心菜丝。土豆色拉。烤甜豆。绿色蔬菜。

一张桌子上摆满了一次性铝箔盘，盘子里堆着猪肉丝。树林边缘那个巨大的烤架一整晚都在冒着烟。

另一张桌子上摆着甜点。还有的桌子上则放着色拉。

“我们是不是应该带点菜来？”看着这堆玛莎·斯图尔特[2]的乡间美食总汇，我开口问道。

凯蒂从皮包里拿出一袋菲格·纽顿斯牌饼干，放在一张点心桌上。

我转了转眼珠。

我和凯蒂回到座位上时，那位弹班卓琴的乐手正在弹《落基山巅》。不是皮特·席格[3]，但也不坏。

接下来的两小时，不断有人过来和我们聊天。这像是高中时的

①吃（chow）这个词在英文中也表示松狮犬，而博伊德正是一条松狮犬。

②玛莎·斯图尔特，全美知名的“家政女王”。

③皮特·西格（Pete Seeger，1919— ），被誉为美国民谣之父，作品表达了他对社会的深刻洞察，对世界各地贫苦人民的体恤与关怀，还有那份对正义与自由的呼唤。

"职业介绍日"。律师。飞行员。技师。法官。电脑高手。一个以前教过的学生，现在已是家庭主妇。我对自己认识多少个夏洛特–梅克伦堡警察局的警察感到无比惊讶。

好几位马克兰家的人走过来，欢迎我们的到来，并对此表示感谢。帕玛·卡曾斯也来来去去。

我得知帕玛是伊亚介绍给凯蒂的。伊亚从四年级开始就是凯蒂最好的朋友。我还知道伊亚在佐治亚大学社会系获得文学士学位后，一直在夏洛特从事护理工作。

最重要的是，我听说帕玛单身，今年二十七岁，毕业于威克森林大学生物系，目前在美国鱼类及野生动物局南卡罗来纳州哥伦比亚市的外驻办事处工作。

此外，他一回到夏洛特的家，就成为马克兰烟斗店的常客。我会在一片牧草地上嚼着烤肉，原来就是为了这个。

博伊德有时轮流在我们的脚下睡觉，有时跟着一群群的孩子跑来跑去，一会儿又在人群里闲晃，看谁好亲近就凑过去。有群孩子跑过来想找它玩时，它正在打盹。

它睁开一只眼睛，把下巴从左掌搬到右掌。一个穿着紫色带帽披肩的十岁左右的小女孩，摇了两下手里的玉米松饼。博伊德跟着她走了。

看着他们走到谷仓附近，我想起凯蒂在电话中对我说过的话。她说博伊德有话想跟我说。

"那条松狮犬想跟我讨论什么？"

"哦，是的。爸爸去阿什维尔办事，所以我在照顾博伊德。"她用拇指抠着百威啤酒罐上的标签，"他说他要在那儿再待三个星期。可是，呃……"她已经在湿的标签纸上抠出一个坑了，"好吧，我想在暑假剩下的这段时间里搬到住宅区去住。”

“住宅区？”

“跟伊亚住在一起。她住在第三区一幢很酷的房子里，但她的室友要到九月才会搬进去。反正爸爸又不在家……”啤酒罐上的标签现在已经完全脱落了，“所以我想搬去那边住应该会很好玩，你知道的，只住几个星期。伊亚不会向我要房租什么的。”

“只住到开学为止。”

凯蒂在弗吉尼亚大学已经念到第六年了。我和皮特都再三叮嘱她，这是毕业前的最后一年了。

“那当然。”

“你不是想要休学吧。”

一阵世界杯级的挤眉弄眼。

“你和爸爸是不是有同一个编剧？”

我看得出这个对话正在走向何方。

“让我猜猜。你想要我帮你照顾博伊德。”

“只到爸爸回来而已。”

“我星期一要去海边度假。”

“你要去苏利文岛的安妮那里，对吧？”

“是啊。”提防着点。

“博伊德爱死海边了。”

“只要有人喂它，它会爱上奥斯威辛集中营。”

“安妮不会介意你带上狗的。而且，博伊德也可以陪你，这样你就不会孤单一人了。”

“那幢乡村房子里有人不欢迎博伊德？”

“不是不欢迎。伊亚的房东——”

我听到博伊德在树林深处狂吠。

过了一会儿，在阵阵狗吠声中，夹杂着一声令人毛骨悚然的尖叫。

又是一声。

4

我从椅子上跳起来，心脏在胸腔里如擂鼓一般。

四周的野餐者仿佛出现在不同的分割画面上。那些靠近蓝草四重奏乐队的屋边人，仍然继续闲晃，聊天，吃着东西，根本没注意到树林里可能正在发生灾难。而那些靠近谷仓的人，全都如定格画面一般，张大了嘴，朝着尖叫声的来处望着。

我朝着那里冲去，穿过户外椅、毯子和人群。我听到凯蒂和一些人紧跟在我身后。

博伊德从来没伤害过小孩，从来没有咬过人。但今天天气太热，它又异常兴奋。会不会有小孩激怒了它，或让它感到迷惑？难道是那条狗突然发起狂来？

上帝保佑。

我脑海里浮出一个个被动物撕咬过的人的影像。我看见撕碎的肉，裂开的头皮。浑身一阵恐惧的战栗。

绕过谷仓，我发现树林间有个缺口，便偏离了方向，走上一条泥泞小路。树枝扯乱了我的头发，还在我的手脚上留下刮痕。

那阵叫声越来越尖锐刺耳。阵阵叫声之间的停顿处充满了恐惧和紧张。

我不停往前跑。

突然，尖叫声戛然而止。沉寂反而令人觉得更加手脚冰凉、毛骨悚然。

博伊德又开始狂吠起来，发了疯似的，丝毫不肯停歇。

我脸上的汗水变得冰凉。

过了一会儿，我发现三个小孩在一个巨大的树篱后抱成一团。我从树叶间看到两个小女孩紧紧抱在一起。男孩的一只手搭在身穿紫披肩的女孩肩上。

那个男孩和年纪较小的女孩正望着博伊德，不知是着迷还是厌恶的表情扭曲了那两张脸。那个紫披肩女孩闭着眼睛，用紧握的小拳头遮住眼帘。她的胸口不受控制地起伏着。

博伊德和那三个孩子同在远离树篱的那边，一会儿往前冲，一会儿又急忙后退，在离树篱一码远的地方猛咬着什么东西。每隔几秒钟，它就会把鼻子指向天空，接着发出一串尖锐的叫声。它后颈的毛都竖起来了，看起来像匹赤褐色的狼。

“你们几个没事吧？”我从树篱入口挤进去，喘着气问道。

那三个小家伙神情紧张地点点头。

凯蒂、帕玛和马克兰家的一个儿子也随后赶到。

“有人受伤吗？”凯蒂气喘吁吁。

三个脑袋摇晃着。一声细微的啜泣。

穿紫披肩那个女孩跑到马克兰身边，一把抱住他的腰，紧紧挨在他身上。那位马克兰先生抚摸着她那两条马尾辫中间蓬起的头发。

“没事了，莎拉。你没事了。”

马克兰先生抬起头来。

“我女儿有点容易紧张。”

我把注意力转移到松狮犬身上。

我立刻就知道发生了什么事。

“博伊德！”

博伊德仍在来回奔跑。它看到我和凯蒂，便大步向我们跑来，轻轻推了推我的手之后，又迅速跑回树篱那边，继续奋战。

“停下！”我大喊，弯下腰缓解岔气疼痛。

每当博伊德不信服某个命令的指挥时，便会甩起一身的长毛当做是抬眉毛。它这是在问：“你疯了吗？”

它转过身，现在就这样做了。

“博伊德，坐下。”

它转了几圈，又开始狂吠起来。

莎拉·马克兰紧紧抱住她爸爸。她的玩伴瞪大眼睛望着我。

我又下了一次命令。

博伊德甩了甩头，又“抬起眉毛”。这次像是在说：“你该死的疯了吗？”

“博伊德！”我左手撑住大腿，抬起右手的食指指着它的鼻子。

它把头歪向一边，鼻子猛喷着气，然后坐了下来。

“它是怎么回事？”凯蒂喘得跟我一样厉害。

“笨蛋先生大概以为自己找到了罗阿诺克那块消失的殖民地。”

博伊德又回到树篱那边，两耳垂下，从胸腔里发出一声长长的低吼。

“什么？”

我没理会凯蒂的疑问，穿过树根与矮树丛前进。我一靠近，博伊德立刻站了起来，期待地看着我。

“坐下。”

博伊德坐了下去。

我在它身旁蹲了下来。

博伊德腾起身，尾巴僵直而颤抖。

我的心沉了下去。

博伊德发现的东西比我预期的还大。上次它找到的是一只死了两三天的松鼠。

我看着这条松狮犬，它也回望着我，双眼里的大部分都是眼白。这说明它内心的焦躁不安。

我把注意力放回到脚下这团土堆时，也跟它一样焦虑起来。我捡起一根树枝，拨开土堆中央的泥土。首先出现了一个塑料袋，接着从树叶间散发出一股腐肉的味道。苍蝇嗡嗡地飞来飞去，身影在湿热的空气中不断变着色。

博伊德这只自学成才的搜尸犬又立了大功。

“该死的！”

“什么？”

我听到凯蒂走向我们时发出的沙沙声。

“它找到什么了？”我女儿蹲在我旁边，随即像蹦极似的跳起来站好。她一只手捂着嘴巴。博伊德在她腿边蹦蹦跳跳。

“那该死的是什么东西？”

帕玛加入我们。

“某种死掉的东西。”在大师级别的观察后，帕玛用拇指和食指捏着鼻子，“是人吗？”

“我不确定。”我指着从塑料袋开口处露出的那个仅一半有肉的指状物，“但那绝对不是狗或鹿。”

我测量了一下这个半埋着的塑料袋。“其他动物很少有这么大的。”

我把泥土和树叶清开，开始检查底下的土。

“没有毛皮存在的迹象。”

博伊德凑过来想嗅嗅。我用胳膊肘把它挡回去。

“真受不了，妈妈。别在野餐的时候做这个。”

“我也没想过会在这儿找到这个。”我对着博伊德的发现摊摊手。

“你要做个全套的检验吗？”

“也许没什么。但万一有点什么，遗骨就得被恰当地恢复原状。”

凯蒂呻吟一声。

“瞧，我跟你一样不喜欢这个。我星期一还打算去海边呢。”

“这太尴尬了。你为什么就不能跟别的妈妈一样？你为什么不能只是……”她看着帕玛，又看着我说，“做做饼干就好？”

“我更喜欢菲格·纽顿斯牌的饼干。”我顶了回去，然后站起身来。“还是早点把孩子们带回去比较好。”我对莎拉的爸爸说道。

“不要！”那个男孩大叫，“那是个死人，对不对？我们想看你把尸体挖起来。”那男孩的脸上淌着汗，闪着红光，“我们想知道你会找谁做目击证人。”

“没错！”那个年纪小些的女孩子就像是穿着粉红色丁尼布工作服的童星秀兰·邓波儿。“我们想看尸体！”

我一边在心里诅咒着电视上的犯罪节目，一边谨慎措辞。

“如果你们能静下心来，互相讨论一下你们看到的经过，然后再作个正式的陈述，这样对案情就会有很大的帮助。你们能做到吗？”

那两个小孩互相看看，眼睛瞪得比先前还大。

“好的。”秀兰·邓波儿拍着圆圆的小手说道，“我们会给你一个很棒的陈述。”

处理犯罪现场的车四点钟的时候到达。那个梅克伦堡医事检察所的周末待命死亡检查员乔·霍金斯，也在几分钟后出现。这时，马克兰家的大多数客人已经收好毯子和椅子离开了。

凯蒂、帕玛和博伊德也走了。

博伊德发现的骸骨位于树篱的另一边，已经算是马克兰家隔壁农场的地盘了。据莎拉的爸爸说，隔壁农场属于一个叫富特的人，现在没人住。我们匆匆到隔壁查问，但没人回应，于是便把一些设备带进这户人家的车道和庭院里。

两位犯罪鉴定技术人员把相机、铲子、筛子和其他设备搬下车，我则向乔·霍金斯说明情况。

“可能只是动物的骸骨。”周六还把人家叫来，我觉得自己过于紧张了。

“也有可能是头上插着一把斧头的某个家伙的妻子。”霍金斯从车上拉出一个尸体袋，“我们的工作不能只靠猜测。”

自从一九五四年棒球明星迪马乔和玛丽莲·梦露结婚以来，乔·霍金斯就一直负责装尸体。现在已经快到了必须退休的年纪。他能讲不少故事。那时的验尸工作在监狱的地下室里进行。房间里只装备了一张桌子和一个水槽。到八十年代，北卡罗来纳全面更新死亡调查制度后，梅克伦堡县的医事检察所搬到了现在的地方，霍金斯只带了一个纪念品搬过去：一张迪马乔的亲笔签名照。那张照片现在还在他那个小隔间的办公桌上。

“如果是坏消息，你就打电话给拉勒比博士，好吗？”

“没问题。”我同意了。

霍金斯砰的一声关上车子的双车门。我忍不住思考工作是如何塑造了一个男人的面相。霍金斯骨瘦如柴，肿胀的双眼下是深深的黑眼圈，眉毛浓密而杂乱，一头染黑了的头发全梳到脑后，活脱脱一个刚从电影片场里走出来的死亡调查员。

“我们会用到灯吗？”其中一位技术人员问。她是个二十多岁的女孩，皮肤上都是雀斑，戴着一副老祖母式的眼镜。

“看看再说。”

“都准备好了吗？”

我看着霍金斯。他点点头。

“开始吧。”那位戴着老奶奶眼镜的女孩说道。

我领着这支队伍进入树林。接下来的两小时，我们按照警察局规定的程序拍照，清理，装尸，并贴上标签。

树叶纹丝不动。我的头发贴在脖子和前额上，身上那件霍金斯帮我带来的特卫强连身服底下，衣服早已湿透。尽管霍金斯慷慨地把驱蚊水拿给我用，蚊子还是在我身上每一毫米露出的肌肤上享受盛宴。

下午五点时，我们已大致弄明白我们所面临的状况。

有个大黑色垃圾袋被埋在浅坑里，上面覆着一层泥土和树叶。在接近地表的地方，由于风和腐蚀的不断作用，终于让袋子露出一角来。博伊德完成了剩下的事。

我们在第一个垃圾袋底下又发现第二个袋子。尽管我们并未打开，但臭味仍从袋子上原有的裂缝和破洞里散发出来。那股臭到发酸的腐肉味令人无法错辨。

因为尸骸似乎都在袋子里，我们的处理速度也快了许多。六点的时候，我们已经移走那两个袋子，把尸体装进尸体袋封好，放进警察局的车里。霍金斯在确定我、那位眼镜小姐以及她的搭档可以处理一切之后，便驾车离开前往停尸间。

我们从掩埋处底下和周围采土，但一小时的筛检工作没有任何发现。

七点半的时候，我们收拾好东西，开车回到市区。

九点的时候，我在洗澡，筋疲力尽，心情沮丧，希望自己当初选择了另一个职业。

就在我以为自己可以休息一下的时候，两个五十加仑的大垃圾袋又闯入我的生活。

该死的！

还有一只七十磅重的松狮犬。

可恶！

我第三次涂上洗发香波，开始想起即将到来的日子和我的客人。我是否来得及处理完那两袋骸骨，然后跟他在行李领取处会面？

我想到一张脸，胃里微微抽动了一下。

真是的！

这个约会是个好主意吗？自从那次在危地马拉共事之后，我们就没再见过面。当时，度假似乎是不错的计划。我们都处在巨大的压力之下。那个地方。那个环境。面对那么多死亡时的悲伤。

我冲洗头发。

一个从来没有过的假期。案子结束了，我们各忙各的事。在我们还未到达奥罗拉国际机场的时候，他的传呼机就响了。他满脸恼恨，但遵从了工作的需要，出发办事去了。

我又想起今天野餐时凯蒂的面容，还有之后博伊德发现的现场。我女儿对那个相当迷人的帕玛·卡曾斯是认真的吗？她会不会因为想跟他在一起，而打算休学？或是有别的原因？

帕玛·卡曾斯哪里有问题，让我觉得不放心呢？难道只是因为我女儿口中的“那个男的”长得该死的实在太帅了吗？我是变得心胸狭窄，开始以貌取人了吗？

和卡曾斯无关。我的女儿现在是个成年人了。她会做她想做的事。我无权干涉她的生活。

我在身上擦满杏仁薄荷香味的沐浴乳，又开始担忧博伊德发现的塑料袋。

我如果有点运气的话，里面的东西可能只是动物的骨头。但万一不是呢？要是霍金斯的斧头理论不是个玩笑呢？

我的心怦怦直跳，淋浴莲蓬头的水变得微温，接着喷出冷水。我飞快地把身体冲干净，裹上浴巾，头上也裹了一条，然后走向卧室。

我告诉自己，不会有事的。

我错了。

事情在变得更糟之前，已经要变糟了。

5

星期天早上。时间：七点三十七分。气温：华氏七十四度。湿度：百分之八十一。

我们正朝着记录迈进，气温已连续十七天都攀升到华氏九十度。

走进梅克伦堡医事检察所的门厅，我刷了门卡，走过弗劳尔斯太太的指挥所。即使她不在，她的指挥所仍然庄严肃穆。所有的东西和便笺纸都摆得整整齐齐。纸堆放在桌子边缘的直角上。没有笔。没有回形针。没有凌乱的东西。只有一张私人照片，上面是一条西班牙猎狗。

星期一到星期五，弗劳尔斯太太会从她桌子上方的平板玻璃窗口审查访客。有人刷卡进来，她就打声招呼，其他人一律请回。她也打报告，整理文件，时不时检查墙边那一排黑色档案柜里有无纸屑。

我右转经过死亡调查员们的小办公室时，查看了一下后墙上那块用黑色记号笔记录每日案件的白板。

博伊德发现的那件案子已经在上面了。梅克伦堡县医检 437—02。

这里非常安静。和我预料的一样，空无一人。

但让我惊讶的是，茶水间里竟然有刚刚煮好的咖啡。

上帝真仁慈，我心想，自己动手倒了一杯。

或许是仁慈的乔 · 霍金斯。

我正在办公室门口开门时，那位死亡调查员出现在我面前。

"你是个圣徒。"我端起马克杯说道。

"我想你可能会很早就到。"

在重建过程中，我告诉霍金斯，我星期一打算溜到海滩去度假。

"你会想要昨天的战利品？"

"得了吧。给我宝丽来和尼康相机。"

"需要 X 光吗？"

"是的。"

"大解剖室还是尸臭房？"

"我最好到后面去干活。"

梅克伦堡县医事检察所有两间解剖室，里面各有一张桌子。其中较小的那间设有特殊通风设备以防止尸臭。

分尸案和浮尸案。我负责的案子。

我从办公桌后的迷你隔板上抽出一张表格，填上案件编号，又简要叙述了一下尸体的情况及搬运到停尸间时的环境状况。然后我走进更衣室，换上手术服，朝那间恶臭的房间走去。

那两个袋子正在等我。还有相机和其他与手术服配套的物品：纸围裙和面罩、塑料眼镜、乳胶手套。

拿起来。

我用宝丽来拍了三十五毫米照片，接着又请霍金斯用 X 光照那两个袋子。我不希望有意外。

二十分钟之后，他把那两个袋子推回来，把几张 X 光片放在灯箱上。我们一起研究那些层层叠叠的灰色影像。

骨头里混杂着沉积的沙砾成分。没有特别模糊的部位。

"无金属物。"霍金斯说。

"很好。"我说。

"没有牙齿。"他说。

"很糟。"我说。

"没有头骨。"

"是没有。"我同意。

我穿上防护设备——但没戴眼镜，解开扎住袋口的绳子，把里面的东西全都倒在桌上。

"我的天哪！看起来真像那么回事。"

一共有八块被肢解的手和脚，上面的肉都只剩下一半了。我把它们放在一个塑料桶里，请霍金斯拿去照 X 光。霍金斯拎走塑料桶，一边摇头，一边重复那句话。

"我的天哪！"

我小心地把剩下的骨头摊开。有些已经没有软组织，有些则由肌腱连在一起，还有一些上面黏着腐烂的肉块。

中新世晚期的某个时候，大约距今七百万年以前，有一群灵长类开始尝试直立行走。这种运动上的改变需要结构上的修补，在几个纪元里，大部分肌肉痉挛的状况得以消除。到了上新世，大约距今二百万年前的时候，原始人类在四处奔跑，等着某人发明舒适的勃肯鞋。

当然，转而使用两足运动也有缺点。下腰痛。生育变得困难。失去了有抓力的大脚趾。但总的来说，这项改变效果不错。到了直立行走的原始人类在陆地上四处巡行，寻找猛犸象的时候，也就是距今约一百万年前时，我们的祖先已具有S形的脊椎骨，宽且短的骨盆以及垂直挺立在脖子上的头颅。

我正在审查的这些骨头并不符合上述特征。这些髋臼又窄又直，脊椎粗短，且有长刺状的凸起。四肢的骨头则短而厚，其形状也并非人类所有。

我松了口气，轻叹一声。

这个袋子里的受害者用四只脚奔跑。

送到我这里来的“可疑”骨头经常会被发现属于动物。有些是星期天晚宴的残余物，例如小牛犊、猪、羊羔和火鸡。有些是去年打猎时留下的残骸，比如说鹿、麋鹿和野鸭。有些则是家畜和宠物的遗骨。它们可以是菲利克斯、罗弗、贝西和老潘特。

博伊德的发现虽不在这些种类里，但我的第六感已经提醒了我。

我开始分类。右肱骨，左肱骨。左胫骨、右胫骨。肋骨。脊椎骨。我就快分好的时候，霍金斯拿着X光片走了进来。

仅仅一瞥就证实了我的猜测。

虽然这些“手”和“脚”令人不快，看起来有点像人骨，但骨骼的差异十分明显。这些手的舟骨和半月状骨头粘在一起。这些脚的蹠骨和趾骨端被深深地削过。而且，手指和脚趾的长度则是从内向外递增。

我指出上述最后一项特征。

“以人类的脚来说，第二根跖骨最长。如果是人类的手，那么第二根或第三根指骨最长。而熊的话，则不管前掌还是后掌，都是第四根最长。”

“所以看起来像是人类退化了。”

我指出脚底的软组织肉垫。

“人类的脚会更呈拱形。”

“那么这是什么呢，博士？”

“熊。”

“熊？”

“我应该说，是好几只熊。我至少找到了三块左股骨，这就意味着最少有三只熊。”

“爪子在哪儿？”

“没有爪子，没有末趾骨，也没有毛皮。这就是说，这些熊被剥了皮。”

霍金斯就此沉思了一阵。

“那么头呢？”

“我和你一样纳闷。”

我啪的一声关掉灯箱，回到解剖桌上。

“在本州，猎熊是合法的吗？”霍金斯问道。

我从面罩里凝视着他。

“我和你一样纳闷。”

我花了好几个小时给第一个袋子里的东西归类、登记和拍照。

结论：第一个袋子里有三只 Ursus americanus 的部分骸骨。Ursus americanus，即美洲黑熊。这个特别的命名来自吉尔伯特的《哺乳动物骨学》和奥尔森的《考古地点的动物遗骸》。它们是两只成年黑熊和一只小黑熊。无头，无爪，无末趾骨，无牙，也没有外皮。死亡原因不明。从尸骨上的切割痕迹来看，是由非锯齿状的锋利双刃刀剥皮，可能是把猎刀。

在处理第二个袋子之前，我抽空打了个电话给美国航空公司。

班机当然会准时起飞，如果有旅客迟到，飞机只会等他十亿分之一秒。

我看了看手表。十一点二十分。如果第二个袋子没有意外的情况发生，我还能来得及准时赶到机场。

我打开一罐健怡可乐，从我贮存在厨房柜的一个盒子里拿出一条贵格焦糖坚果麦片棒。我一边吃，一边研究着包装纸上的贵格朝圣者。他正对我露出亲切而灿烂的笑。还会出现什么状况呢?

我回到解剖室，又看了一下第二袋的 X 光片。没有发现任何可疑之处，就解开袋口的绳结，倒出袋子里的东西。

一团骨头、沙土和腐肉混合而成的糊状物缓缓滑落到不锈钢桌面上。一股恶臭充斥了四周的空气。

我调整一下面罩，开始在这团糊糊里拨来戳去。

还是熊。

我捡起一根较小的长骨，显然不是熊。这根骨头掂在手里很轻。我注意到这根骨头的外层很薄，骨髓的凹洞又不成比例的大。

鸟类。

我开始鉴别归类。

熊类。

雀鸟类。

时间一点点逝去。我的肩膀开始痛了。我听到过一次电话铃响。响了三声就没了。不是霍金斯接了电话，就是电话的语音服务在工作。

我根据分类学把骨头分开，开始登记新的熊骨。和之前一样，没头，没爪，也没毛皮。

一小时后，熊的数目已增加到六只。

我脑子里不断想着这件事。

在北卡罗来纳州可以合法猎熊吗？六只算很多了。对此有限制吗？这些残骨是一次屠杀的结果，还是多次狩猎攒下来的呢？骨头上参差不齐的切痕支持了后一个猜想。

为什么六具没头的尸体会被装进垃圾袋、埋在树林里？这些熊是因为身上的毛皮而被杀死的吗？熊的头是不是被当成了战利品？

是不是有猎熊的季节？这些狩猎是不是在法律允许的时间发生的？如果是，是在什么时候呢？我很难判断这些动物死了多久。直到博伊德闯入，垃圾袋一直都是一层有效的屏障，隔绝了虫子和食腐动物的侵扰，才没有加快腐烂的速度。

我正要转去处理那些鸟骨，忽然听到走廊里飘来说话的声音。我停下来听。

乔·霍金斯。另一个男人的声音。又是霍金斯。

我把戴着手套的双手举高，用屁股把门推开往外瞧。

霍金斯和蒂姆·拉勒比正在组织学研究室外交谈。那位验尸官看起来很激动。

我正准备退回来时，拉勒比喊住了我。

“唐普。很高兴见到你。我一直在打你的手机。”他穿着牛仔裤和粗花呢的黑领高尔夫球衫，头发湿得像刚冲完澡出来。

“我从不把皮包带进解剖室里。”

他看向我身后的桌面。

“那些就是在科恩斯浅滩附近发现的东西？”

“是的。”

“是动物？”

“嗯哼。”

“好。我有点其他的事想请你帮忙。”

哦，不。

“大约一小时前，我接到戴维森警局打来的电话。下午一点，有架小飞机坠机了。”

“在哪儿？”

“戴维森东边，就在梅克伦堡县与卡巴吕和艾尔德尔交界处的偏僻地区。”

“蒂姆，我很……”

“飞机撞到岩壁上，变成一团火球。”

“飞机上有多少人？”

“还不清楚。”

“乔不能帮你吗？”

“如果尸体不仅被烧得面目全非，又被炸得支离破碎，就需要一双专业的眼睛才能辨别出每一个碎片。”

这不可能。

我看了一下手表。二点四十分。还有九十分钟飞机就要降落了。

拉勒比用充满感情的眼睛注视着我。

“我要清洗一下，然后打几个电话。”

拉勒比伸出手来，握住我的上臂。

“我知道我能指望上你。”

把这些话告诉那位风流侦探吧。一个半小时之后，他就会独自一人叫上一辆出租车。

我只希望我能在他熟睡前赶到家。

6

下午四点。气温华氏九十七度。湿度大致相同。这样的天气又朝记录推进了一大步。

坠机地点是梅克伦堡县东北方的偏远地区，从市区开车过来大约需要一小时。梅克伦堡的这个地方只有玉米和大豆，不像西部的诺曼湖那里既有水上摩托车，又有无动力双桅帆船和游艇。

乔·霍金斯已经到了现场。我和拉勒比把车停在他那辆路虎越野车旁边。这位死亡调查员正倚在后顶盖侧板上抽着小雪茄。

“飞机坠落在哪儿？”我把背包斜背在肩上。

霍金斯用小雪茄比了比旁边。

“有多远？”我已经开始冒汗了。

“二百码左右。”

我背着背包，拉勒比和霍金斯拿着器材。我们这个三人小组合走完三块玉米田之后，早就气喘吁吁，汗如雨下了，身上还痒得要命。

尽管这次的场面比往常小，但正常的阵容也都有了：警察、消防人员、一位记者和像是坐在双层巴士上看热闹的当地人。

有个鉴定人员已经开始在飞机残骸四周拍照。我从田野这边望过去的时候，不禁愣住了。那架飞机看起来已经被炸得粉碎。

两辆消防车静静地停在警戒线外，轮胎上仍粘着轧扁的玉米秆。他们现在已经干完活了，但我能猜到他们往飞机残骸上灌了多少水。

对焦骨的搜寻工作来说，这可不是件好事。

现场指挥官似乎是个身穿戴维森警局制服的男人。他胸前的铭牌上写着韦德·古利特。

我和拉勒比作了自我介绍。

古利特警官长着方下巴，挺直的鼻梁，黑色的眼睛，头发半白。属于领导类型的人，除了个头矮了些，大约是五英尺二。

我们一一和对方握手。

“很高兴见到你在这儿，博士。”古利特向我点头，“我是说你们。”

我和拉勒比仔细听古利特扼要地介绍现场的情况。他提供的消息并不比拉勒比在解剖室外告诉我的更多。

“这块地的主人一点十九分报的案。他说他从客厅的窗户朝外看，发现有架飞机飞得很滑稽。”

“飞得很滑稽？”我问。

“飞得很低，左右摇摆。”

我从古利特的头上望过去，估量着远处田野尽头露出地面的岩石的高度。不会超过二百英尺。我看到距离最高处五码左右的地方有红色和蓝色的污迹。一道草木燃烧的痕迹，从飞机撞击点一路延伸到飞机残骸下方。

“有人听到一声爆炸声，跑出来一看，发现他北方四十度的方向冒起浓烟。等他赶到现场，飞机早就坠落了，还在起火燃烧。这个农夫叫……”

古利特看了一下他手中的活页笔记本。

“米哈洛夫斯基。他没看到现场有活着的人，就急忙赶回家打九一一报案。”

“知道飞机上有多少人了吗？”拉勒比问。

“看上去是四人座的飞机，最多不会超过六个人吧。”

古利特显然是想跟斯莱德尔争着当电影里的警察。

他单手合上笔记本，把它滑进胸前的口袋里。

“调度员已经通知了联邦航空局，要不就是运输安全委员会。反正是某个联邦政府机构。我的人和消防局的小伙子们在，我想控制场面不成问题。你有什么需要协助的地方就跟我说，博士。”

我发现我们之前停车的路肩上还停着两辆救护车。

“通知治疗中心了吗？”

“已经让夏洛特的医疗中心做好准备了。火势得到控制后，我和医护人员到现场去看了一下。”古利特微微摇摇头，“整架飞机都撞烂了，没有半个人生还。”

拉勒比说明我们工作流程的时候，我偷偷瞄了一眼手表。四点二十分。正是我的客人预计到达的时间。

希望他已经收到我的留言，知道我会晚点到家。我希望他能搭上出租车。我希望他会找到我让凯蒂粘在厨房门上的钥匙。

我希望凯蒂确实把钥匙粘在上面了。

放松点，布兰纳。如果有状况，他自然会打电话过来。

我掀开手机盖，却发现没有信号。

可恶。

“准备好去现场了吗？”古利特问拉勒比。

“不会还是火炉吧？”

“火已经灭了。”

“请带路吧。”

此时我心里恨着这个工作，却还是跟着他们俩走进玉米地，越过警戒线，来到飞机残骸的边缘。

靠近看，飞机的损毁程度并不像从远处看时那么严重。尽管被撞成了手风琴的模样，又被大火烧过，但机身大致还保持完整。机身四周散布着扭曲烧焦的机翼、熔化的塑料和一大团无法辨识的瓦砾。午后的阳光映照着玻璃碎片闪闪发光，如同磷光一般。

“嗨！”

听到有人在喊，我们全都转过身去。一个身穿咔叽裤和深蓝色衬衫的女人，头上戴着帽子，脚上踩着长筒靴，正大步向我们走来。她帽檐上的几个黄色大字，告诉我们她是运输安全委员会的人。

“抱歉，我来太晚了。我是搭最快的航班赶过来的。”

她脖子上挂着摄像机，朝我们伸出手来。

“希拉·詹森，飞行安全调查员。”

我们分别和她握了手。她的手很有力。希拉摘掉帽子，抬起前臂抹了把脸。她一头金发，皮肤白皙，身材健美，活力四射。摘掉那顶帽子之后，她看起来就像拍牛奶广告的明星。

“这里比迈阿密还热。”

我们一致赞同。这里的确很热。

“警官，一切都正常吗？”希拉侧头看着数码相机的取景器，问道。

“除了要扑灭火苗之外。”

“有生还者吗？”

“目前没有发现。”

“飞机上有多少人？”希拉一会儿向左走几步，一会儿又向右移几步，不停地从各个角度拍摄照片。

“至少一个。”

“你的人去附近区域查看了吗？”

“是的。”

“给我一分钟，好吗？”她扛起那台摄影机。

拉勒比用一只手做了个请的手势。

我们看着她在飞机残骸边走来走去，拍照摄影。接着，她还拍了撞机的岩壁和四周的田野。直到十五分钟过后，她才回到我们身边。

“那是一架塞斯纳二一〇型飞机。驾驶员在驾驶座，还有一位乘客在后座。”

“为什么在后座？”我问道。

“因为右前坐椅不见了。”

“为什么？”

“问得好。”

“知道是谁的飞机吗？”拉勒比问。

“现在我拿到了机尾的注册号码，可以追查。”

“飞机是从哪里起飞的？”

“这问题难以回答。只要你查出驾驶员是谁，我就可以去拜访一下他的家人和朋友。同时，我会去核查雷达有没有跟踪到这架飞机。当然，如果这架飞机是目视型飞机，雷达就无法辨识，更谈不上追踪它的航道。”

“目视型？”我问。

“抱歉。飞机的驾驶设备可分为两种，一种是目视飞行型，另一种是仪器飞行型。仪器飞行型飞机的驾驶员可以使用仪器为自己导航，因此能够在任何天气情况下飞行。

“目视型飞机的驾驶员则不用仪器。他们在乌云密布或多云的情况下，不能在云层上空飞行，也不能让飞行高度超过五百英尺。目视型驾驶员利用地标作为导航的依据。”

“解释得真好，空中之王。”古利特鼻子哼了一下。

我没理他。

“飞行员不用提交飞行计划吗？”

“要。如果飞机从受到ATC的GA机场起飞，就需要。这是九一一之后的新规定。”

詹森调查员的缩略语比字母汤里的还多。

“GA机场？”我知道ATC是指空中交通管制。

“A类普通航空机场。飞机必须按照特定的规范飞行，尤其是在靠近大城市的GA机场起飞的飞机。”

“需要提交旅客名单吗？”

“不用。”

我们都凝视着那堆飞机残骸。拉勒比先开口了。

“所以，这架飞机有可能是自己找个地方起飞的？”

“那些抽可卡因和大麻的家伙可不关心什么规定和飞行计划，也不管是不是GA机场。他们大都从偏僻的地方起飞，而且飞得很低，这样可以避开雷达的追踪。依我看，这次的事件应该是吸毒之后带来的悲剧，不会有什么飞行计划可查。”

“要通知联邦调查局和药物监管局吗？”古利特问道。

“那要看我会在这里找到什么了。”希拉晃动着手中的数码相机，“再让我拍几张近距离的特写，你们就可以搬走尸体了。”

* * *

之后的三小时里，我们就做了这些。

我和拉勒比跟遇难者的遗骸搏斗，希拉在我们周围爬上爬下，时而用数码相机拍照，时而用摄像机录像，时而画现场的素描图，用口袋录音机录下她的想法。

霍金斯站在机舱旁，帮忙递送工具和照相。

古利特四处走动，负责递送水和提问。

天气闷热，蚊虫又多。从下午到天黑的这段时间里，其他人也都在忙碌地来来去去。我专注于手边的工作，几乎没有注意到这些。

飞行员皮肤已成焦黑色，头发全被烧光，眼皮收缩成半月状，无法辨认他的模样。有一团不成形的东西把他腹部与肩膀连在一起，让他看起来还有人形。

“那是什么东西？”古利特在一次巡视的时候问道。

“可能是肝脏。”拉勒比一边回答，一边把那团焦黑的组织拨开。

这是古利特警官问的最后一个问题。

驾驶员座舱上有块奇怪的黑斑。我虽然处理过小型飞机失事的事件，但不曾见过这种东西。

“你知道那是什么东西吗？”我问拉勒比。

“不知道。”他说道，专心地拉出遇难飞行员的尸体。

遗体被分离出来之后，立刻被装进尸袋，放在折叠式轮床上。一位身穿制服的警官和霍金斯一起把轮床推向医事检察所的公务车。

在处理后座那位乘客前，拉勒比让我们先停下。他取出自己的录音机录下他的观察结果。

我跳回地上，扯掉面罩，挽起连身服的袖子，看了一下手表。第十亿次都不止了。

七点五分。

我又查看了一下手机。

还是收不到信号。上帝祝福这个国家。

“已经处理完一个。”拉勒比说完这句话后，就把录音机塞进连身服内的口袋里。

“你不需要我和你一起处理飞行员的尸体吧。”

“对。”拉勒比赞同。

但是乘客不行。

当一个快速移动的物体——如汽车或飞机——突然停止时，里面的人如果没系好安全带，就会像生物力学中所说的那样，变成“近似被抛掷的物体”。在这种情况下，大件物体内的小物体会继续相同的抛掷动作，直到它们自身突然停下来为止。

而在一架塞斯纳飞机里，这并不是一件好事。

后座的乘客没有像飞行员那样系着安全带。他的头部突然停下之后，撞上挡风玻璃，在玻璃窗框上留下头发和骨头碎片。

他的头颅因严重撞击而破裂，而那场大火完成了接下来的工作。

我望着那具烧焦的无头尸体，再看看尸体四周令人惊悸恐惧的一片狼藉，胃部不禁一阵痉挛。

蝉在远处鸣叫着。那呆板的嘎嘎声仿佛是沉闷空气中凄切的哀鸣。

短暂的伤感过后，我又戴上面罩，慢慢爬进机舱，钻入后座，开始在一堆残骸和脑浆里寻找碎骨。大多数碎骨都是头部撞上挡风玻璃后四散开来的。

玉米田和人群都变得渺茫。蝉声也渐渐变远。我时不时会听见人的声音，无线电的声音和遥远的警笛声。

拉勒比忙着处理那具乘客的遗体，我则到处寻找他的头颅碎片。

牙齿。眼窝的边缘。一块下巴。所有的碎骨都沾上了一层黏黏的黑色东西。

飞行员身上只有黑色斑点，而那位乘客则是全身都形成了一层焦硬的外壳。我一时也搞不清楚那黑色的东西是什么物质。

我装满一盒碎骨后，霍金斯把它拿走，又递给我一个空盒子。

我之前听到工人在安装小型发电机和灯。机舱里有股焦肉和燃料的臭味。阵阵呛鼻的油烟味，更让这个狭小的空间变成一个小型的尘暴区。我的背和膝盖都很痛，而且不管我如何挪身体，始终找不到一个舒服的姿势。

我在脑子里幻想清凉的画面，好让身体降点温。

游泳池。漂白剂的味道。赤脚走在表面粗糙的木板路上。跳入水中的瞬间所感受到的那股冰凉。

海滩。淹没脚踝的海浪。凉爽又咸腥的海风吹在脸颊上。空调冷风吹在抹了水宝宝防晒霜的皮肤上。

冰棒。

柠檬汁里的冰块。

当白天最后一抹粉红色的霞光滑入地平线之下的时候，我们终于结束了工作。

霍金斯走向他的SUV。我和拉勒比脱掉连身服，开始收拾设备。我站在柏油马路上，凝视着夜色。

黄昏带走了大地上所有的色彩。夏夜来临，在玉米秆、峭壁和树木上涂上层层色彩。

现场中央，手提灯的光映照着那架失事飞机和救援人员，仿佛正在田野中上演一出莎士比亚的悲剧。

仲夏夜的一场噩梦。

*　*　*

我精疲力竭，回家的路上都在睡觉。

“你要绕到办公室，把自己的车开回去吗？”拉勒比问道。

“你送我回家吧。”

我们一路上就说了这么多话。

一小时后，拉勒比在我家院子旁让我下车。

“明天见？”

“嗯。”

当然，我没有生活。

我下了车，砰的一声把车门关上。

厨房里没有光。

书房里有灯吗？

我蹑手蹑脚来到屋旁，从角落里偷眼往屋里看去。

还是一片漆黑。

楼上呢？

也一样。

“很好。”我喃喃自语，觉得自己像个笨蛋，“我希望他不在这儿。”

我走进厨房。

“有人吗？”

什么声音也没有。

“博迪？”

猫也不在。

我把背包丢在地上，解开鞋带脱掉靴子，再打开门，把鞋子放到外面。

“博迪？”

还是不见踪影。

我走进书房，按下壁灯的开关。

然后发觉自己因为惊愕而张大了嘴。

我身上脏兮兮的，又精疲力竭，距离美好的模样有数光年之遥。

“见鬼，你在这里干什么？”

7

赖安睁开一只蓝色的眼睛。

“这就是你要跟我说的话？”

“我在跟它说话。”我用一根脏兮兮的手指指着博伊德。

那条狗睡在沙发的一头，脚掌垂在沙发边缘。赖安躺在另一头，两腿伸直，脚踝交叠，搁在那条松狮犬身上。

他们俩都没穿鞋。

博伊德一听到我的声音，立刻坐直身体。

我动动手指。

博伊德溜回地板上。赖安那双十二号的大脚也落回垫子上。

“违反了家具使用守则？”这时两只蓝色的眼睛都睁开了。

“我可以理解为你找到钥匙了？”

“小事一桩。”

“这条松狮犬是怎么到这儿来的，它为什么让你就这样进了门？”

赖安和博伊德瞧着彼此。

“我一直叫它胡赫。我在一个电影里见到过一只叫胡赫的狗，觉得这名字很适合它。”

博伊德的耳朵竖了起来。

“谁让胡赫进来，胡赫又为什么会让你进来？”

“从在布赖森市发生那次飞机失事案后，胡赫就记得我了。”

我忘了这件事。赖安的搭档在押解一个罪犯从佐治亚回蒙特利尔的航班上殉了职。运输安全委员会特地请他去协助调查那次的飞机失事事件。就是在那时，他在卡罗来纳山区里认识了博伊德。[①]

“胡赫怎么会来的？”

“你女儿带它过来的。”

博伊德用鼻子磨蹭着赖安的手掌。

“好孩子。”

突袭成功，我想到，不甘示弱地对他一笑。凯蒂猜到客人不会拒绝一条狗。

“好狗。”

他搔着博伊德的耳朵，把双脚移到地板上，同时扫了我一眼。他的嘴角扬了起来。

“样子不错。”

我的衣服脏乱不堪，指甲里都是泥土和灰炭，头发被汗浸湿，乱七八糟的。脸颊被蚊虫咬得尽是红红的肿块。满身都是玉米地、飞机燃料和焦肉的味道。

我的妹妹哈莉会怎样形容我现在的样子呢？艰难地骑着自行车，

①见凯西·莱克斯同系列作品《逃，毁灭的航程》，新星出版社 2010 年出版。

挥汗如雨。

但我现在没心情关心她这位时尚专家的评论。

“我一直在捡烧焦的人体脑部物质，赖安。换成是你，你也不会看起来像是迪奥的广告模特儿。”

博伊德注视着我，估计脑子里只想着它自己。

“你吃过了吗？”

“这次的工作不包晚饭。”

博伊德听到我的语气，又把鼻子塞回赖安的手里。

“胡赫和我都想吃比萨。”

博伊德听到它的新绰号，突然摇起尾巴来。也许是因为它听到了比萨这两个字。

“它叫博伊德。”

“你为什么不先去楼上洗个澡呢？我和博伊德会想办法弄点吃的来。”

弄点吃的？

赖安出生于加拿大的新斯科舍省，成年后一直住在魁北克。尽管他到过不少地方，但他对美国文化，还是典型的加拿大式理解。观念狭隘的南部人、帮派、牛仔。他为了给我留下深刻印象，时常会说些西部枪手的行话。我希望他现在不要这么做。

“我一会儿就好。”我说。

“慢慢洗吧。”

很好。他没添上一句“主人”或“夫人”。

但就在我拖着沉重的步伐走上楼梯时，他突然补了一句。

“——凯蒂猫小姐。”

* * *

再度来到充满泡沫和蒸汽的浴室，洗去身心沾染上的死亡气息。薰衣草沐浴乳、杜松子洗发香波、迷迭香加薄荷香型的护发素。我最近用了很多芳香类的植物制剂。

我揉着身上的泡沫，想起楼下那个男人。

安德鲁·赖安目前是魁北克安全局重案组的副探长。

赖安和我共事将近十年，那时他是重案组的探员，我是刑事人类学家。我们在蒙特利尔的同一幢大楼里工作。我在魁北克法医研究所，他在魁北克安全局。凭着各自的专长，我们一起调查过连环杀人案、摩托党徒、末世教派，还有一般性的犯罪案件。我负责处理被害人的遗体，他外出调查案件。我们在一起的时候，都只是公事。

多年来，我听到许多赖安过去的故事。他混过飞车党，吸过毒，狂饮后被送进警察局的酒鬼监禁室。他还被一个飞车党徒用十二盎司的酒瓶子砸中颈部，濒临死亡，过了好久才复原。此后，他就痛改前非，成了好小伙子。他进了魁北克警察局，慢慢崭露头角。

我也听说过赖安最近的传闻。警局种马，泡妞专家。

与我无关。我坚决反对办公室恋情。

但赖安一向不守规则。他一直进攻，我不断拒绝。直到一年多前，我终于接受了现实，明白我和皮特还是做朋友更好。那之后，我才答应跟赖安约会。

约会？

天哪，我说起话来居然像我妈妈。

我又挤出一些薰衣草沐浴乳抹在身上，揉出泡沫来。

身为超过四十岁的单身女子，我该用什么字眼比较恰当呢？

出去玩？追求？求爱？

没什么意义。在我们还没正式开始之前，赖安就为了某个秘密调查任务失踪了。等他再度出现，我们试过一起去吃饭，看电影，打保龄球，但始终走不到求爱这一步。

我想着赖安的样子。又高又瘦，一双眼睛比卡罗来纳的天空还蓝。我的胃突然抽动了一下。

求爱!

或许我并不像自己想的那么累。

去年春天在危地马拉，在我感情最脆弱时，我终于决定和他开始。我答应赖安一起去度假。

在海边会不会发生什么错误?

我永远也不会知道。在我们去危地马拉机场的途中，赖安的传呼机忽然响了。我们没有飞往科祖梅尔，而是回到蒙特利尔。赖安去德拉维蒙德尔，执行跟踪监视的任务，而我回到了实验室，继续验骨头。

求爱就此中断。

我开始冲水。

如今，风流警探正一屁股坐在我书房的沙发上。

好翘的臀部。

轻浮。

紧实。完美的曲线。

非常轻浮。

我关上水笼头，离开淋浴房，摸索着毛巾。浴室里全是蒸汽，镜子上模糊一片。

幸好，我心想，在脑海里勾画出蚊虫在我脸上制作的工艺品。

我套上那件又破又旧的毛巾浴袍。那是在我即将取得西北大学博士学位的时候，哈莉送给我的礼物。虽然袖子破了，上面还有咖啡渍，但它仍是我最喜欢的一件长袍。

博迪正蜷着身体窝在我床上。

“嗨，博迪。”

如果猫能流露出责备的眼神，那么此时博迪就是在责备我。

我坐在它身旁，手抚摸着它的背。

“我没有请那条松狮犬来。”

博迪什么也没说。

“你觉得另外一个家伙如何？”

博迪把两个脚掌缩在胸部下面，用如同人面狮身像一般的谜样眼神望着我。

“我该不该把吊带比基尼拿出来？”

我躺在猫身旁。

“还是把维多利亚的秘密给找出来？”

其实我的维多利亚的秘密是仿制品，在危地马拉买的。我在当地一家内衣店发现了这个品牌，于是就买了一堆，准备去海边度假时穿。而那个计划永远不会实现了。那些衣物还躺在仿得非常像的粉红色袋子里，连标签都没撕。

我闭上眼想着。

阳光穿过木兰花的枝叶，温暖地洒在我脸上。

我闻到一股烤培根的香味，听到厨房里有动静。

我迷糊了一阵，过了一会儿才清醒过来。

我睁开双眼。

我像胎儿般蜷缩在床上，身上盖着一件阿富汗毛呢大衣。

我看了一下钟。

八点二十二分。

我呻吟了一声。

我从床上滚下来，穿上牛仔裤和T恤，开始梳头。昨晚睡下去的时候，头发还湿着，结果现在右边的头发被压平，而左边却又翘又卷。

我试着用水压平头发。一点用也没有。我看起来就像那个头发翘得像帽子似的黑人摇滚歌手小理查。

糟糕透顶。

我走下楼的途中，忽然想起还没刷牙。

我跑回去刷牙。

博伊德在楼梯口迎接我，两眼炯炯有神，就像是刚吸过纯可卡因的瘾君子。我挠着它的耳朵。它立刻跑回厨房去。

赖安正站在炉边。他穿着一条牛仔裤。全身上下就那条牛仔裤。肚脐眼都快露出来了。

天哪。

“早安。”我想不出更好的开场白，只能这样说。

赖安转过身来，手里还拿着叉子。

“早安，公主。”

“听着，我很抱——”

“来杯咖啡吗？”

“谢谢。”

他用马克杯帮我倒了杯咖啡。博伊德一闻到肉味，兴奋极了，不停在厨房跳来跳去。博迪一直待在楼上，继续散发着不满的气息。

“我一定要——”

“我和胡赫有想吃培根和煎蛋的渴望。”

渴望？

“坐。”赖安用叉子指着餐桌。

我坐了下来，博伊德也跟着坐下。那条松狮犬发觉不对，又站了起来，两眼直盯着赖安放在纸巾上的那块培根。

“你有没有找到枕头和毯子？”

“有的，夫人。”

我喝了一口咖啡。挺好喝。

“味道很好。”

“谢谢你的夸奖，夫人。”

毫无疑问。今天会是西部牛仔日。

“你从哪儿弄来的培根和鸡蛋？”

“胡赫和我一起到哈利土豆买的。杂货店叫这个名字，很怪异。”

“是哈利迪特。”

“对。这才像个店名。”

我在柜台上看到一个空的比萨盒。

“实在很抱歉，我昨晚昏睡过去了。”

“你累坏了，自然倒头便睡。这没什么。”

赖安拿了一片培根肉给博伊德吃，又回过头来，用他那双婴儿蓝的眼睛盯着我，然后缓缓地扬起眉毛，又缓缓垂下。

“当然，我在意的不是这个。”

天哪。

我用两手把头发拨向耳后。右边的头发依然故我。

“我今天可能要工作。”

“我和胡赫早料到了。我们会自己找节目的。”

赖安把鸡蛋打进煎锅里，然后扬起手腕以跳投的姿势把蛋壳丢进洗碗槽。

“但是我们可以坐车。”

“你送我上班，然后可以开我的车去。”

我没问他的节目是什么。

吃早餐时，我描述了一下坠机现场。赖安同意我的看法，认为开飞机的可能是毒贩。他也不知道那些黑色的残留物是什么。

“运输安全委员会的调查员也不清楚？”

我摇摇头。

“拉勒比会亲自解剖飞行员的遗体，但他让我处理那位乘客的头颅。”

博伊德的爪子搭上我的膝盖。我没理它，它转向了赖安。

喝下第二杯和第三杯咖啡时，我和赖安聊到共同的朋友、他的家人，还有夏季结束我回到蒙特利尔的时候，我们要做的事。我们的交谈轻松随意，远离了被分尸的熊和粉身碎骨的塞斯纳飞机。我发现自己无缘无故地傻笑起来。我本来想说，你可以做些火腿芥末腌黄瓜三明治，看看老电影，悠闲自在地过完一天。

但我说不出口。

我伸出手，把手掌按在赖安的脸颊上。

“我真的很高兴你能过来。”我面带微笑，微笑背后却是咯咯地笑。

“我也很高兴我在这里。”他说。

“我有一些动物的骨头要处理，不过花不了多少时间。我们可以明天再去海边。”

我把咖啡喝完，想起在烧焦的机身里找到的头颅碎块。我脸上如杯形蛋糕的微笑立刻枯萎了。

“最晚星期三。”

赖安把最后一片培根丢给博伊德。

“大海永远都在。”他说。

于是，我们将会看到，尸体也永远都在，一个接一个出现。

8

赖安没法开车送我去上班。我没有车。

我打电话给凯蒂。几分钟之后，她就坐了出租车过来，带我们去市区，对这趟早晨的出差感到非常兴奋。

很好。不错。

天气炎热潮湿，全国公共广播电台的气象播报员并不认为气温会再持续攀升。赖安穿着牛仔裤、短袜、平底便鞋和无袖运动衫，似乎穿多了。

到了梅克伦堡县医事检察所后，我把车钥匙交给赖安。经过大学时，我看到一个孩子穿着特大号的卡罗来纳黑豹队的球衣，头上挂着耳机。他一面随着耳机里的旋律拍着篮球，一面走向市政大楼的方向。

我虽然心情不好，但还是忍不住笑了出来。在我们那个年代，牛仔裤最好是紧得可以造成动脉硬化。这孩子的内裤却大到可以塞三个人进去。

然而，当我望着凯蒂和赖安开车离去时，脸上的笑容却收了起来。我不知道我女儿要去哪儿，也不清楚赖安和我前夫的狗要去做什么，但我希望我也能跟他们一起去。

哪里都好，只要不是这里。

陈尸间不是个能让人快乐的地方。到这里来的人，都不是为了追求快乐。

我很清楚这点。

每一天，贪婪、狂热、粗心、愚昧和自我厌恶，都会遭遇邪恶，而一旦运气不好，再健康的人也会栽倒，翘起他们的脚尖。每一天，那些被留下的人都像傻瓜似的，被突来的噩耗深深打击。

周末是事故的温床，因此星期一是最糟的一天。

这点我也很清楚。

但是，星期一的早上总会让我心情沮丧。

我走进大门时，弗劳尔斯太太用她圆胖的手向我打招呼。她把门打开，让我从大厅走进接待区。

乔·霍金斯正在他那个小隔间里跟一个女人讲话。那个女人看起来像是加油站的柜台职员，脸和衣服都又宽又大，大约四十岁或六十岁。

那个女人正在听他说话，但眼神空洞呆滞，手里不停地卷着一张面巾纸。她其实并没有在听霍金斯说话。她开始领悟到，她今后的生活里，将失去那个她刚刚亲眼瞧见、已成为尸体的人。

我和霍金斯目光相遇时，我示意他继续做他的事。

白板上记录着昨天发现的三个案子。夏洛特的星期天可真忙碌。那位飞行员和乘客的编号分别是438—02和439—02。

拉勒比已经把那具飞行员的遗体放在大解剖室的桌上。当我向解剖室里看去的时候，他正在用手持放大镜检查遗体上烧焦的皮肤。

“我们手上的这个人，有什么消息吗？”

“还没有。”

“指纹和牙齿呢？”

“指纹已经采不到了，但是牙齿大致上还算完整。他应该在千禧年或者去年看过牙医。还有，他肯定去找过刺青师。来看看他身上的艺术品。”

拉勒比把放大镜递给我。

这人背部的下方一定是因为靠在椅背上，才没有被烧到。我在那里看到一条蛇的下半身。这条蛇不但有爪子，还有翅膀。盘绕的蛇身之间和周围都跳动着红色的火焰。

“你认识这个图案吗？”

“不认识，但应该会有人知道。”

“看来是个白人。”

拉勒比用海绵顺着文身往上擦，烟灰中又露出更多蛇身，好像在玩汉堡王的刮刮乐。蛇鳞间的皮肤则是一片苍白。

“对。”他同意了我的看法，“不过你看这个。”

拉勒比把一只手伸到飞行员的肩膀下，小心翼翼地将尸体扶起来。我弯下腰去看。

飞行员的胸部有许多黑色的斑点，看起来像是烧焦了的水蛭。

“那个乘客全身都是这样的斑点。”我说。

拉勒比把飞行员的肩膀放回桌上。

“没错。”

“你能想到那是什么吗？”我问。

“完全没有概念。”

我告诉拉勒比我在另一个房间工作。

“乔已经把 X 光片放在灯箱上了。”他说。

我打开档案夹，换上手术服，推了台小手推车，走进冰库。我拉动不锈钢门的把手，于是一阵嘶嘶的声音立刻响起，而我的鼻腔立刻充满了一股冷藏的焦尸臭味。

轮床整齐地排成两排。七张是空的，四张上面放着尸袋。

我查看了尸袋拉链上的标签。

梅克伦堡县医事检察所 437—02。黑熊和它们的同伴。

梅克伦堡县医事检察所 415—02。身份不明的男性黑人。因为他是在比利·格雷厄姆林荫大道附近发现的，我们就称他比利。比利是个没牙的老人，遗体被人用一堆报纸盖住，孤身一人，无人问津。发现尸体的三个星期里，没有人来认尸。一直到这个月底，比利都由拉勒比负责。

梅克伦堡县医事检察所 440—02。厄尔·达内尔·博格斯。生于一九四八年十二月十四日。我想这位可怜的博格斯先生就是乔的办公室里那个女人的家人。

梅克伦堡县医事检察所 439—02。身份不明。就是那位乘客。

我拉开尸袋的拉链。

这具尸体跟我记忆中一样，无头，全身焦黑，上臂弯曲成拳击手的姿势。两只手变成干枯萎缩的爪子。看来这具尸体上也采不到指纹了。

霍金斯把我要用的塑料桶放在这具无头尸的上方，仿佛是拿来代替那颗破碎的头颅。我把桶拿走，拉上尸袋的拉链，推着这辆手推车走进小解剖室。

X 光片显示着黑白条纹，就像老式电视的测试画面。第二张片子显示牙腭之间有两团金属物体。其中一团看起来像鸢尾花，另一团像俄克拉荷马州地图。

很好。这位乘客也去看过牙医。

我戴上手套，在桌面铺上一块桌布，把桶里的骨头倒出来。我花了好几分钟，才将那两块松散的牙齿修补剂定位，并把它们剥下来，再放进药水瓶里封好。我又取出上下颌和牙齿的部分，装在一个盘子里，摆在一旁。

接着我开始处理头颅。

火对这个人的头颅造成的破坏太过严重，已无法重组。

我把烧焦的皮肉和薄薄的黑色黏性物质刮掉后，就开始对头颅进行迷宫般的拼图工作。

一块前额骨的碎片嵌在两块凸出的眉脊间。头部后方的碎骨堆里露出球根状乳突骨以及我所见过最大的一块颈肉。这人的后脑勺一定有个像高尔夫球般大的凸起。

后座这位乘客肯定是位男性。这没什么用。拉勒比在报告这个案子的时候就已经发现了这点。

接下来是年龄。

我向右两步，开始检查那盘牙齿碎片。

和植物一样，齿冠从牙龈里冒出头后，就会开始慢慢向下扎根。到了二十五岁，牙床就会长满齿冠，而第三大臼齿，也就是智齿，也已长出牙来。牙医学上来说，那叫阻生智齿。此后，牙齿便进入崩坏期。

尽管这位乘客牙齿的珐琅质不是已经消失，就是太过脆弱无法检验，但每个看得见的牙根还相当完整。我必须用 X 光来检查那些藏在根部的珐琅质。

我回到头颅那里。

如同齿列一般，头颅也会有必要的聚集情况发生。人刚刚出生的时候，二十二块骨头虽已就位，但尚未闭合。每块骨头之间有一条条弯曲的线，被称之为骨缝。到了成年期，骨缝愈合，而后脑固定成隆起的形状。

一般而言，过生日的次数越多，骨缝就变得越直。

我只要剥去粘在那些碎骨上的烧焦的头皮，就能够查看每块骨头间的骨缝线。头盖骨底部的骨缝已经熔化，其他骨缝大多数都已裂开，只有一条从头顶延伸到后脑的矢状缝仍然保存完整。

尽管骨缝的愈合因人而异，差别极大，但根据这仅有的一条线索，我还是可以断定这是一个年轻人。

接下来，研究他的祖先。

种族在任何时候都是个棘手的问题。而一颗破碎的脑袋，让这件事变得更加糟糕。

在一大块前额碎骨上，一块鼻骨上部三分之一的部分还留在原处。它从中线往下滑的角度非常尖锐，使得鼻梁又高又挺，仿佛教堂的尖塔。

我把那块前额骨放下，换了一块脸部中央的骨头。

鼻孔很窄，边缘呈卷边型，低于鼻孔的位置，中间有一个小小的尖状物。从侧面看，鼻底和上牙床间的骨头笔直。颧骨呈大宽弧形状隆起。

鼻梁高耸，鼻缘尖而内钩，脸部并不高突，说明这是欧洲人的血统。

颧骨外扩则是亚洲人或美国印第安人的特征。

太好了。

回到齿列部分。

前排牙齿里只剩一颗仍残留着部分齿冠。我把它翻过来，发现珐琅质与牙龈的交界处微微有些隆起。

我正凝视着这颗门牙的时候，霍金斯把头探进解剖室内。

“看起来你遇到了难题。”

我伸出那只手。

“我不确定这是不是铲子形，但我总觉得什么地方很古怪。”

乔看了看那颗牙。

“我同意你的看法，博士。”

铲子形是指人的牙齿中间四颗门牙的外缘所构成的 U 字形，通常是属于亚洲人或美国印第安人的特征。

我把那颗牙放回盘中，请霍金斯用 X 光扫描上下颌的部分。

我看了一下时间。一点四十分。

难怪我肚子这么饿。

我摘掉手套和面罩，用抗菌肥皂洗手，把实验室外套扔在一旁。接着我走进办公室，吃贵格焦糖麦果卷配健怡可乐。

我一边吃，一边听电话留言。

《观察者日报》的记者。

瘦子斯莱德尔。跟塔梅拉的焚婴案有关的事。

希拉 · 詹森。她一早就打来了。运输安全委员会的人工作很认真。

第四个电话引起了我的注意。

吉妮瓦 · 班克斯。

我打到班克斯家，但没人接电话。

我又打给詹森。

电话转到语音信箱。

我留了言。

我又走进大解剖室。那位乘客的遗体就躺在飞行员躺过的地方，拉勒比刚完成今天的第二次 Y 字形切口。

我走过去，看着那具尸体。虽然性别已经弄清楚了，但种族和年龄仍不明朗。这还需要做进一步的骨骼化验。

我向他说明种族特征的差异。拉勒比说他没在尸体上找到任何有用的东西。

我要求做耻骨联合的检查。那是指两片耻骨在骨盆腔前侧交会的部位。我还要求检查第三根至第五根肋骨间的胸骨末端，以验证我对年龄的判断。拉勒比说他会把结果告诉我。

他还说，他已经和詹森谈过了。这位运输安全委员会的调查员下午晚一点的时候会到我们这里来。吉妮瓦和斯莱德尔都没有打电话给他。

我再度回到散发着恶臭的解剖室时，霍金斯已将 X 光片放在了灯箱上。

左犬齿、第二大臼齿及两颗智齿的牙根，在各块碎裂的颌骨中清晰可见。犬齿和第二大臼齿的齿尖部分已相当完整，但智齿部分还没有完全露出来。

从牙科的专业角度来看，这个乘客应该在十八岁到二十五岁之间。

种族问题仍悬而未决。

回到颧骨的弧度。

嗯。看起来像是蒙古人的脸颊。

再回到下颌骨和额骨。

嗯。像是高加索人的鼻子。

当我凝视着额骨的时候，突然发现鼻骨有异常之处。我把那块骨头拿到显微镜下，开始调整焦距。

在显微镜下，那个异常之处看起来是圆形的，比周围的骨头多孔，而且圆形的边缘十分清晰。

这是个令人困惑的损伤状况，明显与一般的鼻骨不同。我完全不知道这意味着什么。

接下来的一小时，我都在挑拣碎骨，剥去烧焦的皮肉，记录观察所得。尽管我并未发现任何其他病征，我还是决定要求霍金斯用 X 光检查剩下的骨头。鼻骨的这个伤口似乎不曾愈合，可能是某种慢性伤害。

三点半时，霍金斯把肋骨和耻骨拿过来给我。他答应在拉勒比处理完那位乘客的尸体之后，会照好一整组的 X 光片给我。

拉勒比走进来，希拉·詹森跟在他身后。那时，我正把那些肋骨和耻骨泡在加了热水的溶剂里。运输安全委员会的这位调查员，今天穿着黑色牛仔裤和无袖红衬衫。

几个小时对着那位乘客破碎的头颅，我的嗅觉早就对从冷藏室里拿出来已有好几个小时的东西散发出的臭味麻木了。我的手套和衣服沾满了灰烬和脂肪的油腻，无疑也为这房间添了一些臭味。

詹森的嘴唇和鼻孔皱了起来。她试图重新夺回对自己感官的控制，脸上的表情变得模糊起来。

“到时间交换消息了吗？”我脱掉口罩和手套，抛进生物危害性废弃物桶。

詹森点点头。

“我们为什么不去会议室呢？”

“好主意。”拉勒比说。

我加入他们时，拉勒比正在讲他的发现。

“……多重外伤。”

“气管里有烟尘吗？”詹森问道。

“没有。”

“这是合理的。”詹森说，“飞机撞到岩壁上之后，油箱破裂，立刻就起了火，燃成一团火球。我认为两个受害者是在撞击时就已死去。”

“表面烧伤严重，但我没在内部组织里找到多少吸入性伤害物。”拉勒比说。

“飞机撞到岩壁之后，地心引力发挥作用，燃料就从岩壁向下倾泻。”詹森解释。

我的脑海里出现那条草木烧焦的痕迹。

“那么，罹难者曾暴露在爆炸的威力面前，但燃烧的时间应该不会很久。”

“很合理。”拉勒比说。

“两具尸体上都有黑色残留物。”我拉了把椅子坐下，“特别是乘客身上。”

“我发现机舱里也到处都是。我已经采集样本送去化验了。”

“我们正在检验有没有酒精、安非他命、脱氧黄麻碱、镇静剂、大麻及鸦片等成分。”拉勒比说，“如果这两个家伙在飞行的时候处在兴奋状态，我们会查出来的。”

“你是说他们是男的。”詹森问。

“飞行员是白种男性，三十多岁，身高在五英尺八英寸到五英尺十英寸之间，补过很多次牙，身上有漂亮的刺青。”

詹森一边点头，一边记下来。

“乘客也是男性，不过个子比较高。我是说如果加上头的话。”他转身面向我，“唐普？”

“年纪二十出头。”我说。

“人种呢？”詹森问。

“嗯。”

她抬起头。

“我正在研究。”

“有特别的发现吗？”

“至少有两点。”我想到鼻骨的部分，“他的鼻子也有点问题。之后我都会告诉你。”

“该我了。”詹森翻着笔记本，“那架飞机的登记人叫理查·唐纳德·道顿。他的朋友都叫他里奇·唐。”

“年龄？”我问。

“五十二岁。但是唐昨天并没有开飞机，他在祖父山避暑。他坚称他把飞机停在康科德附近的一个私人机场。”

“有没有人看到飞机起飞？”我问。

“没有。”

“飞行计划呢？”

“没有。”

“而且，没有人看见它在天空飞。”

“没有。”

“你知道坠机原因吗？”

“飞行员自己撞上去的。”

我们沉默了一阵。

“里奇·唐·道顿是谁？”我问。

“里奇·唐·道顿有两家脱衣舞酒馆，一家叫杰克俱乐部，一家叫皇后之心，都在坎纳波利斯，就是北边那个小镇，对不对？”

在场的人都点头。

“里奇·唐专为男士提供各种乱七八糟的东西。”

“男人中的诗人。”拉勒比说。

“男人中的蜥蜴。”詹森说道，“但是只有钱的蜥蜴。那架塞斯纳二一〇不过是他众多玩具之一。”

“乳头和屁股那么好赚吗？”我问。

詹森耸了耸肩，表示她不知道。

“那个叫理查·唐的会不会也在做非法走私生意？”我问。

“当地的司法机关也曾这么想过，还监视过他一阵子。”

“我猜猜看，”我说，“理查·唐不会去听浸礼会的唱诗班唱诗。”

拉勒比拍了我的肩膀。“她挺厉害，对吧？”

詹森露出微笑。“一个问题。飞机上什么都没有。”

“没有毒品？”

“目前没有。”

我们全站着不说话。

我问了最后一个问题。

“为什么一个成年人会叫自己理查·唐？”这名字听起来像“紧急追捕令”里的某个得州酒吧。

“也许他不想太出风头。”

“我知道了。”我说。

我其实并不明白。

詹森离开时，已经四点半了。我很想回家，好好洗个澡，在那堆维多利亚的秘密里挑一套最顺眼的内衣，然后和赖安共度一整个晚上。

但我也想明天一起床，就立刻赶到海边去。

而我还有冷冻库里的那些熊骨。

如果说烦人的工作不是不可避免，那么我就是最顶尖的拖拉高手。我把信件从这堆挪到那堆，然后在截止日期或机会已经错过的时候再把它们丢弃。我等待着雪，却一直等到雪已融化。我与蒲公英与杂草共生。我的花园依赖于雨水。

相反，没有完成而最终无法摆脱的琐事一直在我脑子里打转。上学的时候，我就总是提前交报告，决不熬夜赶工。我一定准时付账单。我不到睡觉时间，就无法停止忙碌去休息。

我拨了赖安的手机号码。电话响了四声后，转入语音信箱，让我留言。那段话先是法文，然后是英文。

“滑头的家伙，把晚餐准备好，我七点到家。”

挂断电话后，我开始怀疑自己的表达能力。我指的晚餐是牛排和土豆。赖安也许会以为我说的是其他什么食物。

我打电话给吉妮瓦·班克斯，还是没人接。

我想到斯莱德尔。

这是可以不回的电话。

我回到解剖室，换上一件新的纸围裙，给那些耻骨和肋骨更换了新的浸泡溶剂，收拾好那位乘客的头颅碎块。接着我又走进冷冻库，把那几桶头颅碎块和它们那无头的主人放回原来的地方，再倒出那三只熊的骨头。

只剩一袋的某些部分还没检验。会花多少时间呢？

我解开塑料袋口，把里面的东西倒在桌上。

大块的骨头花了我十分钟时间。全是熊骨。

当我把最后一块胫骨放下的时候，眼角突然瞄到一个东西。我转向刚才用左胳膊肘推出来的一堆小骨头。

一个东西滚到旁边，吸引了我的目光。

我的心猛地往下沉。

我拨弄着那堆骨头，挑出另一个东西。

我的手指弯曲、攥成拳头，而我的头则像个达利钟般向前倾倒。

9

我深吸了口气，睁开眼睛，重新检查那两块小骨头。有一块是带钩状突起的长方形骨头，另一块像缩小版的半身胸像。

这两块都跟黑熊无关。

该死的！

我的心如同自由落体般往下坠落。

我把那两块骨头揽在手套里，出发去找拉勒比。他在他的办公室。

我把那两块骨头拿给他看。

他扫了一眼骨头，再看着我。

“一块钩骨，一块头状骨。”我说。

“在那堆熊骨里找到的？”

我点头。

“爪子吗？”

“是手。”

他皱起眉头。

“人的手？”

“很有可能。”

“你确定？”

我没回答。

“该死！”拉勒比把笔扔到桌上。

“我也这么想。”

他往后靠在椅背上。

“该死，这回可糟透了！”

“我也同意这点。”

“我们得重新回到现场。”

“是的。”

“如果那只……”他用拇指戳了戳我朝上翻着的手掌，“手是最近放在那里的，那么埋它的人应该会想更换地点。”

“我们说话的时候，说不定就在找铲子呢。”

“明天去？”

我点头。

拉勒比去拿电话。“会不会是个没有记号的旧坟？”

“什么都有可能。”

但我并不相信这一点。

霍金斯开车送我回到别馆。

赖安伸长了四肢，躺在沙发上看重播的《我爱露西》。显然他今天的活动里包括了购物，他身上正穿着格子花呢的短裤和上面印有“啤酒，不只是早餐饮料”字样的T恤。他的脸虽然晒黑了，一双腿却白得像还没煮过的河鲈鱼。

博伊德在沙发另一头自己的地盘上打盹。

咖啡桌上摆着一罐喝光了的喜力啤酒和一个装满薯片的碗。地板上还放着一个空碗。

我一出现在门口，就有四只眼睛朝我看过来。博迪还在生闷气，不见踪影。

博伊德悄悄溜回地板上。

“你好，博士夫人。”他用法语说道。

我放下肩上的皮包和背包。

“今天很辛苦？”

我点头微笑。“希望你们今天过得比我好。”

“我和胡赫到国王山去了。”

“国家公园吗？”

“北方佬曾经在那儿把英国人狠狠揍过一顿，对吧，主人？”他摸着博伊德的耳朵，博伊德把下巴放在他的胸前。

当我埋在发臭的尸体里干活的时候，这两个家伙正在逛名胜古迹！好吧，至少有人过了愉快的一天。

赖安抓了一把薯片塞进嘴里，博伊德的视线跟着他的手移动。

“胡赫也在那边狠狠地揍了几只松鼠。”

我走向沙发。赖安缩回双脚，我把自己扔进博伊德刚才躺过的地方。

博伊德闻着赖安的薯片碗。我用胳膊肘推了它一下，它立刻转过头来，朝我皱起眉头。

电视上露西和艾瑟儿正躲在衣橱里，想换下工作服。露西警告艾瑟儿不要告诉里奇。

“她为什么不去找份工作？”赖安问道。

“里奇不会让她去的。”

我想起里奇·唐·道顿。

“结果那架飞机属于本地一个酒吧老板，这个人很可能在贩毒。”

“是谁？”

“那不重要。”我不想评论我这位南方同胞的名字，“那架飞机上没有违禁品，酒吧老板也没开飞机。”

“这位好公民的飞机被偷了。”

“对。”

“我要是遇到这种事，我会非常愤怒的。”

我捶了他的胸口一下，给了他一个白眼。

“飞机上的人是谁？”

“不知道。运输安全委员会的调查员正在联系警方。他们会清查失踪人口，还会把我们发现的特征输入全国犯罪资料中心，看能不能找到什么线索。”

赖安回给我一个微笑。

“这些你早就知道。”我挠着胳膊肘上被蚊子叮出的肿包，“我还有一些坏消息。”

博伊德把下巴挪到我的膝盖上。

“记得我之前提过的那些熊骨吗？”

“记得。”

“这条狗发现了那些骨头。它们被埋在县郊的一个农场里。我很肯定它们是动物的骨头，但为了以防万一，我们还是把骨头带回来了。上个星期天，我几乎一整天都在和那些骨头打交道。”

露西一屁股坐在地上，艾瑟儿试图把她的裤腿拉下来盖住鞋面。

“然后呢？”赖安哄我继续说。

“今天我发现了两块人的手骨。”

“混在那堆熊骨里面。”

我点头。

“所以明天又会是特别的一天。”

“很不幸，是的。瞧，我真的很抱歉。你也知道我更想和你在一起。”

“还有胡赫。”赖安瞥了狗一眼，又转头注视着我。

“对，还有胡赫。”我拍了拍博伊德的头，“对了，我很感谢你帮我照顾它。”

赖安扬扬手掌和眉毛，摆出一个“这就是生活”的姿势。

“如果胡赫发现的是桩凶杀案，你不想让罪犯有机会移动受害者的尸体。”

博伊德又把下巴放回赖安身上。

“是的。”我心里仿佛有种在等待子宫颈涂片检查或直肠癌筛检结果时的焦虑。

“你该去做应该做的事。”

“没错。”

当然，是赖安的话，他就会这么做。然而，我仍然觉得自己被困在小镇里，像一只被困在纱门上的飞蛾。

我向前倾身，弯腰弓背，开始转起头来。脖子里一阵嘎吱的声响。

赖安坐起身，凑到我身旁。

“转过去。”

我照做。

赖安用力给我按摩肩膀。

我闭上眼。

“嗯。”

“太重了吗？”

“嗯嗯。”我没有意识到我有多紧张。

赖安用大拇指按揉着我肩胛骨两边的内缘。

微小的呻吟声滑出我的喉咙。我止住这种声音。

赖安的大拇指游走到我的颈椎上方。

哦，真舒服。

又游走到后脑。

哦，真是太舒服了。

他的大拇指往回游走，经过肩膀，开始沿着脊椎两侧往下移动。

我呻吟了起来。

过了一会儿，他的手收了回去。我发觉沙发垫子已经变了形。

“这样好了。”

我睁开眼。

赖安向后躺在沙发上，两手交叠枕在脑后。博伊德已经吃光了那碗薯片，嘴角还沾着碎屑。

“我请你吃晚饭。”

“没问题。去哪儿？”

“你的地盘，你说了算。”

一小时以后，我和赖安正在托斯卡纳啃着意大利烤面包。这是一个好莱坞式的夏日夜晚，一轮满月挂在天际。

托斯卡纳是家意大利餐厅，藏在公园路的专卖店里。这一带有咖啡馆、SPA馆和精品店。夏洛特的士绅名流会来这里品尝银橡树红葡萄酒，全身涂满泥巴，给爱犬买领巾。

虽然这些高消费超出我的预算，但我确实喜欢这家意大利餐厅，尤其是开放露天座位的那几个月。这家和伏莱尔是我最喜欢的两家意大利餐厅，离沙伦别馆的距离都差不多。今天晚上，我选择了托斯卡纳。

我和赖安身处铺着圆石的庭院里，坐在一张小锻铁桌旁。我们身后的喷泉里，流水潺潺。在我们左边，一对夫妻正在争论山上和海边哪个更好。我们右边的一个女子三人组在讨论高尔夫球赛的加杆问题。

赖安穿着和他眼睛同色的矢车菊蓝棉衬衫，下穿一条达柯斯的咔叽裤，有着一张在国王山上晒黑了的脸庞，还有一头洗过之后还未干的头发。

他真帅。

非常帅。

我自己也没有不起眼。

一件诱人的黑色亚麻背心裙。一双系带凉鞋。维多利亚秘密之危地马拉仿冒版内裤。

最近几天，我已看了太多尸体，接触了太多死亡。我下定决心。正如我的低胸领口所表现出来的那样，放手一搏。

“北卡罗来纳的人都打高尔夫球吗？”一位穿着白衬衫的侍应生递上跟诉讼状差不多大的菜单。这时，赖安开口问我。

“州法如此。”

那位侍应生问我们点什么开胃酒。赖安要了一瓶山姆·亚当斯啤酒，而我则要了杯加柠檬的沛绿雅矿泉水。那位侍应生一脸失望地离开了。

“你呢？”

我看着赖安。他的视线从我的胸部移到我的眼睛。

“高尔夫球。”

“学过一点。”

其实，我已经好几年没碰过高尔夫了。我会打高尔夫球，都是因为皮特。离开他之后，我也离开了高尔夫球。我的高尔夫球加杆数大约是四十二。

我们右边的那个女人说她的加杆数是六。

“你想不想去打上几杆？”我问。

因为我和皮特还没有正式办完离婚手续，基本上我还能以会员家属的身份，使用卡梅尔乡村俱乐部的设施。

我为什么还不签字呢？这个问题我不知想过多少次。我和皮特已经分开多年，为何不斩断这个羁绊，重新开始呢？

那是一种羁绊吗？

还不是时候，布兰纳。

“似乎挺有意思。”赖安从桌上探过身，把手覆在我手上。

绝对还不是时候。

“但胡赫不会喜欢被丢在一旁的滋味。”

“它叫博伊德。”我的声音听起来像是吸了氦气似的。

“胡赫必须学着享受自己内心之美的宁静。或许你可以让它开始学瑜伽。”

“我会问问皮特的。”

侍应生端了饮料回来，开始给我们介绍菜单。赖安点了鲈鱼。我点了意大利甜酒汁小牛肉。接着，我把手小心翼翼地放在桌上。

侍应生离开以后，赖安又把手伸了过来，脸上满是担忧和疑惑。

“你没在担心明天的事，对吗？”

“是的。”我语带藐视地答道。

事实上，我正担心着。

“你看上去有点紧张。”

“我只是对去海边的事感到失望。”

赖安的指尖蹑手蹑脚地爬上我的手臂。

“我已经等了好多年，等着看你穿比基尼。”

他的手指如同蜘蛛一般滑了回去。

“我们会去海边的。”

如果鸡皮疙瘩会烧起来，我的手臂上现在就有一团火焰。

我清了清喉咙。

“那些旧农场里有很多没做标记的坟墓。那两块手骨说不定早在康华里爵士越过科恩斯浅滩的时候，就已经长埋在地底下了。”

这时侍应生把色拉放在我们中间。

晚餐吃得很好，我们什么都聊，就是绝口不提我们之间的关系和工作问题。不说骨头，不说明天。

不说今晚稍后的事。

我们喝完咖啡，吃完提拉米苏，已经过了十一点。

胡赫——或者叫博伊德——在门口迎接我和赖安。我一解开它身上的皮带，它立刻开始叫个不停，在厨房里跑来跑去。

“胡赫相当喜欢这些小乐趣啊。”赖安说。

我再次指出它的名字叫博伊德。

“它的适应力很强。”赖安加了一句。

夜晚吹来牵牛花的香味和刚割过的青草味。一阵微风轻拂过常春花。数不清的蟋蟀正在集体演奏夏日的交响曲。

博伊德领着我们穿过一棵棵树，尾巴和鼻子都用上，偶尔还会赶出一只鸟或松鼠。每隔几秒，它就会绕回头，像在提醒我们要跟上它。

我没有理它，仍在思考着即将发生的事。

一回到家，博伊德直冲到它的碗前，拼命喝水，像鲸鱼一样喷着气，接着就趴在地板上休息。

我又把皮带扣在它的项圈上，锁上门。我设置闹钟的时候，感觉到了赖安身体的热度。

赖安一只手抓住我的手腕，把我拉到他身旁，另一只手伸出去，啪的一声关掉了灯。我闻到爱尔兰春天牌香皂的味道，以及吸收了男人汗水的棉布味。

赖安把我的身体压向他，抓起我的手放到他脸上。

我抬头看去。他的脸被黑暗吞没。

他拉起我另一只手。我的指尖感受着他的颧骨、嘴角和下巴，感受着这张我已认识了十年的脸庞。

赖安的手抚摸着我的头发，接着顺势而下，滑过我的颈项，抚过我的肩膀。

屋外的风铃快乐地发出叮叮当当的声音。

赖安的手滑过我的腰际和髋骨的曲线。

一股奇怪的感觉涌入我的脑海，像是遥远的梦中走来的记忆。

赖安轻轻吻了吻我的嘴唇。

我屏住呼吸。不。是呼吸自然屏住。

赖安用力吻我。

我回吻他。

让他去，我的每一个脑细胞都在下令。

我双手环抱着赖安的脖子。我把他拉向我，心脏狂野地跳动着，像是受到了极大的刺激。

赖安的手移到我背后。我感觉拉链被拉下。他拨开我的肩带，而我放下手臂。

黑色亚麻裙滑落到我脚边。

过去几天来的悲伤、挫折和没有被满足的渴望都在瞬间蒸发。厨房渐渐远去。接着是地球，还有宇宙。

我的手指找寻着那件矢车菊蓝衬衫的纽扣。

10

我、帕玛·卡曾斯和凯蒂在蒙特利尔一家露天咖啡馆喝着卡布奇诺。一个街头艺人正在对面耍汤匙。

帕玛正在描述一个瑜伽课程，说学员们可以带着他们的狗一起去。

汤匙不但没有噼啪作响，反而在那个街头艺人手中发出一阵尖锐的声音。那声音越来越大，我几乎听不见我女儿的朋友在说什么。

我睁开眼睛，看着赖安的后脑勺。

我觉得自己像个在舞会之夜失去贞洁的少女。

我转过身，拿起电话。

“喂？”仿佛是宿醉后的声音。

“蒂姆·拉勒比。”

我感觉赖安在我背后翻了个身。

“很抱歉吵醒你。”医事检察官的话里可完全听不出这意思。

赖安抱着我的腰，把我的臀部塞进他腹部和大腿形成的弯曲之间。

我的呼吸变成轻轻的一声“嗯”。

“你还好吗？”

“是猫。”

我眯着眼看了看钟。我的内裤正好挡住了指针。

“时间？”我只能念出单字。

“六点。”

赖安把我们的身体像汤勺般叠在一起。

“你有没有收到我的留言？”拉勒比问。

赖安那根汤勺的碗状部分突然有东西凸起来。

“留言？”

“我昨晚八点左右打给你的。”

“我在外面。”而且忙着做爱，没时间查看语音信箱。

“我并没指望一条狗来救命。不过你那条松狮犬成功地发现了那些骨头，我想它的鼻子对腐烂的东西确实很敏感。我想也许你今天能带它一起来。”

那团凸起越来越大，严重影响了我的注意力。

“博伊德没有受过训练。”

“比什么帮手都没有强。”

拉勒比从没见过博伊德。

“顺便说一下，希拉已经查到那位飞行员的身份了。”

我坐起身，抬起膝盖，把被单拉到下巴处。

“动作真快。”

“哈维·爱德华·皮埃尔斯。”

“牙齿呢？”

“不只是牙齿，蛇形刺青也吻合。哈维·皮埃尔斯，三十八岁，白种男性，北卡罗来纳州哥伦比亚市人，住在外班克斯列岛。资料一输入全国犯罪资料中心，立刻就查到了。”

“皮埃尔斯上个星期天才死的。系统里为什么会有他的资料？”

“似乎皮埃尔斯的前妻对孩子并不很有耐心。她丈夫没付这个月的赡养费，这个小女人就马上去报了失踪。”

“这么说来，哈维已经失踪几天了。”

“你说对了。哈维的个人数据曝光之后，当地警方才察觉失踪案原来是假的。”

赖安想把我拉回身边。我像对付博伊德那样，朝他伸出一根手指头，把我的脸挤成一个夸张的皱眉。

“哥伦比亚市具体在哪里？”

“在曼蒂奥西边上国道六十四号，开车半小时左右就到了。”

“戴尔县吗？”

“是蒂雷尔县。一小时后农场见。记得带狗来。”

挂上电话，我面临今天的第一个问题。

我可以赤裸着身子跑出去，也可以拿被单围住身体，让赖安自己想办法遮羞。

我正要光着屁股做短跑冲刺的时候，赖安的手臂突然缠上我的腰。我低头看着他。

他的目光胶着在我的脸上。一双迷人的眼睛。在灰蒙蒙的晨光之中，这双眼睛蓝得仿若钴一般。

“夫人？”

“什么事？”我不确定地试探着。

“我全心全意地尊重你，夫人。”他的口吻跟福音会的布道者一样严肃。

我用手指在他胸膛上敲了几下。“你没有自己的一半坏，牛仔。”

我们一起哈哈大笑。

赖安歪头看向电话。“警长在召集民防团吗？”

我压低声音，模仿中央情报局的口吻。“如果我告诉你，我可能不得不杀了你。”

赖安故作配合地点点头。

“你和那些小伙子还需要人手吗？”

“好像是需要的，但他们只要博伊德。”

他装作失望的样子。“那么，你能帮我说句好话吗，夫人？”

我又用手指敲着他的胸膛。

“你还有别的专长吗，快枪手？”

“这个小伙子可以像水泵一样地射出一码笔直笔直的水。”

他这是从哪儿学来的说法？

“但是你擅长重建吗？”

赖安掀开被子。

我偷瞄了一眼。哦，真棒。

“我会想想办法。”

“感激不尽，夫人。对了，能让我帮你洗澡吗？”

“有一个条件。”

“听你吩咐，夫人，任何事都行。”

“把你那把枪放低一点。”

我们两个一起光着身子冲向浴室。

两小时后，我朝着科恩斯海滩前进。赖安坐在我身旁，博伊德照例在后座跑来跑去。我把车里的空调开到最大，希望自己能认出那条岔道。

我看着广阔晴朗的天空，想到哈维·皮埃尔斯。这个男人为什么会在一个阳光明媚的星期天中午，开飞机撞上那么清晰可见的岩壁?

我脑海中浮现出裹在皮埃尔斯和那位乘客身上的黑色残留物，再次想着那是什么物质。

我也因那位乘客的身份和他鼻骨上的古怪伤痕而困惑着。

"你在想什么?"赖安把博伊德的鼻子推离他的耳朵。

博伊德窜到我身后的车窗。

"我以为男人讨厌问这种问题。"

"我和其他人不同。"

"真的。"我扬起一边的眉毛。

"我至少知道八种颜色的名字。"

"还有呢?"

"我不会自讨苦吃。"

"嗯哼。"

"在想昨天晚上的事?"赖安挑了挑眉毛。我想他是跟博伊德学会制造滑稽场面的。

"昨晚有什么事发生吗?"我问。

"要不是今晚?"赖安给了我一个"我没瞒你什么事"的表情。

有！我心想。

"我在想塞斯纳坠机的事。"我说。

"有什么困扰了你吗，飞天小女警?"

"那位乘客坐在后面。"

"为什么? 飞机还没升级?"

“驾驶舱没找到副座。撞击的时候那个乘客就直直地朝前冲。为什么他没系安全带？”

“不想弄皱他的休闲西服？”

我不理他。

“副座去哪儿了？”

“撞机的时候炸出去了？”

“我没在飞机残骸里找到。”我看见了那条岔路，把车向左转，“希拉·詹森和古利特都没有提过。”

“古利特？”

“戴维森警局的人。在现场指挥的当地警察。”

“座位会不会是拆下来修理了？”

“我猜有这种可能。那架飞机并不新。”

我描述了一下那些黑色的黏性物质。赖安想了一会儿。

“你们北卡罗来纳人不是都称自己是焦油脚人？”

接下来的路上，我只听公共广播电台。

当我把车停在马克兰家隔壁的农场时，道路一侧已经挤满了车。这次的组合里有蒂姆·拉勒比那辆路虎、一辆警察巡逻车、一辆夏洛特–梅克伦堡县警局的犯罪现场处理车和梅克伦堡县医事检察所的运输车。

路肩对面有两个小孩在看着我们。他们穿着剪过的牛仔裤，露出细长的小腿，自行车上绑着钓鱼器具。目前，伸长脖子看热闹的人不多，情况还不错。但现在刚过八点，时间还早。一旦我们这个小队被人发现，其他人就会赶来。路人，住在附近的人，也许还有媒体。他们都很喜欢窥视发生在别人身上的悲剧。

拉勒比和乔·霍金斯一起站在草地上，还有两个夏洛特-梅克伦堡县警局的制服警员，一黑一白。上次来这里帮忙重建熊骨的两位技术人员也在。

有人跑去买了香脆甜甜圈。除了那个穿制服的黑人警察外，每个人手里都拿着一个塑料杯子和一个甜甜圈。

我和赖安下了车，把博伊德留在后座。它突然跳了起来，撞到车顶上，差点把自己弄昏。它稳住自己，从六英寸宽的车窗空隙里探出鼻子和嘴巴，开始在外面的玻璃上舔圈圈。博伊德的叫声跟着我们走向柏油路上的那一群人。

互相介绍的时候，我简单地把赖安说成是从蒙特利尔来做客的一位警察同事。之后，拉勒比开始布置今天的工作。黑胡椒与白盐警官二人组看上去燥热而无聊，好像只对赖安感兴趣。

“这地方应该已经没人住了，不过警官们还是会在附近转转，看有没有人会对搜查令感兴趣。”

白盐警官换了个站姿，吃下最后一口巧克力。黑胡椒警官双手抱在胸前。他的肌肉像榕树根那么粗壮有力。

“等警官说可以开始了，我们就带着狗到处巡逻，看它会带我们到哪里去。”

“它叫博伊德。”我说。

“博伊德好相处吗？”那位戴着老祖母眼镜的技术人员问道。

“给它一个甜甜圈，你就会有一个一辈子的伙伴。”

她回头去看那条松狮犬，镜片上掠过一阵红色的阳光。

“博伊德负责找，我们负责挖。”拉勒比继续说道，“我们只要发现任何我们这位人类学家认为可疑的人骨，我们的搜查令都允许我们把这个地方翻个底朝天。大家都清楚了吗？”

众人纷纷点头。

十分钟后，警官们回来了。

“屋子里没有任何生命迹象。外房也是空的。”白盐警官说。

“这地方有一股有毒废弃物的味道。”黑胡椒警官说，“大家小心。”

“好。”拉勒比说，“你们三个负责西边。”他扬起下巴，朝霍金斯示意，“我们负责东边。”

“我们会比你们早到苏格兰特。”赖安叫道。

拉勒比和霍金斯都看着他。

“他是加拿大人。”我说。

“博伊德一有什么发现，就呼叫我们。”拉勒比递给我一个无线电通信器。

我点点头，然后就去牵博伊德。它已经迫不及待地想要表现一番了。

这个农场实在不能算是农场。我的香草园里能吃的东西都比这里多。

这里到处都是野葛。

北卡罗来纳州。我们是山，是海滩，是山茱萸、五枝雄蕊的杜鹃花和十枝雄蕊的杜鹃花。

而野葛更是能淹没我们的屁股。

野葛原生于中国与日本，被用来做干草和饲料，以及防止土壤流失。一八七六年，某个园艺天才认为葛藤有很棒的装饰效果，便决定把这种植物带回美国。

野葛的豆荚看了一眼美国南方，说道：“好地方！”

在夏洛特，夏天的晚上你坐在自家阳台上，就能听到葛藤蔓延的声音。我朋友安妮就宣称说，有一次她在栏杆上做了记号，结果在二十四小时之内，那些葛藤前进了两英寸。

葛藤爬满了这间农舍后面生锈的栅栏。它攀附在电线上，吞没了乔木和灌木，还覆盖了主屋和外房。

博伊德不在乎这些。它拖着我从覆着藤蔓的橡树走到木兰树边，又从泵房走到水井边，一边摇尾巴，一边嗅来嗅去，就像在我的别馆里一样。

除了上次发现那堆熊骨的凹洞，今天只找到一些花栗鼠和松鼠，其他别无所得。

巴克斯维尔猎犬般的博伊德。

到了十一点，蚊子从我身上吸走了太多的血，我开始认为这叫输血。博伊德的舌头几乎没有碰过地面，而我和赖安都不知骂了多少个“妈的”。

厚重的乌云缓缓飘到我们头顶，天色渐渐暗了下来。一阵无精打采的微风吹过，带来了雨水的警告。

“这样下去毫无意义。”我说道，用肩部的T恤擦着脸。

赖安没有反对。

“除了马克兰家围篱附近我们挖出熊骨的地方，博伊德的呼吸一点也没变过。”

“它喜欢偷偷摸摸地嗅嗅闻闻，然后你呸它一声。”赖安对着博伊德说道，“你以为我没在注意你，是吗，胡赫？”

博伊德看着赖安，又回头去舔一块石头。

“赖安，我们得做点事。”

“我们正在做。”

我挑起一边的眉毛。

“我们在淌汗。”

凯蒂会为我的挤眉弄眼感到自豪。

“想想这么热的天，我们在做这种该死的工作。”

“我们再带博伊德到围篱那边转一圈，提醒它我们在找什么，然后最后扫荡一次就收工。”

我垂下手，博伊德过来舔着。

“计划听上去不错。”赖安说道。

我把皮带缠在手掌上，用力一拉。博伊德抬头看着我，挠了挠额头上的毛，仿佛在质疑我脑子是不是清醒，居然要再次出击。

“我看它开始觉得烦了。”赖安说道。

“我们会给它找到一只松鼠。”

我和赖安出发后，博伊德也迈开步伐。我们在屋后的外房之间绕来绕去，博伊德继续它“嗅——喷——躲”的过程。

当我们向一间覆满葛藤的小屋缓缓走去时，博伊德呼哧呼哧地嗅着地面，抬起一条腿，往前迈两步，然后用两条后腿踢着土。它一边摇着尾巴，一边重复这些动作，沿着屋子的地基前进。

嗅。抬腿。喷。一步，两步。踢，踢。

嗅。抬腿。喷。一步，两步。踢，踢。

“很棒的节奏。”赖安说。

“地道的芭蕾舞。”

我正要把博伊德拉开，它的肌肉忽然紧张起来，脑袋和耳朵朝天竖着，肚子往里缩。

它拍打地面。

朝地面喷气。

再拍一次。

它肌肉紧绷，鼻孔不断吸气喷气，把一些枯草吹了出来。

而后，它静止不动了。

一次心跳就足以维持一辈子。

它耳朵放平，后颈的毛竖起来，喉咙里发出一阵奇怪的声音，不像咆哮，更像是哭嚎。

我脖子后面的头发也竖了起来。我听过这种声音。

我还来不及说话，博伊德爆发了。嘴唇卷了起来，牙齿闪着光，哭嚎变成了狂怒的犬吠。

“冷静点，博伊德！”

这条松狮犬不断前冲后退，从各个角度表达它的敌意。

我叉开双腿，手用力抓紧皮带。

“你能拉住它吗？”

赖安一句话不说就立刻把皮带接了过去。

我的心脏怦怦跳着，绕着那间小屋走，想找到门进去。

无线电对讲机发出声响。拉勒比说了些什么。

我在南边找到入口，这里已远离主屋。我小心翼翼地拨开蜘蛛网，转动门把手。

门纹丝不动。

我上下打量着门框。两根钉子钉死了门。和周围干裂的门板比起来，这两根钉子显然新多了。

博伊德仍在狂吠。赖安一面抓紧皮带，一面叫着“胡赫”，接着又叫“博伊德”，努力安抚它。

我打开瑞士军刀，把两根钉子都拔了出来。

拉勒比在无线电里的声音显得很小，仿佛是从某个外太空星系传来的。

我按住按钮，报告了我的位置。

当我再次尝试开门的时候，门突然嘎吱一声，打开了。一股发臭的泥土味飘了出来，像是死掉的植物和垃圾在阳光下曝晒过久的味道。苍蝇被惊动了，闹哄哄地扑动着翅膀。

我一只手掩着口鼻，目光朝屋里投去。

阳光从木板的缝隙中斜射进来，苍蝇在光束里飞舞着。我的眼睛渐渐适应了昏暗的里屋。

“很好。”我说，“看起来真他妈的太好了。”

11

我正凝视着的是个厕所。

洗手间一度为人类提供了最新的处理排泄物的技术：昆虫防治，卫生纸，有盖子的干净坐便器。

但在这个地方，这些东西都没有。有的只是一些又干又皱的粘蝇纸、一支生了锈的苍蝇拍、一块椅子高度的木板上面钉着两根钉子、一堆碎木头，还有一个掉了漆的粉红色椭圆形木头容器。

在窝棚的尽头，地板上开了一个大约两英尺见方的坑洞。

这股臭味有点熟悉，让人想起夏令营、国家公园和第三世界村落里的厕所。不知怎的，这个地方的味道淡一些，好一些，也柔和一些。

我和赖安带着博伊德到处走的时候，心里和嘴里不知咒骂过多少次，如今我又加了一串上去。

“妈的！”我故意扯开嗓子说道。

不到三个月前，我还在把胳膊伸进粪池，研究里面的碎块。那时我就发誓，以后永远不再碰粪便。

现在又来了。

“妈的！妈的！妈的！”

“不太像淑女哦。”

拉勒比从我肩上瞧过去。我站到一边。博伊德还在我们身后不断狂吠着，赖安正在尽力安抚它。

“但是形容得完全正确。”我说着打死一只在我手臂上进餐的蚊子。

拉勒比把头伸进厕所，又立刻缩了回来。

“有没有可能博伊德只是喜欢这股味道？”

我在拉勒比身后皱起眉头。

“有这个可能，但你还是得去查一查。”我说，“确定没人惹到吉米·霍法[①]。”

“那是很久以前的事了，现在这里太平得很。”拉勒比砰的一声把门关上，“最后一次暗杀事件应该是发生在艾森豪威尔总统在位期间。”

“那个蹲坑有问题。”

“嗯。”

“给点建议？”我用手背把脸上的蚊子赶走。

“挖土机。”他说。

“我们可以先进屋里看看这位农民先生什么时候换过室内水管吗？”

“只要让我找到一根人骨，我就叫技术人员拍水槽下的近距离特写。”

---

①吉米·霍法（Jimmy Hoffa, 1913—1975），二十世纪五十年代美国卡车司机工会理事长，因在任期间将黑道势力引进工会，并为黑道洗钱，引起国会注意并介入调查。一九六七年因此入狱，出狱后不久遭人暗杀。

* * *

挖土机铲到第七下的时候，发现了一块掌骨。

我、赖安和霍金斯已经在这间厕所里忙了三小时。茅坑里的宝藏一铲接一铲地被挖了出来。

这些宝贝里有玻璃和陶瓷碎片、纸屑、塑料块、生锈的器具、动物骨头和大量深黑色的有机肥料。

挖土机驾驶员负责挖洞，把挖出来的东西放在一旁，等着开始下一铲子。霍金斯负责聚拢骨头，进行分类。赖安则把那些有机肥料送来给我筛检。

我们对事情的发展越来越乐观。那些宝贝里的骨头都是人吃剩下的东西，怎么看都不像人骨。而且，这些骨头也和博伊德在围篱那里发现的不同，上面完全没有肌肉组织。

这些动物已经死了很久。

下午三点零七分，掌骨出现了。

我注视着那块掌骨，让自己有足够的时间思索分辨。

不会错的。这的确是大拇指的一部分。大拇指可以竖起来搭便车，可以转意大利面，吹小喇叭，还可以写十四行诗。

我闭上眼，陷入沉思。

听到脚步声，我又睁开眼。拉勒比正在几个小时前仍是间小屋的那堆瓦砾周围走来走去。

“博伊德还好吧？”我问。

“它在前院的草皮上乘凉。那条松狮犬是个好伙伴。”

看到我的脸色之后，他的微笑不复存在。

“找到了什么吗？”

我抬起手掌，给他看我拇指旁的那块掌骨。

“该死的！”

赖安和霍金斯也来了。

“该死的！”赖安的反应跟拉勒比一样。

霍金斯没有说话。

挖土机驾驶员把一只脚搁在操作面板上，身体往后靠，大口大口灌着矿泉水。

“现在怎么办？”拉勒比问道。

“驾驶员技术很到位。”我说，“而且茅坑的形状跟铲子很像。我认为可以继续挖，不管茅坑里是什么，应该不会碰坏。”

“我以为你很讨厌挖土机驾驶员。”

“这家伙不错。”

我们都盯着那位挖土机驾驶员。他无精打采的，仿佛只是因为吃了一些兴奋剂才勉强打起了精神。

远处响起一阵雷声。天色已经暗了下来，随时都会下雨。

“还要多久？”拉勒比问。

“我开始在这几铲土里看到下层土了，应该快接近底部了。”

“那好。”拉勒比说，“我让屋子里的技术人员休息一下。”

他站起身来。

“蒂姆？”我说。

“什么事？”

“得找个时间在白板上记一起谋杀案了。”

雨点开始噼里啪啦往下落的时候，我们正好结束。

我抬起下巴，享受着雨点打在脸上的那份凉意。

我精疲力竭，又满腹疑虑。在我最想放松的时候，偏偏有这么多工作。

如果奶奶在世的话，一定不会同情我。这位老夫人出生在旧大陆，受的又是修女式的教育，对性的问题有独特的见解，特别是未经教区牧师认可的性关系。

没有婚姻，就没有性。她在人世间活了八十九年，从未动摇过这种信念。据我所知，她从不宽恕违背者。

我两手叉腰，看着赖安把那些动物的骨头装进一个垃圾袋。

我看着霍金斯把一些人骨封在一个塑料容器里，拉开手提箱，拿出一张尸体追踪记录表，开始填写资料。

死者发现地点。

没问题。这个我们知道。

死者姓名。年龄。种族。性别。死亡日期。

完全空白。

尸体状况。

骸骨。

说得精确一点，应该是一个有下颌骨的头颅、三块颈椎骨及左右手大部分的骨头。

我们筛了又筛，就只发现这些。

霍金斯把标签号码和表格号码核对了一下，然后把标签放进那个装骨头的塑料容器。

我看看四周。有一个人在这里遭到杀害。受害者的头和手被剁了下来，丢在茅厕的粪坑里，身体则被遗弃在别的地方。

或者案发地点在别的地方，而死者的头和手被带到这里抛弃？

不论哪一种情况都很常见。我们只挖到头和手。没有牙齿。没有指纹。

但是在梅克伦堡县的一个乡下农场？

我闭上眼，让雨点打在我的脸上。

这位受害者是谁？

这些骨头被丢弃在茅坑里多久了？

尸体其他部分又在哪里？

为什么有两块人的手骨和那些熊骨埋在一起？杀熊的人会和命案有关吗？

“可以走了吗？”

赖安的声音打断了我。

“什么？”

“东西都装好车了。”

我们绕过屋子，往前院走去的时候，我发现路旁的车辆里多了一辆白色的福特金牛座。一个高大魁梧的男人从驾驶座里走了出来，嘴里叼着一根烟。

一个高高瘦瘦的男子从乘客座钻出来，两脚大敞着站在那儿，瘦长的手指支在车门上。

拉勒比和霍金斯走向自己的车子。在经过那两人身旁时，拉勒比和他们聊了几句。

“太好了。”我的喃喃自语掩盖在呼吸之中。

“你说什么？”赖安问。

“你马上就要见到对对的和对对得[①]了。”

“这话不太客气啊。”

---

①对对的和对对得，原文为 Tweedledee 和 Tweedledum，是著名童话《爱丽丝漫游仙境》中的一对兄弟，两人从外貌到言行举止都非常一致。

“里纳尔迪还好。斯莱德尔那张嘴可不逊于脱口秀主持人杰瑞·斯普林格。”

瘦子斯莱德尔吐出一口烟后，弹掉烟蒂，和他的搭档开始朝我们走来。

斯莱德尔行动迟钝，里纳尔迪倒是大步流星。他身高六英尺四英寸，体重只有一百六十多磅，看着像是穿着 Hugo Boss 的男装在踩高跷。

瘦子斯莱德尔和埃迪·里纳尔迪已经搭档了十九年。警察局的人都没看出他们彼此有什么吸引力，能在一起工作这么久。

斯莱德尔很邋遢。里纳尔迪很整洁。斯莱德尔爱好胆固醇。里纳尔迪喜欢豆腐。斯莱德尔爱听沙滩音乐和老摇滚，里纳尔迪却只听歌剧。斯莱德尔的时尚感都给了特价的衣服，而里纳尔迪的西服都是定制的。

想想吧。

“嗨，博士。”斯莱德尔说道，从后裤袋抽出一方皱巴巴的手帕。

我也向他打了招呼。

“热气没有湿气多，哈？”他用那条发黄的手帕擦着额头，又背着手把手帕塞回口袋。

“雨水会让天气凉爽的。”

“老天爷真好。”

斯莱德尔的脸皮像是曾经绷得很紧，现在突然松垮下来。他的脸颊和眼睛下方都挂着一块块半月形的皮，下巴边缘也有两块垂了下来。

“布兰纳博士。”里纳尔迪的头发稀疏而坚硬，竖在头上，看起来很像史努比漫画里的一个角色。我一直都记不清，是叫莱纳斯还是皮格潘？里纳尔迪尽管没穿外套，领带还是打得整整齐齐的。

我介绍了赖安。在男人们握手的时候，博伊德溜过来嗅斯莱德尔的裤裆。

“博伊德！”我抓住项圈，把狗往后拉。

“哇，小姑娘。”斯莱德尔弯下腰，粗鲁地摩挲着博伊德的耳朵。他的衬衫后面湿成一个T字形。

“它是男孩，叫博伊德。”我说。

“班克斯那件案子没有新进展。”斯莱德尔说，“那位年轻的妈妈还在擅离职守。”

斯莱德尔直起身。

“这么说，你在厕所里找到了尸骨。”

我向他们描述那些骨头的时候，斯莱德尔的脸还是一副松松垮垮的样子。我一度以为看到里纳尔迪眼里闪过一道光，但它稍纵即逝，我无法确定是否真的存在。

“让我整理归纳一下。”斯莱德尔带着怀疑的口吻说道，“你认为你在地底下找到的骨头，和你在有机肥料里找到的手骨是同一个人的。”

“我看不出有什么理由来否定这一点。一切都非常吻合，而且没有重叠的部分。”

“那些骨头为什么会从茅坑跑到那堆熊骨里去？”

“这听起来是个侦探应该回答的问题。”

“有任何线索可以知道尸体是何时被丢弃的吗？”

我摇摇头。

“性别呢？”里纳尔迪问。

我匆匆作了一下估测。尽管那颗头颅很大，性别特征却令人恼怒地相当模糊。看不出阳刚，也看不出纤细。

“不知道。”

“人种呢？”

“白人。这一点我还要验证。”

“你觉得有多少把握？”

“很有把握。鼻骨的开口很窄，鼻梁直，颧骨和脸颊联系紧密。这些都是典型的欧洲人的特征。”

“年纪呢？”

“手指的骨骼发育已经完成，牙齿几乎没有损伤，颅缝完全闭合。”

里纳尔迪从衬衫口袋里拿出一本皮面笔记本。

“意思是说？”

“成年人。”

里纳尔迪匆匆记下。

“还有一件小事。”

两个男人都看着我。

“后脑勺有两个弹孔。口径很小，可能是点二二手枪。”

“漂亮，藏到现在才说。”斯莱德尔说，“你们应该没找到冒着烟的枪吧？”

“没有。没有枪，没有弹头，没有弹道可以比对。”

“拉勒比为什么先走？”斯莱德尔向停车的地方点了点头。

“他今晚要演讲。”

里纳尔迪在笔记本上记了些东西，随后把笔插回原位。

“我们可以进屋了吗？”他问道。

“我马上就来。”

我站在原地，聆听着雨点打在头顶的木兰叶上，不自觉地逃避着无法逃避的现实。虽然我身体里的科学家想知道我们从厕所里找到了谁，但另一部分的我想要逃开，一点也不想再去解剖另一具被谋杀的尸体。

朋友经常问我："你怎么能做到一天到晚处理尸体的残骸？难道不会贬损生命的价值吗？会把暴力死亡当做家常便饭吗？"

这时，我通常会搬出回应媒体的那些答案。我说，每个人都知道什么叫暴力死亡。大众都会阅读报纸上的刺杀案、枪杀案和飞机失事。人们了解统计数据，看得到连续镜头，跟踪观看法庭电视台的现场报道。唯一的不同之处在哪儿？不过是我离现场比较近罢了。

这就是我的说法。但事实上，死亡让我感触良多。对那些把互相残杀当做买卖的案子，我能抱持着冷静客观的态度。但有时是年幼弱小的生命不幸遇到耳边有外星人在讲话的精神病患，或急需五十美元注射毒品的毒犯，而那些无辜的受害者没有犯错，只因为在错误的时间出现在错误的地方而惨遭不幸，到死都不明白发生了什么。对这些状况，我总是无法回避同情的心情。

我的朋友把我这种不愿讨论工作的态度称为禁欲主义，或是职业道德，甚至还说我是不想让他们伤感。不是这样。与其说是为了朋友，不如说是为了自己。一天结束之后，我必须把那些冰冷安静的尸体留在他们的不锈钢轮床上。我不能再想起他们。我必须看书，看电影，讨论政治或谈论艺术。我必须做心理重建，不断提醒自己——生活里不是只有暴力和伤害。

然而，对某些案子，情绪的防火墙还是很难支撑。对某些案子，无论保持着何种理性，我的思绪依旧会陷入彻底的恐惧之中。

我望着斯莱德尔和里纳尔迪往那幢房子走去，脑海中突然出现一个低低的声音。

小心点，那声音在低语。这次可能又是一件棘手的案子。

一阵风吹过，扬起我们脚下枯萎的木兰花叶，吹动着那堆野葛形成一片绿色的波浪。

博伊德在我脚边跳来跳去，看看我，又看看那幢房子，然后又看着我。

“怎么了？”

博伊德在低鸣。

“你这个胆小鬼。”

博伊德可以眼睛眨都不眨，就向洛特维勒牧犬发起挑战，但雷雨就能把它吓得哆哆嗦嗦。

“我们要进去吗？”赖安问。

“我们要进去！”我以沃尔特·米笛[①]的口吻回答他。

我开始朝那幢房子跑去。赖安跟在我后面。博伊德超过了我们。

当我跳上门廊的时候，纱门打开了，斯莱德尔的脸出现在门缝中。他已经丢掉手上的烟，现在嘴里咬着一根牙签，并且用拇指和食指转着那根牙签。

“要是你看到里面的东西，你肯定得拉在CK内裤上。”

①沃尔特·米笛，美国小说家詹姆斯·瑟伯所著的《沃尔特·米笛的秘密生活》一书中，患有幻想症的男主角。

12

屋内的温度超过了华氏一百度。空气闷而充满霉味，带着那种很久无人居住的味道。

“楼上。”斯莱德尔说。他和里纳尔迪消失在正前方的双门门廊里，接着我便听到顶上响起一阵脚步声。

伸出在外的门廊、野葛、沾满灰尘的纱窗纱门以及即将到来的雷雨，把屋内的亮度限制在了地下室的程度。

我觉得呼吸有点困难，也看不清楚。不知来自何处的不祥预感攫住了我，某种威胁生命的东西正爬进我的思绪。

我深吸了口气。

赖安的手掠过我的肩膀。我伸手去抓，他却收回了手。

我的眼睛渐渐适应了屋内的光线。我开始打量四周。

我们正在一间起居室里。

带蓝点的红绒毛地毯。仿松木嵌板。早期的美式沙发椅。木制扶手和椅腿。红蓝格子花呢椅套。坐垫上散落着糖果包装纸、填充棉和老鼠屎。

一幅在跳蚤市场买的巴黎春天主题的画挂在沙发上方的墙上。画中的艾菲尔铁塔与下方的街道完全不成比例。有雕饰的壁橱里摆满玻璃做的动物。窗子上方的木制台板上站满了陶土小人像。

塑料桌面和金属腿的折叠式电视桌。饮料罐和啤酒罐。地毯上还有更多的罐子。芝士多和炸玉米片的袋子。一罐品客薯片。

我扩大观察范围。

穿过门廊，就到了餐厅。餐厅里有一张枫木圆桌、四张船长椅上摆着红蓝相间且有褶边的椅垫、一个倒过来放的花篮里装着塑料花，几包垃圾食品和一些空的瓶瓶罐罐。

餐桌再过去是一扇活页门。这扇门跟我奶奶家用来分隔餐厅和厨房的门一模一样。斜角木框和干净的塑料镶板处于抬手正好能够得着的高度。

成年人够得着的高度。我奶奶在世时，经常会去擦拭镶板下方漆面上的葡萄果冻、布丁和小污痕。

我再度紧张起来，所有的神经都莫名其妙地焦虑起来。

活页门后传来一阵开关柜子的声音。

博伊德把前掌搭在沙发上，嗅着一张雀巢奇巧巧克力的包装纸。我把它拉回来。

赖安先开口。

“我敢说，从那个茅坑挖好之后，这里就没再装修过。”

“可是人家还挺用心的。”我指了指房间四周，“绘画。玻璃动物。红蓝相间的装饰图案。”

“很好。”赖安的点头表示他毫不欣赏，“很爱国。”

“重点是，有人在乎这个地方，之后又弃之不理。为什么？”

博伊德又溜回沙发上，嘴巴大张，舌头伸出来直喘气。

“我要带狗到外面找个凉快点的地方。”我说。

博伊德只作了象征性的反对。

我回来时，赖安不见了。

我小心翼翼地走着，经过餐厅，用胳膊肘推开那扇活门。

厨房是典型的旧式农舍的模样。器具和工作台都在右墙边，排成一长条。中央则是个白瓷水槽，上方就是厨房里唯一的一扇窗户。家荣华的电器放在远处，冷点电冰箱在近门处，还有及腰的福米加工作台面和上下两排的旧木橱。

从炉子到整理台，或从整理台到冰箱，都需走上好几步。这间厨房比我家的大多了。

左边的墙上开着两扇门，一扇通往食品贮藏室，一扇通往地下室。

一张福米加的镀铬桌占据了房间中央，桌旁是六张镀铬椅，上面放着红色塑料垫。

桌椅和房间的表面都覆盖着黑色的指纹粉。戴着老祖母眼镜的那位技术人员正在冰箱门上拍指纹的近距离特写。

“智囊团在楼上。”她忙着拍照，头也不抬地说。

我回到餐厅，爬上二楼。

我匆匆看了一眼，发现二楼有三间卧室。其余的空间留给了一间辉煌的现代化卫生间。这个卫生间的设备跟一楼的一样，看起来都像是一九五四年的东西。

赖安、斯莱德尔、里纳尔迪和那位男性技术人员都在东北角那间卧室。四个人都在凝视着梳妆台上的某样东西。我出现在房门口的时候，他们一起抬头看着我。

斯莱德尔拉了拉裤子，把牙签挪到嘴巴另一边。

“不错吧，嗯？像失去绿草坪的拖车住户吧？”

“怎么了？”我问。

斯莱德尔一只手掠过梳妆台，好像《命运之轮》的女主持人万娜·怀特在介绍优胜者的奖品。

走进这个房间，就像来到一间老旧的温室一样。墙纸上挂着的紫罗兰，如今已随着岁月变成褐色。一张垫得又厚又软的椅子上放着织物。每扇窗上的窗帘都懒洋洋地垂着。

一个相框靠在护壁板上，是一张从杂志上剪下来的一束紫罗兰的照片。照片上的玻璃已经碎裂，框角也变了形，不再是九十度的直角。

我走过那个梳妆台，瞄了一眼他们一直在看的东西。

我的胸腔里如触电一般悸动。

我抬起眼，并不理解是怎么回事。

“这就是你的那位杀婴者。”斯莱德尔说，“你再看一眼。”

我不需要再看。我认识它。我只是不明白那意味着什么。那个东西怎么会出现在这间满屋子都是干枯花朵的可怕房间里。

我的视线往下，看着那张白色塑膜的长方形卡片。

塔梅拉·班克斯从那张卡片的左下角凝视着我，一头黑鬈发被框在一个红框内。卡片上方有个写着卡罗来纳州的蓝色横幅。横幅旁印着一行白底红字：汽车局。

我抬起头。

“你在哪儿找到的？”

“床底下。”那位技术人员说。

“床下脏得连搞生物战的恐怖分子都要尿裤子。”斯莱德尔说。

“塔梅拉·班克斯的驾照怎么会在这所房子里？”

“肯定是和她的床伴泰里一起来的。”

“为什么？”我重复着自己的疑问。这完全说不通。

那位技术人员告辞离开，回到隔壁房间继续工作。

斯莱德尔用牙签指着里纳尔迪。

“哎呀，侦探，你怎么想？会不会跟我们在地下室找到的那两公斤可卡因有关？”

我看着里纳尔迪。

他点点头。

“说不定塔梅拉丢失了驾照。”我试着寻找合理的解释，“也许是被偷了。”

斯莱德尔嘟着嘴，转着牙签。

他转向赖安，想找到同性之爱。

“你怎么看呢，副探长？你觉得哪种说法比较正确？”

赖安耸耸肩。“如果连英国女王都会邀请卡米拉[①]去听金禧音乐会[②]，还有什么是不可能的。”

斯莱德尔左眼一阵抽动。一滴汗从他的左额滴下。

“你有这里的土地所有者的变更资料吗？”我问。

斯莱德尔又转弄了一阵牙签，才从后裤袋抽出一本笔记本。

“到最近为止，这块地的主权变动不大。”

斯莱德尔念着他的笔记，我们静静地听着。

“从一九五六年到一九八六年间，这块地都属于桑德·富特。桑德的爷爷把财产留给桑德的父亲罗米拉斯，他父亲又把财产交给他……”

①卡米拉，英国王子查尔斯的第二任妻子。

②金禧音乐会（Golden Jubilee Concert），为了庆祝英国女皇登基五十周年而举行的演唱会。

斯莱德尔把笔记本换了个手，“有五六年前罗米拉斯的一连串缴税记录，但和现在的案情无关。”

“是的。”我不耐烦地表示同意。

“富特八十六岁的时候去世，农场就归他的遗孀多萝西·杰西卡·哈勒尔森·奥克西汀·庞德尔·富特所有。”他抬起头来，“这位女士很爱结婚。”

他又回到他的笔记。

“多萝西是富特的第三任老婆。他们结婚比较晚，没有孩子。那时候富特七十二岁，多萝西四十九岁。但这就是故事的精彩之处了。”

我想摇晃斯莱德尔，让他快一点说。

“这位寡妇并没有真正继承农场。富特的遗嘱允许她与前夫生的儿子跟她一起住在这里，直到过世，而她儿子可以住到三十岁。”

斯莱德尔摇摇头。“这个富特肯定是个食果蝙蝠。”

“因为他想让他妻子的儿子在成家立业前有地方住？”我让自己的声音保持平稳。

一阵风吹起。树叶拍打着纱窗。

“然后呢？”赖安问。

“然后，这地方就属于他和第一任妻子生的女儿。”

有什么东西滚过草皮，发出一阵空洞沉闷的声响。

“多萝西·富特死了吗？”我问。

“五年前就死了。”斯莱德尔合上本子，放回口袋里。

“她儿子满三十岁了吗？”

“还没有。”

“还住在这里？”

“从理论上说，是的。”

“理论？”

“这个小浑蛋把房子租给别人赚点钱。”

“根据遗嘱，他有权这么做吗？”

“几年以前，富特的女儿请律师调查过这件事，但那位律师束手无策。这家伙一切都在台面下进行，所以没留下任何金钱交易的记录。富特的女儿住在波士顿，从来没来过这块上帝的小土地。这地方也不值几个钱。多萝西的儿子今年二十七岁。”斯莱德尔耸耸肩，“她大概准备等上三年再说吧。”

“多萝西的儿子叫什么名字？”我问。

斯莱德尔露出微笑，但他的笑容里根本没有幽默。

“哈里逊·庞德尔。”

我在哪里听过这个名字？

“你记得他，博士。”

我是记得，但是在哪儿听到的？

“我们上星期还谈过他的事。”他又在转牙签，“但不是因为这只松鼠出现在招募警察的传单上。”

庞德尔。庞德尔。

“哈里逊·庞德尔，绰号‘小鬼’。”里纳尔迪提示我。

记忆回笼。

“小鬼庞德尔？”我难以置信地问道。

“富特妈妈的宝贝儿子。”斯莱德尔说。

“谁是小鬼庞德尔？”赖安问。

“小鬼庞德尔是个下层社会的人渣，只要价钱合适，他连他妈妈都可以卖给塔利班。”斯莱德尔回答。

赖安转向我。

“庞德尔是个毒贩，他用塔梅拉·班克斯杀婴案的情报和警方做交易。”

雷声响起。

“你怎么不知道这里就是庞德尔的房子？”我问。

“庞德尔先生在和官方接触时，留的是他在市区的地址。从法律上说，这个农场的所有人是他妈妈。”里纳尔迪说。

又一声雷响。门廊里传来一阵低鸣。

“塔梅拉也许和泰里来过这里，但那并不表示她贩毒，或是杀害了自己的孩子。”我的推论听起来很薄弱，连我自己都这么觉得。

院子里，一扇门不停地发出砰砰的声音。

“你会去找庞德尔谈谈吗？”我问斯莱德尔。

他那双猎犬般的眼睛落在我身上。

“我不是白痴，博士。”

我心想，是的，你就是个白痴。

那时，暴风雨降临了。

我、赖安和博伊德坐在门廊里，等着暴风雨结束。风拍打着我们的衣服，把温暖的雨水吹上我们的脸颊。这感觉真棒。

博伊德对大自然的力量不怎么感兴趣。它躺在我身旁，脑袋塞进我弯曲的膝盖下形成的三角区里。博迪也经常这么做。只要我看不到你，你就看不到我。因此，我就安全了。

六点钟，瓢泼大雨减弱成了连绵不断的毛毛雨。斯莱德尔、里纳尔迪和那两位技术人员在继续搜索屋子，我和赖安却没有更多的事可做。

小心起见，我还是带着博伊德逐层巡查了两次。没有让它感兴趣的东西。

我跟斯莱德尔说我们准备走了。他说明天早上会打电话给我。

快乐的一天。

我开门让博伊德跳进后座，它在座位上转了两圈后，便蜷起身子，把下巴放在后掌上，大大叹了口气。

我和赖安上了车。

“也许胡赫并不想当缉毒犬。”

“是的。”我同意。

第一次巡逻的时候，博伊德去闻过那两袋可卡因。他摇了摇尾巴，就继续在地下室里昂首阔步。但第二次巡逻的时候，它一点反应也没有了。

“但它却是个找腐尸的高手。”

我把手伸到后面，博伊德过来舔我的手。

在回家途中，我先绕到梅克伦堡县医事检察所，去拿我落在办公室的笔记本电脑的电源线。我走进医事检察所时，赖安和博伊德正在玩那条松狮犬唯一会玩的游戏：赖安在停车场站着不动，博伊德在他身旁绕圈子。

我正要出大楼的时候，希拉·詹森风驰电掣一般把车开了进来。她下了车，朝我走来。

“你来晚了。”我说。

“得到一些新消息，所以来这里碰碰运气，看能不能找到你。”她没问我为何会在这里。我也没说。

博伊德抛下赖安，冲向詹森，又想玩闻裤裆的滑稽把戏。这位运输安全委员会的调查员双手挠着博伊德的耳朵，挡住了它的攻势。赖安慢步走了过来，我给他们作了介绍。博伊德开始在我们三人之间绕来绕去。

“看来贩毒的说法是正确的。”詹森说道，“我们把那架塞斯纳翻过来检查的时候，我们真不知道右前门上还有一个小门，贴合得很严密。”

“我不明白。”

“右前门被割了一个洞，用一个封盖盖住，再用铰链固定在底部，就能从里面打开了。”

“就像单向的狗门？”

“完全正确。不仔细看，很难看出门被改装过。”

“为什么要这么做？”

“方便空投。”

我想起我们刚刚见过的那两袋可卡因。

“空投非法药物。”

“你答对了。”

“投给开车在地面接应的同伙。”

“全中。”

“为什么要费这种工夫？为什么不直接打开门，把东西丢下去？”

“塞斯纳二一〇机型的失速速度大约是每小时六十四英里，这是他们在空投的时候，所能达到的最低限度。在这种速度下，想把东西从飞机里扔出去，是一件相当困难的事。想想看，如果你在高速公路上以六十五英里的时速前进，然后把车门打开，会是什么情景。”

“很合理。”

“我想到的情节是这样的：他们把右前座移开，给密门让出通道。乘客坐在后面。货物就放在乘客身后的小货舱里。你能想象得出那个画面吗？”

“可以。”

“皮埃尔斯……”

她瞄了赖安一眼。我点点头。她转向赖安。“就是那位飞行员。”

赖安点头。

“皮埃尔斯利用岩壁当路标。他找到山壁后，发出信号，后面的乘客就解开安全带，转身去拿货，开始把货往外丢。”

“可卡因吗？”赖安问。

“可能。开一次塞斯纳二一〇，装再多的大麻烟也赚不回来。不过，我见过有人这样干。”

“从那么高的高空丢下来，可卡因的袋子不会破吗？”我问。

“所以他们用降落伞。”

“降落伞？”

“他们可能会到军用品商店买小宗货物用的降落伞。当地警方正在调查这条线索。总之，可卡因被包在厚塑料套里，垫上缓冲泡沫膜，再缠上足够多的胶带，多到可以盖住我姑妈莉莉的屁股。我姑妈身材很魁梧。”

“听起来很像我姑婆柯妮丽娅。”赖安说，“她很会吃。”

希拉瞥了赖安一眼，转回头看我。

“继续。”我说。

“每包货都用更多的胶带固定在降落伞上，再用带子绑紧。降落伞就缠在包裹上，再用一条二十英尺长的塑料绳缠住降落伞，把包裹固定好。你能明白吗？”

“可以。”

“皮埃尔斯发出命令。那位乘客就把绳子松着的那端绑在飞机内部的某个东西上，打开狗门，把包裹往外丢。包裹往下掉时，绳子跟着解开，降落伞也自然打开，东西缓缓落到地面，就像只唱歌的鸟儿。”

博伊德啃着赖安的小腿。赖安轻轻拍着它。这只狗往后跳开，又开始在我们身边绕圈子。

“那么，是哪里出了差错？”我问。

“事情是这样的。当时飞机在空投区上方飞得很低，很接近失速速度，眼看一切就要顺利完成，但最后一个包裹却朝机尾飘去。不知是降落伞还是包裹缠住了方向舵或升降舵，飞行员无法控制方向，于是飞机失去了控制。你好，岩壁，就撞上去了。”

“解释一下为什么飞行员身上有带子捆住，乘客却没有。”

我想起那两具烧焦的尸体，上面都包裹着一层黑色的残留物。

“降落伞是由轻质尼龙制成的，对吗？”

“对。”

“听听看这个解释。最后一个降落伞提早在机舱里打开，包住了后座的乘客。他开始挣扎，皮埃尔斯转身伸出手，想帮他解开，结果飞机失去了控制，撞上岩壁，变成一团火球。”

“再来解释那些黑色的残留物。烧焦的降落伞。”詹森真了解我。

“但这些都只是猜测。”我说。

“不完全是。”她回答。

我等着她的下文。

“昨天早上，几个孩子发现了一件很有意思的事。”

13

“星期一上午早些时候，三个小孩在坠机地点东边的田野里遛狗玩，看到一个东西。他们认为那是鬼在祖父的老烟草仓四周飘荡。”

我脑海里浮现一个影像。一位飞行员的尸体吊在降落伞上，随风摆动。赖安说出了我的想法。

“苍蝇王。”他说。

“好比喻。”詹森说道，“我们这几位小天才一边吃着香蕉口味、棉花糖馅的派，喝着饮料，一边沉思着他们看见的情景，最后决定去做一些侦查。当他们的怪物变成一包绑在降落伞上的白色粉末的时候，他们就进行投票，决定先把战利品藏起来，再去思考下一步的行动。”

“下一步包括四处搜寻。”我猜。

“他们在树林里又找到三包可卡因。他们知道有架塞斯纳在附近坠机，又是《特警》和《犯罪现场》的忠实观众，于是就认为好运降临在他们身上了。”

“他们打九一一询问奖赏的事。”

“电话是今天早上十点左右打的。夏洛特-梅克伦堡县警局联系了家长，接着就是一场公开讨论。底线在于：孩子们有四包毒品和四个藏在烟草仓里的降落伞。”

“你确定那是可卡因？”我问。

“东西还要经过化验。不过，是的，我敢跟你打赌，就是可卡因。”

“飞行员的同伙为什么会把东西留在那里？”

“要到那里，需要经过一条狭窄曲折的小路。他们很可能目睹了塞斯纳的坠毁，心想如果他们在那里逗留太久，很可能会在离开的时候遇上紧急救援的人员，怕途中会被发现。在自由和财富中选择，自由更重要，所以他们逃跑了。”

这解释很合理。

“根据我们的模拟，最后一个降落伞提前打开了。”

“为什么会这样？”我问。

“可能就只是运气不好，或者是气流造成的爆裂。”

“怎么说？”

“很多年来，空降部队里发生过这样的事情。跳伞员站在飞机门口，降落伞突然张开，死过不少人。副降落伞是穿在前面的，强烈的气流有时会跑进去，把伞包撑开，提前把跳伞员和降落伞往外拖。”

“只是打开狗门，有可能会让气流在机舱里四处乱窜吗？”赖安问。

“有可能。”詹森答道。

“但他们已经成功地投出去四个降落伞，为什么第五个会搞砸了？”我问。

“也许是因为最后一包比较轻。也许是因为那位乘客没把降落伞用带子缠得足够紧。也许是飞行员突然和飞机来了个演习。”

“也许。”我说。

“东西被包在一平方英尺的包裹里。这非常接近那个狗门的大小。也许最后一包卡在狗门里，在他们还没来得及挪开它的时候，降落伞就打开了。”赖安提出他的看法。

“那样飞机上不就会留下一包毒品？”我问。

“说不定是在底部？”希拉迟疑了一百万分之一秒，“我确实有所发现。”

“另一包毒品？”我问。

“已经不能算是一包了。大部分是灰和熔化的塑料。”

“在飞机残骸底下？”

“对。”

“什么东西的灰？”

“我不确定。不过那东西没有悄悄告诉我它是鼻腔吸食的可卡因。”

“捎带其他货物的情况常见吗？”

“就跟酒鬼喝麝香葡萄酒时兴奋地直叨叨一样常见。”

我们一回到别馆，博伊德就直接奔向它的碗。

我坚持丢铜板来决定一件事，结果赖安赢了。馊主意。他上去洗澡时，我查了一下我的电话留言。

哈莉。

凯蒂。

一位北卡罗来纳大学夏洛特分校的同事。

一个挂断的电话。

我打到伊亚住的小别墅。有个男人接起电话，说我女儿出去了，不过很快就会回来。他没说他是谁。

我留了个口信，挂上电话。

“见鬼的你是谁啊？”我对着电话问，“那个对我女儿穷追猛打的帕玛·卡曾斯？”而你为什么没有说？你也住在伊亚的小别墅里吗？我不愿再想下去。

博伊德抬起头看了一眼，又继续去吃东西。

我打电话给同事。他对一份毕业论文有点疑问，但我答不上来。

博伊德把碗里的褐粒狗粮吃得一颗不剩，然后打着响鼻，侧身躺在地板上。

要回哈莉的电话，还是不回呢？

我妹妹不懂何谓简明扼要。而且，她在电话里都能嗅出性的味道，我可不想跟她讨论我最近的探险。听到楼梯传来脚步声，我把电话放回桌上。

赖安抱着博迪出现在我眼前。猫的前掌和下巴靠在他的肩上。

我伸出手去，博迪转过头来。

“来，抱抱，博迪。”

两只一眨不眨的眼睛在我面前晃动。

“你是个骗子，博迪。”我轻抚着它的脑袋，“你甚至连动都不想动。”

博迪抬起下巴，我挠了挠它的脖子。

“它如果想下来，”我对赖安说，“会在你的胸前抓来抓去。”

“我在床上找到了它。”

博伊德一听到赖安的声音，立刻站了起来，脖子上的狗牌叮叮当当地响着，脚爪在木地板上抓来抓去，不知要干什么。

博迪像是卡纳维拉尔角[1]的太空梭，咻的一声从赖安的胸口跳走了。

“冰箱里有啤酒。”我说，“我要到书房写报告。不会太久。”

我回来的时候，赖安坐在厨房的桌子旁看《观察者日报》的体育版。他已喝完一罐山姆·亚当斯啤酒，正在喝第二罐。博伊德的下巴搁在他膝盖上。

我走进厨房的时候，他们两个都抬头看我。

“走遍了全世界的每个小镇，走过了每个小镇上的酒馆，而她终于走进了我的生命。”赖安对着博伊德做鬼脸。

“谢谢，大情圣。”

“你女儿打了电话过来。”

“嗯？”我没想到他会接我的电话。

“电话就摆在那边，它在响。我条件反射，就接了。抱歉。”

“她有没有说为什么打电话来？”

“我没猜到是她。我跟她说你在洗澡，她说没什么要紧的事，告诉了我她的名字，就挂断了。”

看来我和凯蒂今晚都有了节目。

我和赖安开车到塞尔温酒吧，那是和沙伦别府只隔几个街区的一间小酒馆。不熟悉的客人会以为这间小砖房是私人住宅。相比起迈尔斯公园酒吧，这间砖房式的酒馆是要小一些，但还可以忍受。

这间酒馆没有招牌，唯一让人觉得这是一间酒馆的地方，就是停在房子外的一堆车辆，而停车的地方本该是草坪。我把车开进去的时候，赖安有点疑惑，但什么也没说。

---

①卡纳维拉尔角（Cape Canaveral），位于美国佛罗里达州的火箭发射中心。

塞尔温酒吧的顾客分成两批。傍晚时，各种各样的专职人员在去看球赛、约会或晚餐之前，先来这里喝两杯。

再晚一点，当那些开发者、律师和会计师离去之后，皇后学院的学生就拥了进来。丝质布料、斜纹呢和意大利皮鞋，让位给了牛仔布、棉布料和棕榈凉鞋。之前的奔驰、宝马和高级SUV，也变成本田、雪佛兰和便宜点的SUV。

我和赖安到达的时候，正好是这两批人交接的空闲时段。洗过澡后，我心情一直很好，只在想到塔梅拉的婴儿和茅厕的尸骨时，情绪有些低落。但是赖安在我身边，我又振奋起来。悲悲喜喜。然而，穿过酒吧的院子时，一股忧伤和沉重又涌上心头。

我喜欢有赖安在身边，和他在一起的时候非常快乐。但为什么会觉得悲伤呢？我不知道。我试着推开心头那份阴暗。

大多数常客都已离去，只剩几张桌子和几张吧台的高脚椅还有客人坐着。这会儿我不怎么想和人来往，就领着赖安去店里的隔间。

我点了一份芝士汉堡和薯条。赖安选了壁炉上方黑板上手写的今晚特餐：烤肉加薯条。

我喝健怡可乐，赖安喝比尔森啤酒。

等待的时候，我和赖安又说起之前和詹森的谈话。

“那架塞斯纳是谁的？”

“一个叫里奇·唐·道顿的人。”

赖安的啤酒和我的可乐来了。赖安给了那位女侍应生一个超级百事可乐的微笑，对方则回了一个特级三明治的灿烂笑容。我的恶性循环开始加剧。

“我的肉要五分熟，可以吗？”我打断了他们的牙齿问候。

“没问题。”百事小姐转向赖安，“东部口味吃得惯吗？”

“还可以。”

赖安微笑着目送那位女侍应生回到厨房后，回头看着我。

“地理跟烤肉有什么关系？”

“东部烤肉是醋和芥末的酱，西卡罗来纳更多是番茄酱。”

“这让我想起一件事。什么是 swite tay？”

“什么？”

“侍应生一直给我倒这个。”

swite tay？我的脑子里转着这个词汇。

“是 sweet tea，赖安。一种加糖的冰茶。”

“外语真难学。好了，回到道顿先生身上。我们第一次说到他的时候，你说那位先生对飞机被偷的事感到很难过。”

“震惊。”

“还有惊讶。”

“目瞪口呆。”

“里奇·唐·道顿是谁？”

那位女侍应生送来了我们的食物。赖安要了蛋黄酱。我们两个都看着他。

“蘸薯条用的。”他解释道。

女侍应生看着我。我耸耸肩膀。

女侍应生走后，我把番茄酱倒在我的薯条上，再把盘里的莴苣、小黄瓜和番茄夹到汉堡里，撒上调味料。

“我跟你说过的。道顿在坎纳波利斯有两家脱衣舞酒馆，就在夏洛特北边。”

我咬了一口汉堡，绞细牛肉的味道介于烤焦和烤干了之间。我啜了一口可乐，是可口可乐，不是健怡可乐。

我的心情立刻坏了起来。

“警方断断续续地监视道顿好几年了，但一直找不到任何犯罪证据。”

那位女侍应生端来一小杯蛋黄酱给赖安，又露出两排比弓锯齿还多的牙齿。

“谢谢。”赖安说。

“随时欢迎。”她回答。

我觉得我的眼睛已经翻到我的前额叶上了。

“他们认为道顿先生的收入大大超过了他的收入？”赖安一边问我，一边把一根薯条插进蛋黄酱里。

“显然那个男人的玩具太多了。”

“有人在监视道顿？”

“只要里奇·道顿往人行道上吐口痰，他就会被立刻逮捕。”

我把番茄酱倒过来，在罐底敲了几下，啪的一声放回桌上。

我们安静地吃了几分钟。接着赖安的手悄悄覆在我的手上。

“什么让你感到困扰？”

“没有。”

“告诉我。”

我抬起头。那双矢车菊蓝的眼睛里流露着深深的关切。我低下头去。

“没什么。”

“告诉我，小蛋糕。”

我知道我说下去，事情会变成什么样。而我很不喜欢这种感觉。

“是什么事？”赖安试探着。

很简单。我不喜欢工作带来的抑郁。我不喜欢被迫延后假期带来的被欺骗的感觉。我不喜欢自己只因为他跟一位不知姓名的女侍应生单纯地笑笑，就吃起醋来。我不喜欢我得跟女儿解释的感觉。我不喜欢被她排除出人生的感觉。

我不喜欢无法自控的感觉。

控制。这一直是我的难题。唐普不能失去控制。这是我在独自作了自我分析之后，得到的唯一体悟。

我并不喜欢分析，不喜欢承认我需要外界的帮助。

我也不喜欢说出自己的感受。从来都不喜欢。不和心理医生说，不和牧师说，不和尤达大师说[①]。不和赖安说。我想从这个隔间消失，忘了这次的对话。

我仿佛遭到了背叛，一滴泪滑落。我尴尬万分，反手捂着眼睛。

“吃完了吗？”

我点点头。

赖安付了钱。

停车场只有两辆SUV和我的马自达。赖安靠在驾驶座的车门上，把我拉向他，双手托起我的脸。

“说。”

我试着垂下脸。

“我们还是——”

“和昨晚有关吗？”

“不是。昨晚……”我的声音渐渐消失。

“昨晚怎么了？”

天哪，我讨厌这个。

①尤达大师，电影《星球大战》中的绝地评议会长老，是主角天行者的导师。

"好吧。"焰火和威廉·退尔序曲。

赖安的大拇指轻抚着我的眼睛。

"那么，为什么会有眼泪？"

好吧，小鬼。你想听感觉？

我深吸了口气，把话倒了出来。

"有个变态王八蛋烧死了一个婴儿。还有个浑蛋视野生动物如粪土，爱怎么杀就怎么杀。两个家伙为了繁荣哥伦比亚的经济，把自己撞死在岩壁上。还有一个可怜的家伙脑袋开花，头和手被丢在茅坑里。"

我的胸口一阵微小的起伏。

"我也不知道，赖安。有时候我觉得善良与慈悲飞快地消失灭绝了，变得比大兀鹰和黑犀牛还少。"

我泪如雨下。

"贪婪和麻木不仁胜出，赖安。爱和善良，还有人类的怜悯之心上了濒临灭绝的物种清单。"

赖安把我拉得更近了。我双手环抱着他，在他胸前哭泣。

那晚的求爱舒缓而轻柔，是大提琴和三角铁，而不是鼓和铜钹。

之后，我把脸颊埋在赖安锁骨下的空隙里。他轻抚着我的头发。

我快要睡着的时候，感觉到博迪跳上床来，蜷在我身后。钟滴滴答答地走着。赖安的心跳缓慢而稳定，如雷声一般在我耳边响着。也许不算快乐，但我感觉很安全。

很久很久以来，我还是第一次感觉很安全。

14

我看着钟，四点二十三分。博迪不见了。赖安在我身边轻声打呼。

我一直梦到塔梅拉·班克斯。我躺了一会儿，试着把那些影像的碎片拼凑起来。

吉迪恩·班克斯、吉妮瓦、凯蒂。一个婴儿，一个坑洞。

我的梦通常很简单。我的脑子把最近发生的事编织成夜里的镶嵌画。没有潜意识里的迷惑。也没有弗洛伊德式的难题。

那么这个梦究竟在表达什么？

因为没回吉妮瓦·班克斯的电话而感到内疚？

我打过电话。

打了两次。

因为没把赖安的事告诉女儿而感到内疚？

凯蒂把博伊德送过来的时候，就见过他了。

对，见过他。

为塔梅拉担心？为那个孩子伤心？

接着，我的思绪飘移，又开始胡思乱想。

小鬼庞德尔是个最近刚被警方逮捕的毒贩，塔梅拉·班克斯的驾照为什么会出现在属于他的农场里？塔梅拉是和达利尔·泰里一起去的吗？那些可卡因是泰里的吗？还是庞德尔的？为什么会被留在地下室里？

塔梅拉在哪儿？

达利尔·泰里在哪儿？

我的脑海里突然浮现出一个可怕的想法。

茅坑里那个受害者会不会是塔梅拉·班克斯？达利尔·泰里害怕她会泄露孩子被杀的秘密，杀了她灭口？还是因为发现孩子不是他的，一气之下，杀了塔梅拉？

但那是不可能的。茅坑里的尸体已成一堆白骨。而塔梅拉孩子的尸体是在一个星期前被发现的。

但那个婴儿是什么时候死的呢？

我又重新整理我所知道的时间顺序。

塔梅拉在去年冬天告诉姐姐她怀孕了。她在复活节前后的某个时间离开了父亲的家。目击证人说她在南特赖恩路的房子里跟泰里同居了四个月。

那个婴儿很有可能是七月或六月底生的。最后一次有人看见塔梅拉是在什么时候？她会不会是几个星期以前就遇害了？茅坑那样高度有机的环境会不会加快尸体的分解速度？

如果茅厕里的尸骨不是塔梅拉的，那又是谁的？为什么会在那里？是谁枪杀了他？

我认为那个头颅是男性的，但我会不会弄错呢？

达利尔·泰里在哪里？我认为那个头颅是高加索人的，但我有没有可能错了呢？我们会不会是把泰里的头和手骨从茅坑拖了出来？

我真的在里纳尔迪眼里看到了情绪反应？头颅和手骨勾起了他什么回忆吗？如果是的话，他为什么一言不发？

斯莱德尔提了个好问题。茅厕里的骨头是怎么跑到那堆熊骨里去的？

谁杀了那些动物？

如果茅坑里的尸骨不是塔梅拉，她会不会遭遇了同样的命运？

疑问不停地在我脑子里打转。

我的思绪离开那个有茅坑的农场，穿过乡镇向西来到玉米地的坠机现场。我脑海里浮现出哈维·皮埃尔斯和那位不知姓名的乘客的模样，看见他们的尸体被装进黑色的尸袋。

皮埃尔斯的乘客是谁？他鼻骨上那处奇怪的伤口是什么？

詹森在塞斯纳底下发现了烧焦的物质。那是可卡因，还是别的违禁品？或是完全不一样的某种东西？

塞斯纳上的那两个人和里奇·唐·道顿是什么关系？是皮埃尔斯和那位乘客偷了道顿的飞机，还是说他们三个是毒品运输圈的三个部分？那扇狗门和消失的前座似乎难以和飞机被偷一说达成一致。

我把头放在枕头上，转了个方向。

我在赖安的事上做错了吗？这样有用吗？如果没用，我们还能继续做朋友吗？在外人看来，我们经常挖苦对方，好像彼此很有敌意。但那是我们相处的方式。争执，嘲笑，竞争。在那表象之下，我们尊重爱慕彼此。如果我们无法成为情人，我们还能再度成为同事和朋友吗？

我想结婚吗？我真的能放弃斗争已久得来的自由吗？我需要这么

做吗？

赖安想要一份彼此承诺的关系吗？他能遵守一夫一妻制吗？他能和我一起遵守一夫一妻制吗？我能再度相信婚姻吗？

黎明终于来临，我松了一口气。在渐渐明亮起来的光线里，我看着房间里熟悉的物品。两年前的夏天我在小鹰镇海滩收集的海螺。我放了耳环进去的香槟酒杯。装着凯蒂照片的相框。我在危地马拉买的双头鸟版画。

还有我不熟悉的。

赖安的脸比以前更黑了，这是在国王山和农场晒的。早晨的阳光在他身上洒下一片金黄。

“怎么了？”赖安捕捉到了我凝视着他的目光。

我注视着他的双眼。不管感受过多少次，他眼里的蓝色光芒仍然让我感到惊叹。

我摇摇头。

赖安用胳膊肘支起身体。

“你看起来很紧张。”

我想说出心事，说出禁忌的话语，问出不该问的问题。我把话吞了回去。

“可怕的事。”

“是的。”我回答。

什么是可怕的事情呢，安迪·赖安？你？我？火炉里的婴儿？还是头颅上的弹孔？

“我对海滩的事真的感到很抱歉。”安全一点的说法。

赖安突然笑了起来。“我有两个星期的假，我们会去那里的。”

我点点头。

赖安把被子掀开。

“我想今天是去皇后市的好日子。”

我和赖安先去了星巴克，然后他送我到医事检察所。我一进办公室，立刻打电话给吉妮瓦·班克斯。还是没人接。

我感到有点焦虑。吉妮瓦和她父亲都不外出工作。他们会去哪儿？为什么没人接电话？

我正在拨里纳尔迪的号码，他和他的搭档走进了我的办公室。

“今天怎么样？”我问道，放下了听筒。

“不错。”

“挺好。”

我们交换了礼貌性的微笑。

“你们最近有没有和吉妮瓦或是吉迪恩·班克斯联系过？”

斯莱德尔和里纳尔迪互相看了一眼。

“吉妮瓦星期一打电话给我。”我说，“我打回去给她，但是没人接。我刚刚又试了一次，还是没人接。”

里纳尔迪低下头去看脚上的平底便鞋。斯莱德尔面无表情地看着我。

冰冷的手指攫住了我的心脏。

“你们这是在告诉我，他们两个都死了，是吗？”

斯莱德尔用一个词回答了我。

“走了。”

“你说‘走了’是什么意思？”

“失踪。跑掉。不知去向。我们来找你，就是想看看你是不是知道点什么，你和吉妮瓦是朋友。”

我看看斯莱德尔，再看看他的搭档。

“窗帘全部拉上。屋子封得比核反应堆还严密。有个邻居在星期一早上看到班克斯家的车离去，之后就再也没见到过他们。”

“他们是自己离开的？”

“那个邻居说她不确定，但好像看到后座有一个人。”

“你们打算怎么办？”

里纳尔迪调整着他的领带，仔细地把前后两部分对齐。

“我们正在找他们。”

“你们和班克斯家的其他人谈过吗？”

“谈过。”

我转向斯莱德尔。

“如果那个泰里真像你说的那么坏，吉妮瓦和她爸爸可能有危险。”

“嗯哼。”

我咽了咽口水。

“塔梅拉和她的家人可能已经死了。”

“博士，你这是在对唱诗班传教。对我来说，越快抓到他们越好。”

“你在开玩笑吧。”

“听说过协助犯罪和煽动犯罪吗？”

“看在上帝的分上，吉迪恩·班克斯已经七十多岁了。吉妮瓦大概只有荷兰芹的智商。”

“那妨碍司法或事实上的从犯会怎么样？”

“什么样的事实？”我不相信这种说法。

“我们先从死婴案说起。”斯莱德尔说。

“是杀婴案。”我纠正道。

斯莱德尔把两个拳头放在腰上，身体往后靠，把衬衫底部的纽扣拉伸到拉力的极限。

“博士，你现在应该还不知道这些家伙的下落，对吗？”

“知道也不告诉你。”

斯莱德尔放下手，脑袋朝前伸过来。我们隔着办公桌瞪着彼此，仿佛两只狒狒在争夺喝水坑里第一瓢水的权力。

“我们还是谈谈其他的可能性吧。”里纳尔迪说。

像是设计好了似的，某人的手机响了起来。斯莱德尔从口袋拿出手机。“斯莱德尔。”

他听了一会儿，接着走进了大厅。

我直直地看着里纳尔迪的眼睛。

“昨天我描述茅坑情况的时候，你好像想起了什么。”

“你为什么这么想？”

“你眼里有某样东西。”

里纳尔迪拽了拽夹克里面的衬衫袖口，把它们在手腕处拉平整。

“你做完头颅和那些手骨的检查了吗？”

“这件事排在我工作表上的第一位。”

荧光灯在头顶上嗡嗡作响。斯莱德尔的声音从大厅里传了过来。

“达利尔·泰里到底是什么人？”我问。

“拉皮条的、毒贩子、色情小说作家。虽然我不确定泰里先生在履历表上是照什么顺序写的。你确定了头颅的状况，就请通知我。”

里纳尔迪走向门口时，乔·霍金斯刚好出现。两个人都停下脚步。霍金斯从里纳尔迪身旁擦身而过，递给我一个褐色的大信封。

我谢过霍金斯，他随即离开。

里纳尔迪慢慢转过身，朝他的搭档扫了一眼。

“瘦子是有点粗鲁，但他是个优秀的警察。别担心，布兰纳博士，我们会找到班克斯一家的。”

这时，斯莱德尔突然从门口探出头来。

“看来绿草坪并不是茅坑案的犯罪现场。”

我和里纳尔迪都等着他说下去。

“今天早上，鉴定小组用灯光设备在屋子里照了一圈。”尽管斯莱德尔在笑，嘴角却一动不动，“没有任何血迹。和圣诞节当天的购物中心一样暗。”

里纳尔迪和斯莱德尔离开以后，我拿着霍金斯的那个信封来到臭味四溢的解剖室，开始在灯箱上检查那些 X 光片。

每一张片子都启发我给斯莱德尔取个新名字。

笨蛋。

白痴。

两个字的词汇最好用。除非有一个角落没照到，片子需要重新调整。

大傻瓜。

讨厌鬼。

我一张一张地检查那位乘客的身体结构：肋骨、脊椎骨、骨盆、手骨、腿骨、胸骨和锁骨。

除了大量突然减速后的创伤，这具尸体的骨骼看起来相当正常。

直到我拿起最后四张片子。

拉勒比进来走到我身后的时候，我正凝视着那位乘客手和脚的 X 光片。整整十秒钟，我们谁也没有说话。

拉勒比打破了沉默。

“我的上帝。我希望是我看错了。”

15

我凝视着X光映照出的灰白图案。在我身旁，拉勒比也一样。

“你在检查鼻骨的时候，有没有发现问题？”这位验尸官问道。

“有一处损伤。”

“新的？”

“是的。”

我听到拉勒比的鞋底在瓷砖上嘎吱作响，两个手掌不停地在上臂滑动。

“你想到了麻风病？”他问。

“看起来应该是。”

“见鬼，怎么会有人在北卡罗来纳州得了这种病？”

我逐层搜寻着我的后脑，暂时无法回答这个问题。

研究所。骨科病理学分类法。

A：解剖分类。

我用笔尖指着指骨和趾骨。

“除了鼻骨之外，突起似乎只局限于手骨和脚骨上，尤其是在近侧和中央的部分。”

拉勒比同意我的看法。

B：骨头的变异。不正常的大小、形状、骨质疏松及骨生成。

“我看到三种变异。”

我指着一个像打孔机打出来的圆圈。“有些损伤呈圆囊状，就跟鼻骨上那个一样。”

我指着食指上一个蜂巢状的图案。

“在某些指骨上有蕾丝状的粗化迹象。”

我把笔尖移向一根指骨，它的形状已经从哑铃变成了一支削尖了的铅笔。

“这里有再吸收的现象。”

“对我来说，看起来像是放射学教科书上典型麻风病症状。”拉勒比说。

“你有没有在身体其他部位找到任何异常？”

拉勒比摊开两只手掌，耸耸肩，做出“并没有”的姿势。“我看到几个扩大的淋巴腺肿瘤，但那对我来说并不惊讶，不是什么大问题。肺部是汉堡的形状。所以我实在看不出有什么问题。”

“就瘤型麻风而言，最明显的表皮损伤应该在脸部。”

“没错。可是这个人没有脸。”

我再度搜索我的后脑。

软组织上并没有肉眼可见的变异现象。

带斑稀化作用的扩散，皮质变薄了，而且至少有一根指骨已经细得像铅笔。

往下探索脑层。

肿瘤。营养不良。新陈代谢。传染病。自我免疫系统。

缓慢而温和的变化过程。

手和脚。

年轻人。

“但我可以向你保证，等载玻片一弄好，我一定会仔细研究组织的部分。”

我正在想着各种可能的病名，没听清楚拉勒比在说些什么。麻风病。肺结核。指关节结核。软骨骨瘤病症候群。

“先不要打电话给达米恩神甫。”我一边说，一边关掉灯箱，“我还要再研究一下。”

“同时，我也要再检查一下这位先生的表皮和淋巴腺肿瘤。”拉勒比摇摇头，“如果有脸的话，帮助就更大了。”

我才刚坐下，电话就响了。是希拉·詹森。

“我说对了。塞斯纳底下烧焦的东西不是可卡因。”

“那是什么？”

“还没确定。不过肯定不是可卡因。那位乘客有进展吗？”

“我们正在努力。”

我并没提到我们怀疑那位乘客健康有问题。最好是等我们确定了再说。

“发现了一点里奇·唐·道顿的事。”詹森说。

我等着。

“七十年代初，里奇·唐似乎跟美国陆战队有点小过节，不但坐了一阵子牢，还被踢了出来。”

“因为毒品？”

“道顿下士想寄点大麻回家，作为他在东南亚待过的纪念。”

“最初的想法都是这样。”

“其实，他的计划非常巧妙。道顿被派去越南处理伤亡事宜。他悄悄地把毒品藏在岘港停尸间的棺材里。阵亡士兵的尸体刚抵达美国国土，他的同伙就在尸体还没运回家乡以前把毒品取走。在执行那趟任务时，道顿应该是和一个熟悉停尸间作业的人合作的。”

“聪明。”天哪，“冷血，但很聪明。”

“只可惜，在任务结束前一周，他被爱因斯坦下士逮住了。”

“时机安排不对。”

“道顿被放出来后，消失了一阵子。我们再见到他的时候，他已经回到斯尼德维尔，给大灰熊森林人钓鱼营办理旅游业务。”

“大灰熊森林人？是不是专门帮阿克伦市的会计师实现钓鱼梦的组织之一？”

“没错。里奇·唐受的是普通教育，又曾不光彩地被军方踢了出来。这限制了他在华尔街大公司的发展。但那不是他的志向。他当了两年的钓鱼教练后，就自己当老板。荒野探险。”

“你认为他在被军方发现他的进口小生意之前，已经攒了一笔钱吗？”

“没有。这位好公民大概每次领了薪水，都会存点钱，周末再去干点兼职。总之，到了八十年代中期，里奇·唐已经从亲自操劳的涉水者，变成了穿细条纹衣服的管理者。除了钓鱼营之外，他还在田纳西州的摩里斯市开了一家体育用品店，又在坎纳波利斯开了两家娱乐场所。”

“可敬的生意人。”我说。

“而且军中训练教给里奇·唐很多。如果想从事什么非法活动，他都躲在远处暗中操控。他很冷静，警察无法使他退缩。”

我忽然想起以前的一件事。

“你说道顿是斯尼德维尔人？”

“是的。”

“田纳西州？”

“没错。道顿的妈妈和一大堆亲戚都住在那里。”

记忆的沉渣在缓慢又无精打采地翻腾着。

“道顿有没有可能是默伦琴人①？”

“你怎么会这么想？”

“他是吗？”

“当然是。我印象很深刻。昨天以前，我从来没听过这个名词。”希拉大概从我的语气里听出了点什么，“这让你想到了什么吗？”

“只是一点直觉。可能没什么关联。”

“你知道怎么找到我。”

我挂掉电话之后，在椅子上坐了一会儿。

挖掘一下记忆。

往上一点，找找较近的记忆。

美国法医学会。科学会议。

哪一年？哪个城市？

我去书架上找美国法医学会项目书。

十分钟之后，我找到了我要的东西。十二年前，一位研究生递交过一篇默伦琴居民患病频率的报告。

我读着那篇报告的摘要，记忆中的沉渣缓慢地前进着，逐渐成形。

①美国田纳西州东部阿巴拉契亚山脉的深肤色人，为印第安人、白人和黑人的混血后裔。

* * *

“肉状瘤病。”

拉勒比抬起头来，桌上的台灯在他脸上的皱纹处投下阴影。

“那会把我们带回到淋巴腺肿瘤、肺和皮肤上。”

“肉状瘤病大约有百分之十四的病例会出现骨骼方面的毛病，大部分发生在手脚的短骨处。”

我把一本病理学的教科书摊在他面前。拉勒比看了一会儿，往后靠在椅背上，手托着下巴。他的表情告诉我他还没被说服。

“大多数肉状瘤病都没有症状。这种病会经历缓慢而温和的过程，通常会自行痊愈。患者甚至都不知道自己得了这种病。”

“直到他们因为别的事去照 X 光。”他说。

“完全正确。”

“譬如死亡。”

我没有回应这句话。

“肉状瘤病主要发生在年轻人身上。”我说。

“而且肺部拍摄的 X 光片症状最明显。”

“你说过，他的肺像汉堡。”

“这种病主要发生在非裔美国人身上。”

“默伦琴人的发病率很高。”

拉勒比看着我，仿佛我说的是奥尔梅克人[1]的战士。

“一切都吻合。那位乘客的后脑勺有安那托利亚人特有的隆起物，门牙呈改良过的铲形。他颧骨外张，不然这人就像查尔顿·赫斯顿[2]了。”

①奥尔梅克人（Olmec），居住在墨西哥东南部的有高度文化的古印第安人。

②查尔顿·赫斯顿（Charlton Heston，1923—2000），美国影坛一位素以扮演英雄人物见长的影星，主演过《宾虚》。

“帮我回忆一下默伦琴人。”

“他们肤色黝黑，但有着欧洲人的脸部特征。有些人会有亚洲人的眼窝。”

“住在哪里？”

“大部分住在肯塔基、弗吉尼亚、西弗吉尼亚及北卡罗来纳的山区。”

“他们是些什么人？”

“罗阿诺克殖民岛的幸存者，逃过海难的葡萄牙人，消失的以色列人部落，海上的腓尼基人。你可以自己挑一个。”

“最近流行的说法呢？”

“在十七世纪末叶放弃了在南卡罗来纳州的圣埃伦娜的西班牙和葡萄牙殖民者的后裔。他们可能和印第安人中的波瓦坦族、卡陶巴族、彻罗基族以及其他部落通婚。另外，摩尔人和土耳其人船舰上的奴隶，或一五八六年被留在罗阿诺克岛上的西班牙和葡萄牙囚犯也可能混入其中。”

“那些囚犯是被谁留下的？”

“弗朗西斯·德雷克爵士。”

“默伦琴人自己怎么想？”

“他们宣称自己身上流着葡萄牙人、土耳其人、摩尔人、阿拉伯人、犹太人及美国原住民的血。”

“有证据支持这一点吗？”

“十七世纪他们第一次被发现的时候，住在圆木小屋里，讲一口错误百出英语，称自己是‘葡萄牙人’。”

拉勒比做了个继续说下去的手势。

“最近的一项基因频率研究显示，住在田纳西州和弗吉尼亚州的默伦琴人在基因频率上，和西班牙人、葡萄牙人、北非人、马耳他人、塞浦路斯人、伊朗人、伊拉克人和黎凡特人，都没有明显的差异。”

拉勒比摇摇头。“你怎么能记住这种东西？”

“我记不住。我刚刚上网查的。网上有很多默伦琴人的网站。”

“为什么查这个？”

“田纳西州的斯尼德维尔附近有大量的默伦琴人口。”

“然后呢？”

“记得里奇·唐·道顿吗？”

“塞斯纳飞机的主人。”

“道顿来自斯尼德维尔，田纳西州。”

“这就有用了。”

“我也是这样想。”

“打个电话给希拉·詹森。斯尼德维尔那边我来通知。”

我刚刚给那位运输安全委员会的调查员打完电话，斯莱德尔和里纳尔迪第二次出现在我面前。

“有没有听过一个叫 J.J. 怀亚特的人？”

我摇头。

“似乎怀亚特的电话在达利尔·泰里的快速拨号键上。”

“你是说泰里经常和怀亚特通电话？”

里纳尔迪点头。“用手机打的。”

“最近呢？”

“最后三个电话都是在上周日七点以前打的。”

“打给谁？”

“怀亚特的手机。”斯莱德尔的脸看上去像是被热气蒸过一样。

“那个手机在谁手里？”我问。

“最可能是在怀亚特手里。”斯莱德尔擦着额头。

拉勒比加入了我们，我强忍住要说的话。拉勒比脸上的笑容比他干瘦的脸还要大，就快要超出他的脸所能承受的范围了。

“各位。”拉勒比对斯莱德尔和里纳尔迪说道，“你们正站在一位天才面前。”

拉勒比向我一欠身，拿着一张纸在空中挥舞着。

“杰森·杰克·怀亚特。”

寂静充斥了我的小办公室。

拉勒比被我们的反应弄得很困惑。他看看他们两个，又看着我。

“什么？”

斯莱德尔先开口。

“博士，杰森·杰克·怀亚特怎么了？”

“二十四岁，男性，默伦琴人，来自田纳西州的斯尼德维尔。他奶奶担心孙子，三天前向警方报案，说她孙子失踪了。”

拉勒比从他手中的字条上抬起头来。

“老奶奶说她孙子的手脚都患有关节炎。牙科病历资料正在传送中，看来正好拿来跟那位乘客作比对。”

我们没人说话。

“准备好听最精彩的部分了吗？”

我们三个点点头。

“奶奶名叫埃菲·奥珀尔·道顿·昆博。”

拉勒比那不可思议的笑容更大了。

“杰森·杰克·怀亚特和里奇·唐·道顿是田纳西州姻亲关系上的表兄弟。”

16

三十秒过去了，没人开口。

里纳尔迪注视着天花板。斯莱德尔研究着他的鞋子。两个人都像是在思索着难解的数学题。

拉勒比知道自己没明白，但不知道为什么。他收起笑容，等着听我们解释。他顿时垮下的脸像是在这辈子都在烤箱里烤着似的。

我伸出一根食指，开始了我们的对话。

“杰森·杰克·怀亚特可能就是塞斯纳上的那位乘客。”

“那架塞斯纳属于里奇·唐·道顿。”里纳尔迪说。

我接着伸出中指。

“怀亚特是道顿的表兄弟。”斯莱德尔接口。

无名指。

“达利尔·泰里经常打电话给怀亚特，包括塞斯纳坠机那天早上的三通电话。”里纳尔迪说。

小指。

“至少卸了四公斤的可卡因。”斯莱德尔说。

我伸出大拇指。

“泰里是个毒贩，”里纳尔迪说，“他女朋友最近失踪了。”

我开始伸出第二只手。

“那女的除掉了自己的孩子。”斯莱德尔说。

“也许。”我说。

“塔梅拉的家人中有两个也失踪了。”里纳尔迪没有回应我们对杀婴案的讨论。

我伸出第二只手的中指。

“那个女朋友的驾照出现在一幢藏着两公斤可卡因的房子里，茅坑里还有一具尸体。”

第二根无名指。

“那幢房子归小鬼庞德尔所有，而庞德尔是个下层社会的毒贩，向警方密报了那起杀婴案。”

第二根小指。

“那幢房子的院子埋着一堆熊骨。”我补了一句，把两手放下。

斯莱德尔发出一声强烈的感叹。

我也长长地感叹了一声。

拉勒比办公室的电话响了起来。

“回头你要把事情全都告诉我。”这位验尸官对我说道，接着就冲了出去。

里纳尔迪把手伸进衣服的里层，拿出一个封了口的塑料袋，丢在我的办公桌上。

“鉴定小组发现这东西和可卡因藏在一起。我想也许对你有点帮助。"

我瞥了里纳尔迪一眼，再伸手去拿那个袋子。

"已经作过痕量分析了。"

我打开袋口，仔细研究里面的东西。

"羽毛？"

"非常特殊的羽毛。"里纳尔迪说。

"我对羽毛毫无研究。"

斯莱德尔耸耸肩。"你比瑜伽大师和他的朋友都要厉害，博士。"

"那是在骨头方面，而这些是羽毛。"

里纳尔迪抽出一根八英寸长的羽毛，拿在手里转来转去。即使在日光灯下，羽毛上的蓝色仍然十分丰富，随着角度不断变着色。

"不是北美歌雀。"他说。

"我一点也不懂。"我说。

"为什么有人会把鸟类的羽毛和毒品藏在一起？"

"也许那些羽毛早就放在地下室里，碰巧上面放了可卡因。"

"也许吧。"里纳尔迪把那根羽毛放回去。

我忽然想到那些熊骨。

"事实上，那堆熊骨里面混有某些鸟的骨头。"

"说下去。"

"我只知道这么多。"

"鉴定一下是什么种类的鸟，应该可以吧？"

"你需要一位鸟类学家。"

"你有认识的吗？"

"我可以打电话问问。"我看里纳尔迪的目光里简直有一双鸟爪，"但是，我们还是先来处理无头尸的问题。"

里纳尔迪双臂交叉在他那件布克兄弟的亚麻衬衫上。

“我不喜欢被蒙在鼓里，侦探先生。”

“我们也不喜欢混乱的想法，博士。”斯莱德尔说。

我转向他。

“你们是不是有事情没告诉我？”

“毫无目的地转来转去不会有任何结果。”斯莱德尔瞪着我。

我也瞪着他。

“等我们弄清楚，会告诉你的。”斯莱德尔说。

里纳尔迪扯着大拇指上的硬皮。他又短又直的头发中间，头皮又白又闪亮。

拉勒比的声音从办公室传了过来。

斯莱德尔一直瞪着我。我不禁好奇，要是我用靴子去踢他的屁眼，他还能这样瞪着我吗？

里纳尔迪打破了沉默。

“我觉得让布兰纳博士加入一起思考，没什么不好。”

斯莱德尔的眼睛转向他的搭档，又立刻转过来看着我。

“真见鬼。”斯莱德尔叹了口气，“我可不在乎。”

“三年，或者四年前吧，我记得不太清楚了，我遇到了一个调查案。”

“关于一具无头还是无手的尸体。”

里纳尔迪点点头。

“在哪里？”

“南卡罗来纳州。”

“那个州很大。”

“切斯特市加夫尼镇的米尔堡。”里纳尔迪挥着一只皮包骨头的长手，“那里没有什么事是统一规划的，很难回头追查。”

和北卡罗来纳州不同，南卡罗来纳州的验尸制度完全靠各个县的实际作业者独立执行。那边的验尸官是选出来的。护士、殡葬承办人、墓地所有人都可以做验尸官。他们中很少有人受过医学训练，更少有人学过刑事病理学。解剖的工作则都交给了当地的医生。

“大多数南卡罗来纳州的验尸官都没有可以长期保存尸体的设备。”

“该死，说得直接一点，”斯莱德尔气哼哼地说道，“就是把迈克尔·乔丹的老爸交给他们，放个三天，也就烧掉了。”

斯莱德尔拥有小题大做的才干。但他是对的。

“我已经要求协助，”里纳尔迪说，“希望在天黑前能得到回应。”

“那具无头无手尸体的其他部分还完整吗？”

“就我记得的部分，那具尸体已经成为白骨。但它和我们当时在查的案子无关，所以我没有多留意。”

“黑人还是白人？”

里纳尔迪抬起肩，又垂了下来。

“男性还是女性？”

“都不知道。”里纳尔迪回答。

侦探们离开之后，我打电话给学校。一位同事答应明天过来看看那些羽毛。

接着，我到冷冻室去，把那些动物的尸骨推出来。我把看起来像是鸟骨的东西全挑出来包好，跟里纳尔迪拿来的那袋羽毛一起放在袋子里。

我把动物尸骨推了回去，把那张装着茅坑尸骨的轮床推出来。我打算把之后的几个小时都用来作尽可能全面的分析。

虽然我能得出更为确切的年龄范围，但最初的印象几乎没有改变。

种族：白人。

年龄：二十五到四十岁之间。

性别：请掷色子。

我回到办公室时，赖安正在翻一本《创意休闲》杂志，他的耐克球鞋搭在我办公桌的边缘，身上还穿着那天早上的夏威夷衬衫和短裤，头上戴着一顶温斯顿杯的软帽，看起来像要去参加全美赛车的檀岛警骑[1]。

“今天过得好吗？”

“先去了拉塔种植园，然后是自由公园。”

“我还不知道你是个历史迷。”

“胡赫在那里才是玩不够。”

“它在哪儿？”

“阿尔波罐头的召唤胜过了野性的呼唤。”

“没想到它会让你一个人出来。”

“我最后见到它的时候，这位人类最好的朋友正在调查一个奥利奥饼干袋子里都有些什么。”

“巧克力对狗不好。”

“我们讨论过了。胡赫觉得没问题。”

“如果胡赫判断错了，你来清洗地毯。”

“茅坑的尸骨有进展吗？”

“话题转得真快。”我把茅坑案的卷宗丢在桌上，将自己扔进椅子里，“我刚做完。”

---

①《檀岛警骑》（*Hawaii Five-O*），美国六七十年代著名的警匪枪战片。

“做了很久吧？”赖安说。

“二人组今天来了两次。”

“斯莱德尔和他的搭档？”

我点点头。

“你对他是不是太严厉了？”

“斯莱德尔恐怕连做个冰块都要人教。”

“真有那么笨？”

我想了想。

斯莱德尔不是真的笨。不是蕨类植物的那种笨。也不是林蛙那种。斯莱德尔就是斯莱德尔。

“或许没有吧，但是他非常粗鲁，让人生气。”

“他们来干吗？”

我将杰森·杰克·怀亚特的事告诉赖安，还有他常打电话给达利尔·泰里的事。

“那个死了孩子的女人的男朋友？”

我点点头。

“事情越来越让人好奇了。”

“还有一则快讯。里纳尔迪想起几年前遇到过的一件无头无手的尸体。他和斯莱德尔正在追查这件事。”

“特征和茅坑里那个人相符？”

“里纳尔迪已经不太记得了。”

“你手上这个人是男性？”

“我想是的。”

赖安挑眉以示询问。

“没有哪一个头颅特征能够确定性别。我用了福迪斯科二点〇软件试过各种各样的测量数据，都没有用。”

“让我猜猜看。那个头颅正好处在男女重叠的部分。”

我点点头。“尽管更接近男性一点。”

“手骨的测量结果也差不多？”

“是的。”

“你的直觉呢？”

“男性。”

“一个年轻的成年白种人，他可能还在用小男孩的房间。这个开头不错。”

“一口烂牙。”

“哦？”

“很多蛀牙的迹象。至少我们发现的牙齿是这样。”

“有一些没找到吗？”

“没有。”

“讨厌的工作。”

“为什么我知道你会这么说？”

“补过牙吗？”

我摇摇头。“这位被害人不信任牙科的定期检查。”

“还有什么？”

“也许骨头有一些轻微的脱矿质现象。”

“布兰纳博士，我想你已经有了一个很棒的开始。”

“里纳尔迪还找到了羽毛。”

“看起来不像是他的风格。”

“和地下室的毒品一起被发现的。”

“什么样的羽毛？”

“他要我负责找出答案。”

“你还认识更蠢的人吗？”

“我认识你，牛仔。”

赖恩把手做成手枪的样子指着我。

“准备好明天去野外了吗？”

“嘿呵！”

这回手枪变成了套索。

当我们经过弗劳尔斯太太的桌子时，电话响了起来。她接起电话，然后朝我的方向挥挥手。

我等着。她讲了几句话后，就按了保持呼叫。

“是斯莱德尔侦探。”

我感觉胸口有声叹息要冒出来，但我克制住了这股夸张的冲动。

弗劳尔斯太太朝我微笑，然后看着赖安。当赖安也朝她露齿一笑时，她的双颊立刻泛起一阵粉红。

“他听起来像只吞了金丝雀的猫。”

“画面不怎么好看。”赖安眨眨眼。

弗劳尔斯太太咯咯笑道，脸颊变成了覆盆子。

“你要接电话吗？”

像在问我要不要伊波拉病毒似的。

我伸手去拿话筒。

17

“兰开斯特。”

“什么兰开斯特？”

“南卡罗来纳州。”

我听到一阵打开玻璃纸的声音，接着是咀嚼声。

“在夏洛特南边，大约四十分钟车程。”

“嗯哼。沿着五二一号国道走。”

停顿。

“南卡罗来纳州的兰开斯特怎么了？”

“尸骨。”一阵乱七八糟的声音，像在拆焦糖花生巧克力棒。

“三，”——沙沙沙——“年前。”

斯莱德尔正处在进食士力架巧克力的状态。我搭在听筒上的手指收紧了。

“徒步旅行者。”

在一片沙沙声中，我根本分辨不出他在说些什么。

“公园。”

“徒步旅行者在兰开斯特附近的公园发现了一具无头无手的尸体？”我脱口而出。

“对。”

咔嗒一声，像是斯莱德尔在用大拇指的指甲剔牙。

“残骸的身份确定了吗？”

“没有。”

“那残骸怎么样了？”

“打包好，用船运到哥伦比亚了。”

“送到沃利·卡格尔手上？”

“他是那儿的人类学家？”

“是的。”

“又短又粗的果蝇，留着野鸭屁股般的山羊胡？”

“沃利·卡格尔是位素质优良而且相当优秀的刑事人类学家。”我花了很大力气才控制住我的嗓门，“你还没回答我的问题。”

“大概是吧。”

“那是什么意思？”

“两年前，兰开斯特县的好公民们给他们自己选了一位新的验尸官。新来的这位说他的前任没有保存好记录。”

“谁负责把调查单送交给验尸官？”

“县里的警长。”

“他怎么说？”

“他说要去问前任验尸官。警长也是新人。”

“你去问了吗？”

“困难的任务。那家伙死了。”

我快把话筒捏碎了，那塑料质地的物体发出细小的啪啪声。

“现任的验尸官有没有那个案子的资料？”

“不知道。部分尸骨被动物破坏过。”

“就这样？”

“警方的原始报告上是这样写的。档案里其他什么也没有。”

“有人和卡格尔博士核对过吗？”

“核对过。”

“你去调查了失踪人口吗？有没有找到什么人符合茅坑头骨的？”

“资料太少，无法着手。”

斯莱德尔这句话说对了。

“白种男性，二十五岁到四十岁之间，一口烂牙，补过四次。”我保持声音平稳。

弗劳尔斯太太的手指在键盘上飞速移动，不时地抬头瞄赖安一眼。赖安一笑，她脸颊上的红晕就会加深。

“这有用。”

“但是如果有女性符合上述条件，也别放过。”

“你到底在说什么？不是男的就是女的，还能有什么选项吗？”

“还有其他可能。”

我看着赖安。他露出微笑。

“我的手机一直开着，”我对斯莱德尔说，“有消息就打电话给我。”

通常，我的冰箱里总会有些吃剩下的外卖、速冻晚餐、调味料、咖啡豆、健怡可乐和牛奶，而垃圾桶里会有一点食物残渣。但是那天晚上，东西却一反常态的多。

我一打开冰箱门，一颗维达利亚洋葱就掉出来，滚到博伊德的屁股上才停下。博伊德嗅嗅舔舔，接着就重新趴回桌子底下去了。

“你去采购了？”我问。

“胡赫领我去了生鲜市场。”

博伊德竖起耳朵，但下巴还放在前掌上。

我拿起一包用包肉纸裹着的东西。

“你知道怎么煮剑鱼吗？”

赖安摊摊手。

“我可是新斯科舍人。”

“啊哈。想来一瓶山姆·亚当斯吗？”

“我们数代都在海边谋生。”

我心里想，我真的可以爱这个人。

“你父母都出生在都柏林，又在伦敦学医。”我说。

“他们很爱吃鱼。”

我把啤酒递给他。

“谢谢。”他把瓶盖拧开，痛饮了一大口。

“你怎么不——”

“我知道，”我打断他的话，“我怎么不先去洗个澡，你和胡赫会搞点吃的出来。”

他对博伊德眨了眨眼。

博伊德对他摇了摇尾巴。

“好吧。”

事情并非如此发展的。

浴室门被人推开的时候，我刚刚在头发抹了洗发香波。我感觉到一阵凉风，接着是一个温暖的身体。

一双手按摩着我的头皮。

我紧紧贴在赖安身上。

“你开始煮鱼了吗？”我问着，没有睁开眼。

“没有。”

“很好。”

电话响起的时候，我们正拥抱在一起躺在沙发上。

是凯蒂。

“怎么样？”

“刚刚吃完晚饭。”

“现在？”

我看了看座钟。十点三十分。

“呃，有点事耽搁了。”

“妈妈，你需要放松一点。留点时间给你自己。”

“嗯。”

“你还在忙博伊德的大发现吗？”

“博伊德的大发现也许会真的变成什么大事。”

“比方说？”

“我在动物的尸骨里找到混在其中的人骨。”

“你在开玩笑。”

赖安在我耳后挠来挠去。我把他的手扫开。

“我没有开玩笑。不说这些，你这些天躲到哪儿去了？”

“在爸爸的公司给休假的接待小姐代班。无聊透顶。”

她至少把尾音拉成了三个字那么长。

“他们都让你干什么？”

赖安朝我后颈吹着气。

“舔信封，接电话。‘亚雷斯托克和布鲁姆公司，亚雷斯托克和布鲁姆公司。’”她在模仿电影《金牌制作人》里那位瑞典籍的接待小姐。

“听着还不坏。”

“我和伊亚觉得我们应该办个晚餐派对。”

“听上去挺有意思。”

赖安把胳膊从我肩上松开，站起身来，摇了摇他的咖啡杯。我摇了摇头，说道：“不要了，谢谢。”

“还有别人在吗？”

“你打算邀请谁？”

短暂的停顿。

“我上次打给你的时候，是个男人接的电话。”

稍短一点的停顿。

“那个男人住在你那里，是不是？所以你的声音听上去有点滑稽。你正在跟那个蒙特利尔来的性感男人热吻。”

“你是在说安德鲁·赖安？”

“你心里清楚我在说谁。”她突然想起一件事，“等一下。我一直都觉得困惑，但是我刚刚想起来了。我去蒙特利尔找你的时候，见过那个人。那时候，还有个连环杀人犯想用铁链勒住你的喉咙。”

“凯蒂——”

“总之，这位先生就是我送博伊德过去时遇到的那位。哦哦哦哦，妈妈。他是个风流情人。”

我听到她在公寓里大叫。

“我妈妈和一位警官同居了。”

“凯蒂！”

一阵窃窃私语。

“哦，是的。这位花花公子让我妈妈转了性。”

更多的窃窃私语。

凯蒂回到电话上。

“伊亚说把他留下。”

她的声音又远去了。

“好主意。”凯蒂再度回来，“伊亚说带他来参加派对。”

“什么时候？”

“明天晚上。我觉得弄个化装舞会很有趣。”

我看着赖安。我们洗过澡之后，这位性感男子已经换掉了夏威夷衬衫和短裤，现在穿的是膝盖以下全剪掉的牛仔裤、内衣及塑料平底拖鞋。

“几点？”

第二天早上九点十七分，我和赖安走进北卡罗来纳大学夏洛特分校的麦克奈里大楼三楼的一间办公室。这个房间虽然不太，但光线充足，非常明亮，一张多彩的地毯铺满了整个地板。它由三原色织成，四边是风格统一的鸟巢，中间是一只正在飞翔的长腿苍鹰。

左墙的书架一直顶到天花板，右边的墙上挂着许多大鸟笼的版画和照片。有的色彩绚烂，有的颜色暗淡；有热带鸟类，也有北极生物；有些鸟是捕食类的，有些则不会飞。这里鸟喙和羽毛式样之多，令人惊叹。

鸟类雕刻品和雕塑品摆在桌上和档案橱柜里。有些站在书架上面，有些在书架里和书放在一起，此刻都窥视着我们。窗台上放着一个织锦的鸟画枕头。一只假鹦鹉从一个墙角的天花板垂挂下来。

这地方看起来像是有人雇了一个鸟类学家，又查阅了《我们与鸟》的目录后，才把办公室装饰成具有示范效果的样子。

但事实上，这都是蕾切尔一个人布置的。蕾切尔·门德尔松是全国最顶尖的鸟类学家之一，对这门学科充满热情。她和鸟一起生活，一起呼吸，一起睡觉，把鸟穿在身上，也许连做梦都梦到鸟。她的家和她的办公室一样，充满了各种各样辉煌夺目的羽毛类生物，有死的也有活的。每次来看她，我都觉得会有一只伯劳鸟，或是一直琵鹭突然闯进来，停在躺椅上，然后开始到处乱撞想要出去。

门对面的墙上，一扇窗占据了上半部分。百叶窗半开着，可以看到梵兰汀汉姆山谷的部分景致。这座杜鹃森林在早晨的热气之下，仿若海市蜃楼。

窗前摆着一张四方形的办公桌。两张标准的铁骨软垫椅子置于桌前。其中一张上面放着一只鸟嘴海雀填充玩偶，另一张上面放着一只玩偶。

那张办公椅看起来像专为有残疾的宇航员设计的。它支撑了蕾切尔·门德尔松博士。

勉强支撑住。

我们走进的时候，她抬起头，但没有站起来。

“早上好。”蕾切尔说，然后打了两个喷嚏。她点了两下头，头上的羽毛来回摆动着。

“抱歉，我们迟到了。”蕾切尔从喷嚏中恢复之后，我说，“哈里斯大道堵得很厉害。”

“所以我总是天一亮就出门。”就连她的声音都像鸟，有种古怪的唧唧喳喳又活泼的感觉。

蕾切尔从一个画着猫头鹰的面纸盒里抽出一张面纸，大声地擤着鼻子。

“抱歉，我过敏了。”

她把面纸揉成一团，丢进桌下的某个东西里，然后笨拙地站了起来。

也不能说很笨拙，因为蕾切尔只有五英尺高。这个女人虽然高度不够，但是宽度足以弥补一切。

还有颜色。今天蕾切尔就穿了一身柠檬绿和青绿色的衣服。她有各种颜色的衣服。

我认识蕾切尔那么久，她一直在跟她的体重奋战。她最初热衷于一次又一次的节食，但最后还是放弃了。五年前，她又试过素食减肥法，吃减肥套餐，体重降到了一百八十磅，那是她自青春期发育以来最瘦的时候。

但不管她如何努力，最终都会反弹。从某些古怪的染色体辨别诀窍来看，她的设定体重应该是二百二十七磅左右。

似乎是老天爷的补偿，上天赐予了她丰厚的耳郭、浓密的赤褐色头发和我所见过的最美丽的肌肤。

此外，她那颗宽大的心足以装得下无线电城音乐厅那些大腿舞女郎的谢幕表演。

“早安，赖安先生。”蕾切尔伸出一只短胖的手。

赖安吻了她的手背。

“早安，女士。您会说法语？”

“一点点。我的祖父母是魁北克人。”

“太棒了。”

蕾切尔的视线移向我。她扬起眉毛，嘴唇张成一个小小的O形。

“你说‘坐吧，男孩’就可以了。”我说。

赖安松开她的手。

“坐吧，男孩。”蕾切尔翻过手掌，双手朝下，“坐吧，女孩。”

我们都坐了下来。

赖安指着放在一堆题库书上的一个金属塑像。

“挺漂亮的鸭子。”

“那是鹈鹕。”蕾切尔纠正他。

“我们可以把这次的拜访记在它的账[①]上。”赖安说道。

“你知道，我从来没听说过这种说法。”蕾切尔能跟赖安一样，说笑话时都是一张扑克脸，“现在，来说说死鸟的事吧？”

我尽量简洁地解释了状况。

“我不精通骨头，但在羽毛方面可是相当出色的。咱们去我的实验室吧。”

如果蕾切尔的办公室算是有不少鸟种，那么她的实验室简直就是林奈分类法的全部展示。茶隼、伯劳、雌苏格兰特雷鸟、秃鹰、蜂鸟、企鹅。在更里面的一个玻璃橱柜里，甚至还有一只鸸鸵的填充玩偶。

蕾切尔领着我们走到一个表面呈黑色的工作台前，我把那些骨头倒在上面。她把胸前的半月形眼镜架到鼻梁上，在那堆骨头里翻来拣去。

“看起来像是鹦鹉科。”

“我也这么想。”赖安说。

①账单（bill），也有鸟嘴的意思。

蕾切尔没有抬头。

“鹦鹉科里有大葵花、金刚、吸蜜鹦鹉、多情鹦鹉、虎皮等。”

“我小时候养过一只很漂亮的虎皮鹦鹉。”赖安说。

“是吗？”蕾切尔回答。

“我叫它皮皮。”

蕾切尔瞄了我一眼，半月形眼镜的链子齐声摆动。

我指着自己的太阳穴，摇了摇头。

蕾切尔又把注意力放回桌上，捡起一块胸骨，仔细打量着。

“可能是某种金刚鹦鹉。我们没有头，太可惜了。”

我忽然想起拉勒比说的关于那位无头乘客尸体的话。

“如果是蓝紫金刚的话，这太小了。是红肩金刚的花，又太大了。”

蕾切尔不停地把那块胸骨翻来覆去地看，然后又放回桌上。

“来看看羽毛。”

我打开那个密封袋，把里面的东西抖了出来。蕾切尔的眼睛落回工作台上。

如果哪个女人能把自己锁起来，那就是蕾切尔。好几秒钟的时间，她身上连一个分子都没动过。接着，她几乎是虔诚地伸出手，拿起一根羽毛。

“哦，我的天哪。”

“什么？”

蕾切尔目瞪口呆地看着我，仿佛我刚从她的耳朵里拽出一枚五美分硬币。

“你从哪儿拿到这些的？”

我再一次解释了农场屋子地下室的事。

“它们在那里多久了？”

“我不知道。”

蕾切尔把那根羽毛拿到工作台上，拔了两小撮毛下来，放在一张载玻片上，滴了几滴液体，用针尖小心拨弄，调好它们的位置，再把液体擦干，盖上盖玻片。接着，她把她那厚实的大屁股放在一张没有靠背的圆凳上，不断调整着焦距，用显微镜观察了起来。

十几秒过去了。一分钟。两分钟。

“哦，我的天哪。”

蕾切尔站起来，摇摇摆摆地走到一长排木抽屉旁，抽出一个长方形的扁平盒，再走回显微镜下，把她刚做好的玻片拿掉，从盒里挑出另一块，开始观察后者。

我和赖安互相看了一眼，一脸茫然。

蕾切尔又看了看第一块玻片，再看看她从盒子里拿出来的那块，接着又回到里纳尔迪的羽毛玻片上。

“我真希望我有对照显微镜，”蕾切尔说道，又把里纳尔迪的羽毛换成第三组参考玻片，“但我没有。”

当蕾切尔终于抬起头来的时候，她满脸通红，激动地睁圆了双眼。

18

“小蓝金刚。”她安静下来，像是虔诚的信徒在称念神灵的名字一样。

“那是某种鹦鹉吗？”赖安问。

“可不只是鹦鹉。”蕾切尔两臂抱在胸前，“是世界上最稀有的鹦鹉。也许是世界上最稀有的鸟类。”

她交叠的双臂在蓝绿色的胸前一会儿升起，一会儿落下。

“哦，我的天哪。”

“你要喝杯水吗？”我问。

蕾切尔挥了挥颤抖的手指。

“其实，那是金刚的一种。”她把眼镜摘了下来，任由链子垂下，落在胸前。

“金刚也是一种鹦鹉？”

“没错。”她从显微镜旁拿起那根羽毛，深情地抚摸着，“这是小蓝金刚鹦鹉尾巴的羽毛。”

“你这里有标本吗？”赖安问。

“当然没有。”她从圆凳上滑下来，“感谢栖息地的破坏和鸟笼生意，现在已经绝种了。我能有几组羽毛玻片，已经非常幸运了。”

“那么你观察的是什么呢？”

“哦，我的天哪。嗯，让我想想。”她思索了一会儿，按照她自己的KISS原则把内容删减一番，“羽毛上有羽轴，羽轴上长出羽枝，羽枝上又有小羽枝，叫做羽小枝，由叫做节点的部分连接起来。除了整体形态学和羽毛的颜色外，我还观察了形状、大小、色素、密度和节点的分布情况。”

蕾切尔走到抽屉上方的一个书架前，拿了一大本褐皮图鉴过来。她先查了查索引，然后把书翻开，平摊在我们面前。

“这个。”她用一根肥短的手指轻敲着一张照片，“就是小蓝金刚鹦鹉。”

那只鸟有着钴蓝色的身体，灰白的头，深色的腿，灰色的眼睛，黑色的喙，鸟嘴没我想象的那么弯。

“这种鸟有多大？”

“五十五到六十厘米。在金刚鹦鹉里面，既不是最大的，也不是最小的。”

“它们生活在什么地方？”

“巴西中东部干燥的内陆地区。大多数在巴伊亚省北部。”

“这个物种已经消失了吗？变成‘前’物种？”

我听出了赖安的“蒙提·派森[①]”式幽默。蕾切尔没有。

①蒙提·派森（Monty Python），英国喜剧表演团体，以无厘头的幽默表演方式而著称。

“二〇〇〇年十月，最后一只野生的小蓝金刚鹦鹉消失了。”她说。

“已成事实了吗？”我问。

她点点头。“那只鸟的故事非常令人心碎。你们想听吗？”

赖安露出某种表情。

我眯起眼，警告他。

赖安的嘴唇抿在一起。

“非常想。”我说。

“一九八五年，国际鸟盟意识到小蓝金刚鹦鹉的危险处境，决定派人到这种鸟类唯一已知的栖息地去做统计。”

“在巴西。”

“是的。调查结果非常令人沮丧，总数只有五只。”

“情况很糟。”我说。

“是的。而且自那以后，情况持续恶化。到了一九八九年底，就没人再见到过一只小蓝金刚。一九九〇年，世界一流的鹦鹉专家托尼·朱尼珀去了一趟巴西，看野生小蓝金刚鹦鹉是否真的已经绝种。他开着四驱车，跑遍整个巴伊亚省，问遍每一个遇到的农夫、学生、牧师，还有偷猎者，向他们打听消息。六个星期以后，他终于在库拉卡镇附近一处河岸的仙人掌上，找到了一只公的小蓝金刚鹦鹉。”

“那是哪里？”赖安问，手里翻着金刚鹦鹉的图片。

“距离里约热内卢北部约一千三百英里的地方。”蕾切尔露出一个僵硬的笑容，收回她的书，一把合上。

我迅速计算了一下。“从第一次被人看见之后，那只小蓝金刚鹦鹉独自生活了十年？”

“那只鸟顿时变成国际瞩目的名星。整整十年里，一队又一队的科学家和所有的巴西当地人，都在记录着那只鸟的一举一动。”

“可怜的家伙。”赖安说。

“而且他们不只是观察，”蕾切尔说，“最后这件事演变成一出鸟类学的肥皂剧。生态环境保护者认为小蓝金刚的基因太珍贵，就这样绝种了太可惜，认为这只公鸟需要一个伴侣。可是金刚鹦鹉一生只有一个伴侣，而且这只小家伙[illegible]有了配偶，一只漂亮的绿色伊力格氏金刚鹦鹉。”

“鸟类的异族通婚。”赖安说。

“差不多吧。”蕾切尔说完后，流露出一个迷惑的表情，“但是它们并没有住在一起。那只小蓝金刚鹦鹉以仙人掌为家，而伊力格氏金刚鹦鹉住在一个树洞里。它们白天一起飞，到太阳下山的时候，小蓝金刚送伊力格氏回它的树洞，自己再飞回仙人掌里。”

“有时男人也需要自己的空间。”赖安说。

蕾切尔眉头几乎竖了起来，但还是继续说了下去。

“一九九五年，研究人员在那只公鸟的领地里放了一只母的小蓝金刚鹦鹉，希望两只鸟能结合，繁殖出下一代。”

“哟，众所周知的第三者。”

蕾切尔没理他。

“那只母鸟向公鸟求爱，而公鸟回应了。”

“离婚了吗？”

“三只鸟一起飞了一个月。”

“三人行。”

“他一直都这样吗？”蕾切尔问我。

“是的。后来怎么样了？”

“那只母的小蓝金刚鹦鹉失踪了，那对奇怪的夫妻又回到了从前的家庭步调。”

蕾切尔瞄了赖安一眼，看他能不能欣赏她的俏皮话。

“那个老公是邋遢型的，还是整洁型的？”

蕾切尔用鼻子发出一阵奇怪的咯咯笑声。嘻。嘻。嘻。

“那只母的小蓝金刚鹦鹉出了什么事？”我问。

“她撞到电线上，被电死了。”

“哎哟，真疼啊。”赖安缩着身子。

“后来，研究人员试了各种各样的办法，终于把那只伊格力氏金刚鹦鹉正在孵化但胚胎其实已经死去的杂交蛋换成了活的伊格力氏金刚鹦鹉雏鸟。”

“结果呢？”

“组合家庭。”嘻。嘻。嘻。

“这对夫妻变成了好爸爸和好妈妈。”我猜。

蕾切尔点头。

“接下来，就是令人惊讶的部分了。虽然那些幼鸟从基因上来说是纯种的伊格力氏金刚鹦鹉，但叫声却跟爸爸一模一样。”

“这太有趣了。”我说。

“研究人员正打算再次把一窝人工繁殖的小蓝金刚鹦鹉雏鸟偷偷放进鸟巢的时候，那只大鸟却不见了。”

“那对情鸟还是夫妻吗？”

“我们正在说金刚鹦鹉。情鸟是指情侣鹦鹉。”这是蕾切尔对鸟类的一点小幽默。

“所以只有那些被人关起来的小蓝金刚鹦鹉还活着了？”我问。

蕾切尔哼了几声，表达她的鄙视和轻蔑。

“私人收集的大概有六十只存活着。”

“在哪儿？”

“菲律宾的一处商业鸟庄里有。一位卡塔尔酋长的产业里有。瑞士北部的一处私人鸟场里也有。我想圣保罗动物园里应该也有一只。加那利群岛的一个鹦鹉公园里也有几只。”

“所有者是合格的鸟类学家吗？”

“他们之中一个有生物学学历的都没有。”

“这样合法吗？”

“很不幸，是合法的。那些鸟被认为是私人财产，所以饲主想对它们干什么就可以干什么。但是，从一九七五年起，国际贸易公约已将小蓝金刚鹦鹉列为第一类的物种。”

一些想法的分散粒子开始出现在我脑海里。

“国际贸易公约？”

“濒临灭绝野生动植物国际贸易公约。第一类是濒临灭绝的野生动植物，只在特殊的状况下被允许进行交易。”

粒子们开始慢慢组成一个形状。

“活着的小蓝金刚鹦鹉有市场吗？”

“小蓝金刚鹦鹉在十八世纪就是稀有的鸟类，收藏家将它们视为珍宝。”她其实是咬牙切齿地说出收藏家三个字的，“现在，一只活着的小蓝金刚鹦鹉可以卖几十万美元，或者更多。”

像物质一般，一个想法爆炸开来，终于成形。

我迫不及待地想打电话给斯莱德尔。

没有这个必要了。当我的车转弯开进大学大道的时候，我的手机响了。是斯莱德尔的电话。

“我和兰开斯特县的警长谈过了。”

“他有什么线索？”

“都是些空话。”

“什么意思？”

赖安伸出手去，把他的霍克斯利·渥克曼与狼群乐团的CD音量调低成背景音乐。

“没人知道更多。”

这不是我想听到的话。

“骨头确实送到你的伙伴卡格尔那里了。”

“你联系他了吗？”

“想在八月份找到一位学术工作者？”

“你试过他家的电话了吗？”

“家、办公室、实验室，都找过了。我在想要不要找灵媒去问他过世的奶奶。”

斯莱德尔跟别人讲了几句，然后又回来跟我接着说。

“系部秘书最后才帮我接通他的手机。他的手机号码就像是最高机密，‘说出去我就会杀了你’。这家伙说话的样子，好像他穿着紫红色紧身裤似的。”

“然后呢？”

“沃尔特，”斯莱德尔念这个名字的时候，三个音节都在打战，“正在南卡罗来纳博福特海湾外的一个岛上挖洞。他说他一挖完某个印第安人的死人骨头，就会让他的研究生把兰开斯特的报告念给他听。”

“这真不错。”

“是啊。我还想寄点巧克力棒给他。”

“你试过检索全国犯罪资料中心数据库了吗？”

“性别和死亡日期都不确定。没有牙科病历、刺青、指纹、身高和体重。我列出了一大串比球场还长的资料。”

斯莱德尔说得对。仅凭我们已知的那点资料，想在全国性的资料库里找到某些失踪人口，简直是不可能的事。我改变了策略。

“我和赖安刚去见过一位鸟类学家。你的那些羽毛来自从二〇〇〇年开始自然界就绝种了的一种鸟。”

“他们怎么会进到庞德尔的地下室？”

“问得好。”

“有好答案吗？”

“这种鸟能卖出几十万美元。”

“你在耍我。谁会花几十万美元去买一只鸟。”

“钱比大脑多的人会。”

“合法吗？”

“野生的不合法。”

“你是指黑市交易？”

“这可以解释为什么那些羽毛会和可卡因藏在一起。”

“喜鹊不是要啾啾地叫着才能带来钞票？”

“也许是在运输途中死掉了。”

“所以这些闷闷不乐的浑蛋还是把羽毛收了起来，说不定还值点钱。”

“然后把鸟尸和其他被他杀掉的动物埋在一起。”

“那些熊骨？”

“我是这样想的。”

“我以为你说那些只是在公园里就能看见的黑熊。”

“我是这么说过。”

“那是个濒临灭绝的物种？”

“不是。”

一片沉默。

“这没道理。”斯莱德尔说。

“为什么有那么多熊？”

“钱在哪里？”

赖安也这么问过。

“我不知道，但是我要去查清楚。”

而且我知道该去问谁。

19

这是近一个星期以来，我第一次不用去梅克伦堡县医事检察所。我已经做完了我的工作。茅坑尸骨，塞斯纳的那位乘客以及那堆熊骨，全都检查完毕。如果斯莱德尔急需那些羽毛，他可以自己去拿。

我和赖安坐在“派克的苏打水店”里吃着烤芝士三明治，讨论去海边是否明智。我们都觉得，与其可能会被突然叫回夏洛特，还是把旅行计划推迟几天比较好。

我们也讨论了我对非法买卖野生动物的猜测。赖安认可了我的说法，认为这能够解释那些羽毛为什么会和可卡因以及埋在农场里的大量熊骨出现在一个地方。虽然我们知道泰里和可卡因之间肯定有联系，但是我和赖安都不知道熊是怎么扯进来的，也不知道那个农场与塔梅拉·班克斯、达利尔·泰里、塞斯纳飞机的主人、那位驾驶员以及那位乘客之间，究竟有什么关系。

后来，我们又跑到菲利普广场的汀恩德卢卡超市买了开胃菜，然后回了别馆。赖安换上跑步装备的时候，我打了电话给弗劳尔斯太太。

沃利·卡格尔，那位处理过兰开斯特那具无头无手尸体的刑事人类学家打过电话来。弗劳尔斯太太给了我他的电话号码。

接着，我查了一下语音信箱的信息。

凯蒂。

哈莉。

哈莉的儿子基特。提醒我他妈妈还会打电话过来。

哈莉。

哈莉。

皮埃尔·拉曼彻，蒙特利尔犯罪实验室法医部门的负责人。一个线人把警方领到埋着一个女人七年的沙坑。这案子并不紧急，但他想让我知道有个案子需要我作人类学的分析。

我跟加拿大魁北克省犯罪及法医研究所有过约定，我会按月轮流去实验室，处理所有需要我专业意见的案子。但如果有紧急的案子，重大灾难或是需要我出庭作证，我就必须立刻赶回去。我计划夏天结束后才回蒙特利尔，不知道那件沙坑案能不能等那么久。

还有两个电话打进来就挂掉了。

我知道哈莉—基特—哈莉—哈莉这样的顺序肯定是我妹妹和我那二十出头的外甥吵架了，于是我决定推迟和他们通话的时间。

我收起电话的时候，那个男人和他最好的朋友走进了厨房——博伊德跟在赖安后面，像一头闻到血腥味的鲨鱼。赖安穿着运动短裤、戴着吸汗额带。他那件 T 恤衫上写着：展现亲切率性之美。

“T 恤很好看。”我说。

“一半的收入都拿来拯救卡纳蓝了。”

“卡纳蓝是什么？”

“蝴蝶。”赖安把狗的皮带解开，那条松狮犬立刻跳了起来，“一种濒临绝种的蝴蝶。业务员相当关心它们。”

我微笑着朝他们两个挥手告别，然后打电话给我女儿。

她让我给晚会带点开胃菜去。我告诉她我已买了一些酿蘑菇和芝士条。

她还问我会不会带那位法籍的志愿军去。我告诉她我会有伴儿的。

我又打到蒙特利尔。拉曼彻已经离开实验室，去参加下午的一个行政会议。我留了言，告诉他我计划回去的日期。

自七月初的那次家庭海滩旅行以来，我就没再见过哈莉。我知道这通电话一定会很长，就从冰箱拿了罐健怡可乐，再拨她的号码。

哈莉和基特之间的争吵是为了哈莉最近交的新男友，加尔维斯顿的一个按摩治疗师。三十分钟后，我明白了整个情况。

基特不喜欢他。哈莉喜欢。

我又开始拨沃利·卡格尔的号码，一阵滴滴声提示我另外有人正想与我通话。我接了起来。

“收电子邮件了吗，布兰纳博士？”电话那头的声音又高又颤，像电子娃娃发出的声音。

我颈后的汗毛都竖了起来。

“你是谁？”

“我知道你住在哪里。我知道你的一切。”

我又恼又怒，而且很害怕。我想找出一个机智的反讽，但想不出来，只能重复刚才那句问话。

"你是谁？"

"玻璃上的脸。"

我的眼睛飞向窗户。

"你床下脏脏的小兔子。"那声音唱起歌来，"衣橱里的小动物。"

我下意识地挪到墙边，把背靠在墙上。

"您好。"那个小孩般的声音模仿着在线聊天软件，"您有新的邮件。"

电话断了。

我僵硬地站在那里，手里紧抓着听筒。

跟这件案子有关？还是其他案子？还是一个恰好打进来的疯子？

手中的电话再次响起的时候，我跳了起来。来电显示屏上出现一个私人号码。

我的手指搜索着通话按键，慢慢把话筒抬到耳边。

"喂？"一个男人的声音。

我等着他继续说话，一口气还卡在喉咙里。

"哟呵？有人在吗？"

高音调的波士顿口音。

沃利·卡格尔。

我慢慢吐出一口气。

"嗨，沃利。"

"唐普，是你吗？"

"是我。"

"公主，你还好吧？"沃利把每一个他喜欢的女人都叫做公主。有些人会觉得被冒犯了，有些人不会。我则不想为小事生气。

"我很好。"

"可你听起来有点不安。"

"我刚接到一个奇怪的电话。"

"希望不是坏消息。"

"也许只是个奇怪的人。"亲爱的上帝，万一不是呢？

"一个想看你穿漆皮长筒靴和伊凡丝内衣的家伙？"

"大概吧。"

窗上有敲击声。我立刻回头看去。

一只北美山雀停在窗外的野鸟喂食器上。那只鸟啄着种子的时候，喂食器也在玻璃上微微震动。

我闭上眼，稳住声音。

"嗨，谢谢你打电话过来。斯莱德尔侦探告诉你详细案情了吗？"

"他说你需要一件旧案子的资料。"

"大约三年前在兰开斯特附近发现的一具不完整的尸体。"

"我记得。没有头颅。没有手骨。验尸官应该有我的报告存档。"

"那位验尸官过世了。现任这位手里只有警方的原始报告，一点帮助也没有。"

"我不感到奇怪。"他长叹一声，"那家伙给我的印象，就是个头脑简单的人。水平很低。"

"你介意讨论一下当时的发现吗？"

"当然没问题，公主。我记得那个案子最终成了一桩悬案。"

"我们认为我们在梅克伦堡县发现了那具尸体的头颅和手骨。"

"不是开玩笑吧。"

电话那头沉默片刻。我可以想象沃利两腿交叠，一只脚踢来踢去，整理自己的思路。

"我现在在博福特，不过我给实验室打了电话。一个研究生把我那份报告的重点念给我听了。那是一具完整的骨骼，只缺头颅、手骨和前三节颈椎骨。”

暂停。

“保存状况良好，没有软组织和臭味，有点漂白的现象。有大面积的动物造成的损害。距离死亡的时间至少有一年，也许更久。”

沃利好像在作报告摘要似的，仿佛手里有张纸。也许他是照着和学生通话时记下的笔记在念。

“男性。三十岁，上下误差五年。年纪的判断依据是肋骨和耻骨的愈合程度。或者说，是根据残余骨骼的愈合程度来判断的。”

暂停。

“高加索人。”

暂停。

“身高约六英尺一英寸，上下增减。我记不清确切的数字了。少许肌肉附着在骨头上。”

“有外伤吗？”我问。

“都是死后的伤痕。动物造成的。第三节颈椎处有切痕，显示尸体曾被某个没有锯齿的利器切去头颅。就这样。”

“你当时对这个案子有什么看法？”

“有个高大年轻的白人惹怒了某个家伙。对方杀了他，切下他的手和脚。和你想的吻合吗？”

“很接近。”

我望向窗外。院子里的树木在热气里闪着微光。我的心跳已恢复正常。刚才一直专心在听卡格尔的叙述，让我几乎忘了之前的那通电话。

“我遇到棘手的问题，很难判断那个头颅的性别。已知特征没法归类。”我说。

“我也是。”卡格尔说，“副警长去收尸时，没有找到任何衣物和随身物品。野狗和浣熊又把那具尸体当做外卖，好好地吃了一顿。骨盆被咬得一塌糊涂，长骨末端也一样。我不得不根据一块还算完整的腓骨来计算身高。身高是有了，但看不出明显的性别特征。”

“也有女人个子很高。”我说。

“看职业篮球赛就知道了。”卡格尔表示赞同，“总之，我觉得我那具骸骨是个高个子男人，但没有百分百肯定。所以我在送大腿骨去做DNA鉴定的时候，还要求做了性染色体的基因分析。”

“结果呢？”

“两组。”

“男性。”我说，更像是在自言自语，而不是跟卡格尔说话。

“一个X和一个Y，手拉着手。”

“州实验室居然答应做什么资料都不知道的DNA鉴定？”

“当然不会。警长发现那具尸体可能就是某位失踪人口，所以提出了申请。但DNA测试结果没有吻合。”

“那具骸骨怎么样了？”

“我寄报告回兰开斯特的时候，把它一起寄过去了。验尸官寄了张收据给我。”

“你记得他的名字吗？”

“斯诺。默里·P.斯诺。他保存了一个星期左右，就把尸体火化了。”

“你拍照了吗？”我问。

“照片在学校实验室的档案里。”

我想了一会儿。

“你有没有办法扫描那些照片之后传给我？”

“没问题，公主。我今天下午晚些时候就回哥伦比亚市。我会为你办妥一切，再把报告也传真一份给你。”

我向他道谢，挂断电话，直接来到电脑面前。尽管卡格尔的电话让我暂时分散了注意力，但我还是急着想看看是哪种电子邮件潜行者想跟我交笔友。

哪种精神病患者知道我家的电话号码。

我的收件夹上竖起一面旗子。一阵愉悦的声音告诉我有新的邮件。

我屏住呼吸，在旗子上点了两下。

四十三封邮件。

我滑动鼠标滚轮。

心跳急剧上升。

二十四封邮件都是一个昵称为收割者格里姆的人寄的。每一封邮件都有一个附件。每一个主题栏上都写着相同的三个黑粗大字：滚回去!

我从显示器前往后退。

吸气。

吐气。

吸气。

我点击其中一个收割者格里姆的主题栏时，手在颤抖。

正文部分一片空白。附件是个编了号的图片，1.jpg。估计下载时间约一分钟。

我点了“下载”。

电脑问我认不认识寄件人。

问得好。

我打开通讯录。没有收割者格里姆这个人。

我回到邮件上。

一阵迟疑。

我得知道里面是什么。

我点了“确定”，告诉下载管理程序保存文件。

屏幕上渐渐出现一个影像。一个圆形图案叠在我脸上。

我的显意识还在朝着忧虑前进的时候，我的潜意识已经察觉了。

我用左手捂住嘴。

我正从一支威力强大的来复枪上的视镜里看着自己。

有一阵子，我只能看着那张图片。

现在我真的害怕起来，关掉了那封邮件，打开另外一封。

2.jpg。

是我离开星巴克时的身影。这次枪口瞄准了我的背。

3.jpg。

是我离开梅克伦堡县医事检察所时的照片。这次瞄准我的额头。

我病态地着了迷，忍不住继续看下去。

8.jpg。

是我和赖安离开夏洛特分校麦克奈里大楼时的照片。

12.jpg。

正从我厨房门出去的博伊德。

18.jpg。

我走进派克苏打水店。

我呼吸困难，开始出汗，却又打开了另一封。

22.jpg。

我皮肤上的汗水变冷，全身颤抖起来。

凯蒂坐在门廊下的秋千上看书。我想那里应该是伊亚家。凯蒂穿着我买的GAP短裤和背心，一只赤裸的脚丫懒懒地抵在栏杆上。

一支来复枪正瞄准了她的头。

20

一听到开门声，我立刻奔去厨房。

博伊德正埋头在它的碗里大吃大喝。

赖安从冰箱里拿出水喝。我看着他直起身子，打开瓶盖，仰头喝着水。他的皮肤闪着汗。手臂、颈项和后背都是一块块强壮的肌肉。

见到他，我安心许多。

有个男人在身边让我安心。但这也让我有些恼怒。

我把两种感觉都抛开。

“跑得不错吧？”我问道，试图让自己听起来在闲聊。

赖安转过头来。

只要一眼，他就知道我不对劲。

“怎么了？”

“等你洗完澡，我想给你看点东西。”虽然极力保持镇定，但我的声音还是颤抖起来。

“亲爱的，发生了什么事？”

“我不想说，我想让你看。”

他放下水，朝我走来，把我的手放在他掌心。

“你还好吧？”

“我还好。”

他一直看着我，试图看出我的心事。

“等我回来再说。”

赖安上楼去后，我又看了剩下的邮件。背景各不相同。主题都一样。每个人都受到了威胁。

十分钟后，赖安回来了，身上散发着爱尔兰春天香皂和止汗露的味道。他吻了吻我的额头，坐在我身旁的椅子上。

我把那通电话描述了一番，给他看了那些邮件。

赖安看到那些图片时，脸色僵硬起来，下巴上的肌肉不时地抽动着。

我们看完那些邮件之后，他紧紧地抱着我，开口说话的时候，声音变得有些奇怪，却也更坚决。

“唐普，只要我还有一口气在，就绝不会有人能伤害你和你女儿。我保证。”他的语气变得柔和许多，用词也更简短了。“我发誓。为了你，也为了我。”他抚摸着我的头发，“唐普·布兰纳，我这一生都想要你。”

我并不相信自己能够回答。困惑、快乐与惊讶和愤怒恐惧交织在一起。

赖安紧紧抱着我，接着把我放开，要求再看一遍那些图片。

我不想再看第三遍，就把位置让给赖安，去给博伊德添一碗食物。我回来的时候，赖安那双目光灼灼的蓝眼睛盯着我。

“最近这里发生过连环车祸吗？”

“上周五晚上。”

“受伤的人当中有刚刚去世的吗？”

“不知道。”我没想过要做时事题测试。

“你有没有这个星期的报纸？”

“在储藏室。”

“去拿来。”

“你是要跟我分享你对黑色大丽花谋杀案①的看法，还是要我猜？”

我感到焦虑，焦虑会让我变得粗暴。

“请你把报纸拿来。”赖安的声音里听不出半点幽默。

我从回收箱里拿出这周的《观察者日报》，然后回到书房。

周二晚上那位车祸伤者在仁爱医院去世。她是一所私立高中的女校长，所以她的死才会变成周三的头版新闻。

赖安打开邮件里的第二张图片。星巴克店门口右侧有一个《观察者日报》的报纸箱。赖安把光标放在上面，把影像放大。尽管模糊不清，但那行字还能辨认出来。

第四位车祸受害者去世

我手里也拿着同样的标题。

赖安先开口。

“如果这些照片是按时间顺序扫描上来，前面两张应该是星期三早

①黑色大丽花谋杀案（Black Dahlia），一九四七年美国女歌手伊丽莎白·萧特在洛杉矶郊外被发现遭人杀害，死状凄惨，犹如一朵盛开的大丽花。凶手始终未落网，此案成为美国洛杉矶重案组的悬案。

上拍的。那就是昨天。我们昨天去过星巴克。”

我身上爬满了鸡皮疙瘩。

“天哪，赖安。”我把报纸扔在沙发上，“有个疯子一直拿着尼康数码相机在跟踪我。谁管这些该死的东西到底是什么时候拍的？”

我再也无法保持冷静，开始来回踱步。

“知道照片什么时候拍下来的，也许就能找到线索，知道他的动机。”

我停下来。他说得对。

“为什么是昨天？”他问。

我开始回想过去几天发生的事。

“你自己想一想。星期五我告诉吉迪恩·班克斯她女儿杀了自己的孩子。星期六我挖出了那堆熊骨。星期日，我从一架塞斯纳飞机上拖出两具尸体。”

“这个星期一，你们发现道顿是那架塞斯纳的主人。”

“是的。”我说，“星期二，皮埃尔斯被认定就是那位飞行员。那天，我们还去搜索过富特的农场。”

“发现那架塞斯纳在运送毒品，是不是也是星期二那天？”

“可卡因是星期一发现的，我星期二知道的。”

“这让我觉得幕后黑手也许是道顿。他星期一或是星期二下的命令，他的手下在星期三开始跟踪你。”

“或许吧。这种说法如何：为了调查班克斯家婴儿的死因，斯莱德尔和里纳尔迪上个星期就已经盯上了达利尔·泰里。到了星期三，他们已经查出泰里经常和杰克·怀亚特通电话。”

“塞斯纳的那位乘客。”

我点头。

"有可能是泰里寄的邮件。"

我想到每封邮件主题上的警告。

"从什么事里滚出去？"我问。

"追查泰里？"赖安脱口而出。

我苦着脸。"斯莱德尔和里纳尔迪在追查他，为什么要来威胁我？"

"因为你是那个给孩子验尸的人。你又坚持要找到塔梅拉和她的家人。"

"或许吧。"我没被他说服。我有多坚持？

"也说不定是因为茅坑里的那位受害者。"赖安提议道，"可能有人认为你太接近事实真相了。"

"星期三斯莱德尔才找到兰开斯特的人。按照你的推理，这个家伙从那个时候就在跟踪我了。"

"那些羽毛呢？"

"我们直到今天早上才知道那是小蓝金刚鹦鹉的羽毛。"

博伊德加入了我们。赖安伸出手挠它的耳朵。

"我们星期二去挖的那个茅坑。"他说。

"几乎没人知道我们在找什么，或是我们找到了什么。"我掰手指算着，"拉勒比、霍金斯、斯莱德尔、里纳尔迪、技术人员和挖土机司机。"

博伊德转过来，用鼻子轻碰我的手。我心不在焉地抚摸着它。

"我应该打个电话给斯莱德尔。"

"对。"

赖安站起身来，双手环抱着我。我把脸颊贴在他胸口，能感觉出他身体绷得很紧。

他再次开口的时候，下巴轻轻触到我的头顶。

“不管是哪个变态干的，他将会知道自己是在自掘坟墓。”

夏洛特到处都是邻居。伊丽莎白、迈尔斯公园、迪尔沃思、米德伍德广场。它们大多数依恋着过去，就像波士顿那些唧唧喳喳的女人紧抓着证明她们是美国革命之女的族谱不放。城市区域得到划分。树木受到保护。就算没被屋主明令禁止，非传统的建筑也会受到顽固居民的反对。

然而，这些紧抓着旧时代不放的观念已经渐渐从住宅区消失，如今是钢筋、混凝土和玻璃的世界。那些同样的夏洛特人，晚上在木兰遮蔽下的院子里喝着马丁尼，白天骄傲于城市的高楼大厦。事实上，正是这些保守派人士，想去住宅区居住。

市中心外围有四个区，其中三个在近几十年里完成了现代化建设。

第四区虽然不完全像威廉斯堡那样保持着古城风貌，不过这里依旧是市里的活历史。这一带都是些古怪的维多利亚时代建筑——漂亮的砖砌公寓和小洋房，狭窄的街道两旁树木浓荫遮蔽，甚至还有一家仿殖民时代的客栈。

第一区和第三区则看不到历史遗迹。在八十到九十年代间，老房子被拆掉盖了新房，那些年久失修的小屋、破烂的修理店和肮脏的餐馆，已经让位给了现代化多用途概念。办公室和住家在楼上，专卖店在楼下。分套出售的公寓大楼、普通公寓和跃层公寓不断扩张，到处都能看见人造池塘，名字则像克拉克森绿园、雪松坊、接天台和蒂伏利之类。

伊亚的小洋房在第三区的榆树山脊，处在弗雷泽尔公园与卡罗来纳黑豹队的练习场地之间。这幢公寓楼是双排式建筑。两排双层的楼房隔着长满花草的庭院彼此相望。每一个屋前都有开阔的门廊，门廊下有秋千或是摇椅。如果喜欢，也可以装喂鸟器和悬挂类的羊齿植物。

黄昏将至的时候，榆树山脊看起来就像一道彩色粉笔画的彩虹。在脑中，我仿佛可听到人们在开建筑计划会议。查尔斯顿用黄色，萨凡纳用桃红色，伯明翰用米色。

伊亚家是中央那排东侧的最后一间，看上去像一个装有基韦斯特圣诞红百叶窗的迈阿密西瓜。

我和赖安上了门廊，我伸手按下门铃。门口的擦鞋垫上写着：嗨，我是鞋垫!

在门口等待的时候，我的眼睛被那个秋千吸引，心几乎沉到了脚趾。我的目光从左转到右。那个变态现在会不会也在附近，正在监视我们?

赖安察觉到我的焦虑，紧握住我的手。我也回握住他的手，强迫嘴唇弯成向上的弧度。我和凯蒂独处的时候，我会提醒她注意安全，但不会把我所有的恐惧都传递给她。

我女儿拥抱了我，称赞我的装扮——那件我随便用熨斗烫了几下的黑色亚麻背心裙。接着她将目光转向了赖安。

我的伙伴选择了一套米色的衬衫和裤子、蓝色外衣，配上一条有蓝圆点的黄色领带，外面再罩上一件蓝色运动外衣。

还有一双红色的高帮运动鞋。

凯蒂对赖安露出微笑，一边的眉毛令人难以察觉地微微挑动。她接过赖安手里的开胃菜，领我们进屋，把我们介绍给其他的客人，伊亚的现任男友布兰登·萨拉莫内，一个叫薇露的女人，还有一个叫考顿的男人。

当然还有那位魅力十足的帕玛·卡曾斯。

卡曾斯的服装告诉我，整个领地里的蚕都无家可归了。丝质领带、丝质衬衫、丝质长裤，以及混有少许美利奴羊毛的夹克。

凯蒂拿来了烈酒和啤酒，打个招呼就离开了。接着，她又拿了啤酒和烈酒过来，悄悄让我和她一起去厨房。

炉子上的烧烤锅里还有一块焦黑的肉。整间厨房闻起来就像置身于烤肉架里。

伊亚在整理台前忙碌着。我们进来的时候，她回头看看我们，挥挥双手，又回到她手里的活计上。

她那紧张的样子，就像安然公司的会计师在做四舍五入。

“我们好像把肉烤焦了。”凯蒂说道。

“我们没有。”伊亚迅速反驳，“只是着了火而已。这不一样。”

“你还能挽救吗？”凯蒂问。

烤肉看起来不像是烧焦了。焦了还能挽回，但这块肉看起来都烧成灰了。

我用叉子戳了戳。煤球似的团状物掉落下来，滚到锅边。

“烤肉成了烤吐司。”

“太好了。”伊亚拔起水槽里的塞子。水冲下水管。

“你在做什么？”我看着她的后背问。

“把鸡肉解冻。”她听起来像是要哭了。

我走向整理台，戳了戳她手里那块石头。

伊亚把塞子放回去，打开水龙头。

照她这个速度，她选的上好鸡肉得要几十年才能解冻。

我看了一下储藏室。

香料、意大利面、卡夫即食餐包[①]、金宝汤、橄榄油、意大利香脂醋。六盒意大利宽面。

“最近的商店有多远？”

“五分钟。”

伊亚转过头来，手里还拿着那只鸡。

“你有大蒜吗？”我问。

两个人点点头。

“西芹？”

点头。

“冰箱里有最棒的色拉。”伊亚腼腆地笑了笑。

我让凯蒂去买蛤蜊罐头和冷冻的香蒜面包。

我女儿跑去市场时，伊亚在上开胃菜，我在烧水和切东西。凯蒂回来后，我把蒜头丢进橄榄油里烤成棕色，再加上新鲜的西芹、蛤蜊罐头和比萨草，然后在这个酱慢慢熬的同时煮意大利面。

半小时后，凯蒂和伊亚对这道蒜香蛤蜊意大利面发出了赞叹。

没什么，真的。一道家常菜而已。

整个吃饭中间，帕玛·卡曾斯似乎心不在焉，很少参与谈话。每次我看向他，他的目光就移开了。

这是我的想象，还是他在评判我？作为一个谈话对象？可能成为未来岳母的人？还是仅仅把我当成一个普通客人而已？

我是不是有点偏执？

凯蒂坚持要我们到客厅喝咖啡，我就在沙发上坐下，旁边就是卡曾斯。

---

①卡夫即食餐包（Karft Dinner），内为加热后即可食用的乳酪通心粉。

“美国鱼类及野生动物局那边的工作怎么样？”在马克兰家野餐的时候，我和卡曾斯简单谈到过他的工作。今晚我想了解更多。

“还不坏。”卡曾斯回答，“把鱼钓起来，做好记录，再放回去，为保护野生动物而努力。”

“我记得你告诉过我你是在哥伦比亚市的外驻部门工作。”

“好记性。”卡曾斯用手指着我。

“规模大吗？”

“我觉得算是吧。”他的笑让人觉得他自己都不相信这话。

“你们局在卡罗来纳州的外驻点多吗？”

“北卡罗来纳的华盛顿、罗利和阿什维尔。南卡罗来纳的哥伦比亚和查尔斯顿。罗利市的 RAC 监管所有的事。”

“常驻负责人？”

卡曾斯点点头。

“其他外办都只有一个人，一个男人或是一个女人。”他露出孩子气的笑容，“而罗利市不同。法医研究室也在那里。”

“这我还不知道呢。”

“罗林斯诊断研究室。和农业部联办的。”

“那里是不是有个国家级的鱼类和野生动物研究室？”

“在俄勒冈的阿什兰，叫做克拉克·贝文。这是全球唯一只处理野生动物问题的法医研究室。他们接受世界各地的案子。”

“鱼类及野生动物局有几个工作人员？”

“全额编制的时候有二百四十人，但削减之后已经降到二百人以下了。”

“你做这个多久了？”

赖安在收拾我们背后桌上的碗碟。我敢说他一定在听。

“六年了。最初两年是在田纳西州接受的培训。”

“你更喜欢哥伦比亚吗？”

“离夏洛特比较近。”卡曾斯向我女儿轻轻地摇了下手指。

“你介意稍微谈一下你的工作内容吗？”

那两道完美的眉毛轻微地动了动。

“一点也不。”

“我发现野生动物的黑市交易是个很大的市场。有多大呢？”

“我读到过的资料里说，有人估计一年在一百亿至二百亿美元之间。在非法交易市场里排名第三，仅次于毒品和军火。”

我震惊了。

赖安在那张轮船身子似的咖啡桌远端的椅子上坐着。

“将鸟类走私到外国的黑市交易多吗？”我问。

“我猜是的。物以稀为贵，自然有人会买。”卡曾斯虽然装作无动于衷，但看起来不太自在，“不过据我了解，目前最大的问题在于过度开发。”

“比如？”

“海龟就是个很好的例子。美国的乌龟在国外是论吨卖的。另一个大问题来自野味市场。”

“野味？”

“非洲的大蔗鼠和小羚羊、亚洲的蜥蜴串。那些爬虫类被人从腹部剪开，然后像棒棒糖一样铺开。熏懒猴、烤鲮鲤。”

卡曾斯肯定是把我脸上的厌恶理解成了困惑。

“鲮鲤也叫穿山甲、鳞甲食蚁兽。它身上的鳞片可以当做梅毒的治疗物品出售。”

“人们进口这些东西是为了医疗用？”赖安问道。

“做什么都可以。拿乌龟来说，海龟的壳可以用来做珠宝，肉和蛋去了餐厅和面包店，整个甲壳可以用作挂在墙上的洗脸池。”

“那么熊呢？”我问。

卡曾斯的下巴斜升起一英寸。

“我对熊知之甚少。”

“卡罗来纳州有很多熊，不是吗？”

“是的。”

“盗猎是个问题吗？”赖安问道。

轻轻耸肩。“我不觉得。”

“你们局里调查过吗？”我问。

“这可问住我了。”

伊亚的男朋友加入我们，提出了盯人防守和区域防守优缺点之类的问题。卡曾斯的注意力转到那个问题上去了。

熊的盗猎问题就这么多。

回家的路上，我询问赖安对卡曾斯的评价。

“一个卡罗来纳州的野生动物调查员会对熊一无所知，这真是古怪。”

“没错。”我赞同。

“你不喜欢那个家伙，对吗？”赖安问。

“我从来没说过我不喜欢他。”

赖安没说话。

“我表现得有那么明显吗？”过了一会儿，我开口问道。

“我在学着读懂你。”

“这不是我喜不喜欢他的问题。”我自我辩护道。然后要说什么？“我不喜欢的是，我不知道自己是否不喜欢他。”

赖安选择回避这个话题。

"他让我不安。"我加了一句。

我们回到别馆的时候，赖安再度观察了一阵四周的环境。

"或许你的不安并非毫无道理，妈妈。"

我瞪了赖安一眼，但黑暗让它白费了。

"你跟我说过，博伊德是在那次烟草店的野餐会上发现那些尸骨的。"

"凯蒂吓坏了。"

"你在那里遇到了卡曾斯。"

"是。"

"他看见了博伊德的发现。"

"是。"

"这至少说明还有另外一个人知道一部分富特农场发生的事。我不是在说俏皮话。"

我的心再度如自由落体般往下坠。

"帕玛·卡曾斯。"

21

八月的北卡罗来纳州，清晨五点半左右，东方的地平线在皮德蒙高原开始慢慢变灰。到了六点，太阳已爬上山头。

第一道天光落下时，我就醒了，看着黎明渐渐把我的梳妆台、床头柜、椅子和墙上的东西照亮。

赖安四肢伸开，趴在我身边。博迪在我弯曲的膝盖下方蜷着身体。

我赖到六点半才起床。

我从被子里溜出来的时候，博迪眨了眨眼睛。我把灯罩上的内裤拿了下来，而博迪也站起来伸着懒腰。我蹑手蹑脚地走出房间时，听到脚掌轻轻落在地毯上的声音。

我煮着咖啡，冰箱在身边发出轻微的电机声。屋外，鸟儿在枝头互相打着招呼，开始了早上的闲聊。

我尽可能轻地移动自己，倒了一杯橙汁喝下肚，接着拿起博伊德的皮带，朝书房走去。

那条松狮犬四仰八叉地躺在沙发上，左前腿搭在椅背上，右前腿都伸过了它的脑袋。

守护者博伊德。

“博伊德。”我轻声叫它。

原本在沙发上平躺着的狗，立刻四脚着地站在地板上，动作流畅毫无滞碍。

“到这儿来，小伙子。”

它的眼珠子动也不动。

“博伊德。”

那条松狮犬抬起眼，但是没有挪动。

“散步去吗？”

博伊德站着没动，脸上流露出怀疑的神色。

我晃了晃皮带。

它还是不走。

“我不是气你睡在沙发上。”

博伊德低下头去，又抬起头来，两条眉毛挑了一半。

“真的。”

博伊德歪着头，竖起了耳朵。

“快来。”我展开皮带。

博伊德意识到这不是一个陷阱，散步也是真的外出溜达，于是绕着沙发跑了一圈，然后又跑回我身边，跳起身来把前掌搭在我胸前，又放下，转一圈，又跳起来，开始舔我的脸颊。

“别急。”我说着，把皮带扣在它的项圈上。

一层美丽的薄雾飘浮在沙伦府第附近的树林和灌木丛上方。虽然有条七十磅重的松狮犬陪着我，让我觉得安全有所保障，但我们四处溜达的时候，我还是隐隐有种焦虑感，一直注意着有没有闪光灯，或是按快门的声响。

我们见到了四只松鼠。二十分钟以后，我和博伊德又回到了别馆。赖安坐在厨房的餐桌旁，面前摆着一杯咖啡和一份摊开的《观察者日报》。我们进门时，他微笑了起来，但我在他眼里看到一丝闪过的阴云，犹如一片乌云飘过波涛。

博伊德小跑着来到餐桌旁，把下巴放在赖安腿上，抬头看着他，期待着培根肉的到来。赖安拍拍它的头。

我给自己倒了一杯咖啡，加入了他们。

“嗨。”我说。

赖安身子前倾，在我唇上吻了一下。

“嗨。”他握住我的双手，注视着我的眼睛。那不是一张快乐的脸。

“出什么事了？”我问，感觉胃部一阵痉挛。

“我妹妹打电话来了。”

我等着下文。

“我外甥女住院了。”

“我很难过。”我握紧他的手，“是个意外吗？”

“不是。”他下巴上的肌肉鼓胀着，“丹妮尔是故意这么做的。”

我不知该说什么。

“我妹妹手足无措。她不擅长处理突发状况。”

赖安的喉结上下滚动。

“她也不擅长做一个母亲。”

虽然我很想知道发生了什么事，但我没问。赖安会用他自己的方式告诉我。

“丹妮尔过去就有滥用药物的问题，但是她从来没做出过这种事。”

博伊德舔了舔赖安的裤管。冰箱还在发出嗡嗡声。

“该死的为什么……”赖安摇着头，没再说下去。

“你外甥女可能是在要求别人的关心。”我的话听起来有点陈词滥调。我也不擅长安慰别人。

“那个可怜的孩子不懂得什么叫关心。”

博伊德轻轻碰着赖安的膝盖，但赖安没有回应它。

“你几点的飞机？”我问。

赖安从口中吐出一口气，身体重重地倒进椅子里。

“有个精神病在用取景器对着你，我哪里也不去。”

“你应该去。”我无法去想他要离开这件事，但我也不能让他留下。

“不行。”

“我是成年人了。”

“我不放心。”

“你外甥女和你妹妹需要你。”

“而你不需要？”

“我以前就打败过坏蛋。”

“你是说你不需要我陪在身边？”

“不需要，帅哥。我不需要你陪。”我伸出手，轻抚着他的脸颊。他抬起手来，做了一个奇怪而又迟疑犹豫的动作。“我想要你陪着我，但那是我自己的问题。现在你的家人需要你。”

赖安全身都紧绷起来。

我看看我的手表。七点三十五分。

上帝，为什么是现在？当我拿起电话打给美国航空公司的时候，我才意识到我有多希望他能留下。

赖安的飞机九点二十分起飞。博伊德被我们留在家里，看起来受了很深的伤害。

我从机场直接去了梅克伦堡县医事检察所。没有来自卡格尔的传真。我走进自己的办公室，开始查电话号码，然后打电话到鱼类及野生动物局在罗利市的外驻办公室。

一个女人告诉我那位负责人叫赫希·蓝姆洛。

过了一会儿，赫希·蓝姆洛接了电话。

我先作了自我介绍。

“博士，不用介绍了，我知道你是谁。你那边跟我这里一样热吗？”

“是的，先生。”

九点时的气温已有八十二华氏度。

“在这个美好的夏日早上，我能为你做些什么呢？”

我告诉他小蓝金刚鹦鹉羽毛的事，问他当地有没有外国鸟类的黑市。

“有大批野生动物从南半球流入东南地区。蛇、蜥蜴、鸟类，你能说得出的都有。只要品种稀少，就会有脑子一团糨糊的人想买。事实上，东南地区是偷猎者的天堂。”

“活的动物怎么走私进来？”

“有各种聪明的方法。动物被迷昏，卷进海报里，再藏在弹性好的背心里。”蓝姆洛丝毫不想掩饰他的厌恶，“而且死亡率极高。想想看，你最近坐过准点的飞机吗？你想那些白痴能有多聪明，能算准藏匿空间的氧气量？”

“再说那些羽毛的问题，走私鸟类一直是南美可卡因毒贩子中流行的副业。他们从当地村落的偷猎者手里收购一些鹦鹉，混在下一批走私的可卡因里，一起运到美国。如果鸟还活着，他们就多了一笔可观的收入。万一鸟死掉了，他们一个星期不喝酒就行了。”

“熊呢？”我问。

“北美黑熊。不需要走私，卡罗来纳州就有黑熊。每年都有很多年轻的熊落入‘钓熊’活动的陷阱——那活动是熊和无知之人的搏斗。乡巴佬的高雅娱乐。以前有个活熊市场，但是动物园里的黑熊越来越多之后，就相当衰败了。”

“北卡罗来纳州有很多熊吗？”

“没有它应该有的数量多。”

“为什么？”

“栖息地遭到破坏，以及偷猎。”

“是不是有合法的狩猎期？”

“是的，女士。每个县各有不同，但大都在秋天和初冬。有些南卡罗来纳州的县还区分固定狩猎和带狗狩猎。”

“再告诉我一点偷猎的事。”

“我最爱的话题。”他的声音听起来有点苦涩，“一九〇一年的《莱西法案》把非法屠杀黑熊判为轻罪，一九八一年变为重罪。不过这无法阻止那些偷猎者。在合法狩猎期间，猎人拿走整只熊，肉和皮毛都要。其他时候，偷猎者只拿走他们想要的部分，尸体就任由它腐烂。”

“偷猎大都发生在什么地方？”

“十年、二十年以前，偷猎大都局限在山区。现在海边生物也生存艰难了。但是这不是卡罗来纳一个州的问题。整个北美还有不到五十万只黑熊。每年都会发现好几百头熊的尸体，尸体很完整，但没有熊掌和胆囊。”

“胆囊？”我无法掩饰我的震惊。

“都怪该死的黑市。在亚洲的传统医药中，熊胆和犀牛角、人参和鹿茸都是非常珍贵的药材。熊的胆汁被认为可以治疗发烧、痉挛、肿瘤、眼疾、心脏病、宿醉，什么都行。熊的肉也不是随便砍剁的东西。某些亚洲文化认为熊掌相当美味。有些饭店里一碗能卖到一千五百美元。不过，菜单上不会有。”

“熊胆的主要市场在哪儿？”

“韩国排第一，因为他们国内已经没有货源。中国香港、中国大陆和日本也差不了多少。”

我花了一会儿工夫来消化这些信息。

“所以说，在北卡罗来纳州，在特定季节猎熊是合法的？”

“是的，很多州也都是这样。但是贩卖动物的身体部分，包括胆囊、头、皮、爪、牙等，是非法的。几年之前，国会曾想立法禁止熊的器官交易。法案没通过。”

我还没来得及开口，他又继续说下去。

“看看弗吉尼亚州，那里大约有四千只黑熊。官方统计说每年合法猎杀的数目在六百到九百只之间，但不知道偷猎的数目有多少。前不久，警方突袭破获了一个非法集团，抓了二十五人，找到大约三百颗熊胆。”

“怎么会这样？”我太震惊了，已经说不出完整的话来。

“猎人们向政府报告，说谢南多厄国家公园内外都有人在偷猎。调查员终于混进了那个不法集团，装作中间人，陪偷猎者打猎。差不多就是这类的事情。大约十年前，我在格雷厄姆县也做过类似的工作。”

“不会是乔伊丝·基尔默纪念森林吧？”

“就是那里。那些树也许很漂亮，但熊才值钱。”

蓝姆洛整理思绪时，电话线路一阵嗡嗡作响。

“有一对夫妇在那边做了十七年的生意，杰吉·乔布和博比·雷·杰克逊。他们做的这是什么工作！他们号称每年都会卖给东海岸南北的顾客三百颗熊胆，还说他们是从狩猎俱乐部、农民们那里得来的，有的则是自己打到，或是用陷阱抓到的。”

蓝姆洛滔滔不绝。

“有些偷猎者和第七街的妓女一样露骨。在狩猎小屋里留下一张名片，说如果你想要买熊胆，他们就会立刻打电话给你。”

里奇·唐·道顿。荒野探险之旅。可卡因。熊。异国鸟类。思绪的粒子再度在我脑子里寻找着伴侣。

“这些不法集团是如何运作的？”

“没什么复杂的。偷猎者用电话或传话的方式跟买主联络。买主在停车场或某个偏僻的地方约见偷猎者进行交易。一颗熊胆，偷猎者可以卖到三十五美元，或者五十美元，中间商能拿到七十五到一百美元。亚洲的熊胆黑市价格就更是飙到天价了。”

“那些熊胆从哪里运出国？”

“大部分从缅因州走，因为那里是少数几个可以合法卖熊胆到亚洲的地方之一。但是，再说一次，贩卖在北卡罗来纳州杀的熊的任何部分，都是违法的。最近，亚特兰大也变成了一个大门户。”

“那些熊胆如何保存？”

“偷猎者会尽快把熊胆原封不动地冰冻起来。”

“然后呢？”

“然后交给他的亚洲联络人。因为新鲜程度决定价格，大多数熊胆都在目的地进行干燥处理。但也不都是这样。有些亚洲联络人会在美国做好干燥处理，这样他们可以运更多的货。一颗熊胆大概有人的拳头那么大，重量不足一磅。干燥之后，体积会缩小三分之一。

“怎么做的干燥？”

“不需要高科技。把熊胆用单根长丝绑起来，吊在低温的地方。慢慢阴干很重要。如果熊胆干得太快，胆汁会受到破坏。”

“他们怎么走私出去？”

“也没什么特别的，大部分装在随身行李里。如果被安检的扫描仪器发现，携带人可以说那是他买给妈妈的干果。有些人把熊胆磨碎，装在威士忌里面。”

“比走私毒品安全多了。”我说。

“而且利润很高。一颗干熊胆在韩国通常能卖到五千美元。珍品能卖到一万美元。我说的是美元哦。”

我震惊了。

“听说过《国际贸易公约》吗？”蓝姆洛问。

“《濒临绝种野生动植物国际贸易公约》。”这些天来，我这是第二次听到这个名字。

“熊胆被归为第二类。”

“亚洲也有熊，他们为什么大老远跑到北美来找熊胆？”

“亚洲所有的五种熊，马来熊、印度懒熊、亚洲黑熊、棕熊和大熊猫，都濒临绝种。从印度到中国，再到东南亚，亚洲的野生熊类大概只剩下五万只。”

“因为胆汁的需求。”

“大熊猫除外，熊是唯一可产生大量熊去氧胆酸的哺乳类动物。”

“人们花好几千美元就为了这个？”

“没错。”蓝姆洛不屑地哼了一声，“至少有二十八种不同包装、可以合法买到的药物声称含有熊胆汁。新加坡已经禁止贩卖从熊身上萃取出来的产品，但商店里仍可买到含有熊胆汁成分的药丸、药粉、晶体或药膏，还有整颗的干熊胆。还有含有熊胆汁成分的药酒、洗发香波和香皂等这些乱七八糟的东西，每天都在市场上出售。你也能在全美国的唐人街里找到这些。”

恶心的感觉抓紧了我的胃。

“熊不能饲养吗？”

“中国在八十年代开始养熊。结果更糟。动物被关在小笼子里，腹部被开洞抽取胆汁，牙和爪子被磨平，有时候熊掌会被剁下来。一旦熊无法再制造胆汁，就会被杀掉，直接取出胆囊。”

“不能化学合成熊去氧胆酸吗？”

“可以。而且也有很多植物性替代品。”

“但人们想要真的东西。”

“你说对了。流行的说法是合成的熊去氧胆酸不如天然的效果好。这简直是胡说八道。其实熊胆里的天然去氧胆酸含量，从零到百分之三十三不等，根本就不是制药的可靠来源。”

“积习难改。”

“人类学家的用语。对了，你为什么对小蓝金刚鹦鹉和黑熊感兴趣？”

我整理着上周发生的事件。哪些可以分享？哪些应该保密？

塔梅拉·班克斯和达利尔·泰里？

可能与这件事无关。保密。

里奇·唐·道顿和失事的塞斯纳飞机？

同上。

昨天的电子邮件恐吓事件？

也许无关。

我告诉了蓝姆洛在富特农场发现的东西，但没提塔梅拉的驾照出现在那里的事。我还告诉他兰开斯特郡那具无头尸的事。

整整三十秒，我什么也没听见。

“你还在吗？”我问，以为电话断掉了。

“我在。”

我听到他咽了一口口水。

“你在医事检察所的办公室里？”

“是的。”

“你还会再工作一会儿吧？”

“是的。”这到底是什么意思？

“我三小时以后到你那里。”

22

刚过中午，蓝姆洛到了。他是个肥壮的男人，四十几岁，一头浓密粗硬的头发剪得很短。他皮肤发白，眼睛、头发和雀斑都是姜黄色的，让他看起来单调苍白，像个在洞穴里住了一辈子的人。

他在我办公桌对面坐下，开门见山。

“这些也许和你的案子什么关系都没有，但我早上正好要去安森县的皮迪野生动物保护区，所以我想我可以绕道来夏洛特，亲自跟你说清楚。”

我沉默不语，完全不知道是什么事那么重要，让蓝姆洛觉得他需要当面对我说。

“五年前，两位野生动物局的调查人员失踪了。一位在我的部门工作，另一位在北卡罗来纳州执行临时任务。”

“给我讲讲他们的事。”我感到一阵兴奋的震颤滑下背脊。

蓝姆洛从衬衫口袋拿出一张照片，放在我桌上。照片上，一个年轻人身体前倾，靠在一座石桥上。他双手交叠，面带微笑。我在他衬衫上看到和蓝姆洛身上一样的徽章和臂章。

我把照片翻过来，看到上面写着：布赖恩·艾克，摄于罗利，一九九八年九月二十七日。

“这位调查员的名字是布赖恩·艾克。”蓝姆洛说。

“年龄？”我问。

“三十二岁。艾克失踪前和我们一起工作了三年。很好的伙伴。”

“身高？”

“他是个高个子。我想大概有六英尺一英寸，或是六英尺二英寸吧。”

“他是白人。”我说着把照片翻回正面。

“是的。”

“那位出差的调查员呢？”

“夏洛特·格兰特·科布。有点古怪，但是个很好的调查员。科布在我们这里干了超过十年。”

“你有照片吗？”

蓝姆洛摇头。“科布不喜欢照相。但是如果你能提出正当理由的话，我可以申请调出她的档案。局里有每一位调查员的照片。”

“科布是女的？”

“是的。白人，三十五六岁。”

“她做哪方面的工作？”

“她负责富兰克林·罗斯福。海龟。”

“富兰克林·罗斯福？”

蓝姆洛耸起一边肩膀。“富兰克林有很多高领毛衣，看起来像乌龟脖子。我不明白为什么挑这个代号。总之，你怀疑你那具无名尸体可能是艾克或科布。”

“科布被排除了，DNA 鉴定已证实兰开斯特那具无头尸是男性，但是可能有些关联。艾克和科布一起查案吗？”

“工作上没有，但我觉得他们私底下在一起。”

“跟我说说发生了什么事。”

“没太多可说的。六七年前，我们得到情报说有偷猎者要从海岸私运乌龟到夏洛特，再转运给纽约和华盛顿的买主。局里派科布到那个不法集团卧底，认为女人也许能渗透得快一点。”

“怎么渗透？”

“很平常。科布到嫌犯经常出没的地方闲逛。酒吧、餐厅和健身房。”

“她住在夏洛特？”

“有幢公寓。月租的那种。”

“后来呢？”

“不知道。她没有向我报告。”蓝姆洛哼了一声，“而且那位女士也不是人们常说的社交人士。在罗利的时候，科布就经常独自一人。我猜是干这行压力太大了吧。”

“或者因为她是个女人。”

“有可能。”

“科布和艾克是同时失踪的吗？”

“艾克在十二月的某个星期一就没有出现。我记得，那天冷得要命。我们打了两天的电话，最后还闯进了他的公寓。找不到人。”

蓝姆洛看上去像是很久没有提到艾克了，但在他心里想过这个人很多次。

“我们开始追查，最后一次见到他是在上个星期五。我们以为他也许去了某个结冰的地方。检查河川，疏浚池水什么的。结果没有，我们也没有找到他的车。”

“有没有任何他计划离开的迹象？银行户头清空？失踪的处方药？”

蓝姆洛摇摇头。“在他失踪前一个星期，艾克在网上订购了一套两百美元的钓具。他在第一联合银行的账户里留下了一万四千美元的存款。”

“听着不像是刻意离开。科布呢？”

“她的失踪更难追查。邻居说，她不与人来往，作息古怪，经常消失几天才露面。艾克失踪后一个星期，我们才说服科布的房东打开她的房门。看起来科布已经消失好一阵子了。”

我沉思了一会儿。

“艾克和科布在交往吗？”

蓝姆洛皱起眉头。“有人这么说。科布在夏洛特的时候，艾克去过几次。记录显示他们通过电话，但可能只是在谈公事。”

我控制着语气以掩饰自己的激动。

“我查验的那具尸体是高大的白人男性，根据你告诉我的信息，艾克的年龄吻合，时间也是。听起来有可能是你失踪的调查员。”

“我记得罗利当地的警方拿到了艾克和科布的牙科病历资料，但从来没用上。”

我迫不及待地想找斯莱德尔，几乎想立刻把蓝姆洛请出我的办公室，但我还有一个问题要问清楚。

“你知道一个叫帕玛·卡曾斯的调查员吗？”

蓝姆洛在椅子上换了个方向。

“见过。”

我等着他详细说下去，他却不说，我便问道：“印象如何？”

“年轻。”

“还有呢？”

“年轻。”

“有天晚上，我跟他聊到卡罗来纳州的盗猎问题。他好像什么都不懂。”

蓝姆洛直视着我的眼睛。“你想说什么？”

“他一点也不了解外国鸟类的走私问题。”

蓝姆洛看了看手表。“我本人并不了解他，不过他挺讨爱慕者的欢心。”

我觉得这评价很古怪，但没有追问下去。

“祝你好运，博士。”

蓝姆洛站起来，我也跟着起身。

“我能留着它吗？”当他要离去时，我拿起那张布赖恩·艾克的照片说。

蓝姆洛点点头。“别那么见外。”

说完这句话，他就离开了。

我凝视着蓝姆洛坐过的那把椅子，想弄清楚这是怎么一回事。在整个谈话期间，这位负责人一直很友善，也很坦白。但提到帕玛·卡曾斯的时候，他立刻像被人用棍子戳到的犰狳一样把自己封闭起来。

蓝姆洛是不是自持身份，不想说同事的坏话？他是不是对我女儿的这位朋友有所了解，却不想说出来？还是他真的不熟悉卡曾斯？

蒂姆·拉勒比打断了我的思绪。

“你的小伙伴呢？”

"如果你说的是赖安侦探，他飞回蒙特利尔去了。"

"太可惜了。他对你的气色很有帮助。"

我一手抚着脸颊。

"我说中了吧。"拉勒比把手指当做枪，朝我开了一枪。

"你太滑稽了，我要是笑死在这里，霍金斯还得推轮床进来。"

我告诉他卡格尔对兰开斯特那具无头尸的了解，还说了我和赫希·蓝姆洛的谈话内容。

"我会打电话到罗利，看有没有人可以把艾克的牙科病历送过来。"拉勒比说。

"太好了。"

"今天可能会是大有突破的一天。詹森打过电话，斯莱德尔打过电话。半小时后就要开茶话会了。"

"他们有新消息吗？"

拉勒比查看了一下，然后轻轻敲着表面。

"半小时后在大舞池会面。服装随意。"

拉勒比嘴角上扬。

"你的头发也在发光。"

我的眼珠子转得太远，几乎回不来了。

拉勒比离去后，我再次询问了弗劳尔斯太太。还是没有卡格尔的传真。

我匆匆把那些留言看了一遍。

詹森。

斯莱德尔。

卡格尔。

我打卡格尔的手机。没人接。

《观察者日报》一位写犯罪新闻的记者。

北卡罗来纳大学格林斯伯勒分校的一位同事。

我又打给卡格尔，还是没人接。

我看看手表。

好戏上场了。

我把那些粉红色的字条放在记事本中间，朝会议室走去。

拉勒比和詹森正在讨论黑豹队和海豚队的长处。这位运输安全委员会的调查员穿着牛仔裤、凉鞋和在老海军服饰店买的黄褐色棉背心。她一头金黄色的短发看来像是刚刚被吹干。

我和希拉正握着手，斯莱德尔和里纳尔迪到了。

里纳尔迪穿着蓝色运动外套和灰色斜纹棉布裤，打着一条杰里·加西亚[①]式的蓝绿色领带。

斯莱德尔没穿外套，一条领带看起来就像是凯玛特好货卖光之后、从甩卖车上选出来和别人讨价还价买来的东西。

他们都喝咖啡，我给自己拿了健怡可乐。

“谁先说？”大家都坐下之后，我问道。

拉勒比朝我挥挥手。

我把刚才对验尸官说的话重复了一遍。在兰开斯特那具无头尸的问题上，我不仅描述了从卡格尔那边得到的一些细节，还解释了那具尸体和茅坑里的骨头可能会有的关联。我概述了一下在熊的盗猎问题及

---

①杰里·加西亚（Jerry Garcia，1942—1995），二十世纪六十年代美国著名迷幻摇滚乐团“死之华”（Grateful Dead）的吉他手。此处的 Jerry Garcia tie 指的是以嬉皮风格的不规则晕染花纹为图案的领带。

濒临绝种野生动物的非法交易问题上，我从赫希·蓝姆洛和蕾切尔·门德尔松那里得到的信息。最后，我丢下了我的炸弹，说到野生动物局两个调查员的失踪事件。布赖恩·艾克和夏洛特·格兰特·科布。

我说话的时候，里纳尔迪拿出笔记本做记录。斯莱德尔听着，往前伸直了双腿，两只大拇指塞在皮带里。

有好几秒，大家都很沉默。接着希拉一拍桌子。

“有了！”

斯莱德尔的目光慢慢挪到她身上。

“有了。”她又说了一遍。

希拉拉开皮公文包的拉链，拿出几张纸放在桌上，手指翻到中间一张，停下，大声念出来。

“塞斯纳飞机底部的烧焦物质里含有北美黄连碱、小檗素、坎那定和5–羟小蘗碱。”

“用来制造阿华田的吗？”斯莱德尔问。

“北美黄连。”詹森说道。

我们都等着她说下去。

“北美黄连，又叫白毛茛。根和茎含有北美黄连碱和小檗素，因此被认为具有医学价值。彻罗基印第安人用这种植物消毒杀菌，治疗蛇类咬伤。易洛魁族人用它来治疗百日咳、肺炎和消化不良。早期的拓荒者用来做眼药水，治疗喉咙痛和口腔溃疡。对北美黄连的商业需求，大概从南北战争时期开始。”詹森翻查着她的记录，“现在它是北美地区最畅销的草药。”

“那玩意儿能用来干吗？”拉勒比对草药的轻蔑在他的语气里表露无遗。

希拉又回到她的文件上。

“治疗鼻塞、口腔疼痛和眼耳感染，或是局部消毒、通便和防止发炎，你自己选吧。有些人认为北美黄连能增强免疫力，并增加其他草药的疗效。有些人则认为它会导致流产。”

拉勒比嘴里发出啧啧声。

詹森抬起头来，看看我们有没有跟上她的思维节奏。

“我上网做了点小研究。”

她翻到第三页。

“由于密集采收，国内外市场上北美黄连已经出现了供不应求的状况。在二十七个州的原产地中，有十七个认为这种植物处于危险之中。过去十年来，它的批发价格已经涨了百分之六百。”

“找管花草的警察报警。”斯莱德尔说。

“北卡罗来纳州有北美黄连吗？”我问。

“有，不过只分布在几个地方。比如像空心黄连这个品种，只在杰克逊县的深山里有。”

“它快要在北卡罗来纳州绝种了吗？”

“是的。因为这种状况，种植和传播都要经过州政府批准。有没有听过《国际贸易公约》？”

“有。”听过三次了。

“你只有拿到《国际贸易公约》的许可，才可以出口人工种植的或野生的北美黄连。而要想拿到许可，你就必须证明你的根茎或种子来自合法途径，并且已经种了四年以上，绝对不是采自野外。”

“所以说，要想得到活的根部、再在这个国家种植，就很困难了？”里纳尔迪问。

“没错。”

“北美黄连有黑市吗？”我问。

“北卡罗来纳山区能找到的所有药草都有黑市交易，包括北美黄连。正因为黑市交易太过猖獗，阿巴拉契山区才会成立一个五人特别工作小组。”

“天哪，还真有管花草的警察。”斯莱德尔鼓着两颊，摇摇头，像放在车后窗上的玩具狗娃娃。

“五人特别组的成员分别来自国家公园管理局、林业局、北卡罗来纳农业局、北卡罗来纳野生动物局和鱼类及野生动物局。小组由美国检察署领导。”

每个人都在努力整合詹森的报告和我的发现，会议室里一片沉默。斯莱德尔率先开口。

“有些浑蛋在富特的农场交易毒品。我们知道这个是因为在那间地下室找到了证物，那么你是说那里也被用来走私死的动物？”

“我只是说有这个可能。”我回答。

“可卡因为主，动物当副业？”

“对。”我冷冷地说，“说不定那时候鸟还是活的。”

“那位名叫艾克的调查员已经越来越接近真相？”

“有可能。”我说。

“所以罪犯感觉到威胁，就杀害了艾克，把头和手丢在茅坑，身体则送到兰开斯特？”斯莱德尔听起来一副不相信的口吻。

“等牙科病历送来，我们就知道了。”

斯莱德尔转向詹森。

“你那架塞斯纳飞机也运送可卡因。你盯上了可卡因，已经在上面花了很多时间，为什么又开始关心草药的事？”

“企业家的副业。”

“像布兰纳说起鸟一样。”

我都不想费神去说什么。

“没错。”詹森说。

“为什么是北美黄连？为什么不是人参或是可以帮忙长头发、让那地方硬起来的东西？”

詹森看着斯莱德尔，仿佛在看她家猫碗里的一只死蜘蛛。

“北美黄连更合理。”

“为什么？”

“有人认为它能掩饰尿液里的药物成分。”

“是吗？”

“一点可卡因能把你变成摇滚明星？”

詹森和斯莱德尔盯着彼此的眼睛。有几秒钟，两人都没说话。接着，斯莱德尔把拇指又塞回腰带里去。

“我们一直在盯庞德尔。”

“结果呢？”

“我们还是更怀疑泰里或道顿。”

“也许要再想想看。”

我们五个人一起转头。霍金斯正站在门口。

“你们最好来看一下。”

23

我们跟着霍金斯穿过走廊，转过拐角来到一个隔间，里面有张轮床被放在秤上。轮床上有一个鼓鼓囊囊的大袋子。

霍金斯一言不发地拉开尸袋的拉链，把封盖翻过来。我们像在上野外课一样，都探头看去。

我的奶奶称之为灵异，号称这是家族特质。我认为这是一种逻辑推理的能力。

或许是因为霍金斯的表情。或许是因为我已经在脑子里想象过这幅场景。尽管我从没见过这个人，我却知道，我正注视着的是里奇·唐·道顿。

这个人的皮肤呈现出旧皮革的颜色，眼角、耳旁和嘴角都有一根根竖直的皱纹。他颧骨突出，鼻子宽大，深黑色的头发朝后梳去。松弛发紫的嘴里龇出一排参差不齐的黄牙。

里奇·唐·道顿的衣服敞着。我在他脖子的皱褶处看到两条金项链，右上臂有一个海军陆战队的标记，下方盘绕着“永远忠诚”四个字。

拉勒比扫了一遍警方的报告。

“嗯，嗯。是理查德·唐纳德·道顿。”

“狗娘养的。”斯莱德尔说出了所有人的心里话。

拉勒比把那份报告递给我。我走到詹森身旁，这样我们可以一起看。

拉勒比问霍金斯：“你刚推进来的吗？”

霍金斯点点头。

警方的报告里说，里奇·唐被发现死在住宅区一家汽车旅馆的床上。

“凌晨一点半左右，道顿带着一个女人在那家旅馆办了入住手续。”霍金斯说，“前台工作人员说他们两个看上去都喝醉了。清洁工今天早上八点左右发现了尸体。她敲了门，没人回答，就认为房间已经空了。我们说话这会儿，那个可怜的女人也许已经在看招聘广告了。”

“谁接了这个案子？”斯莱德尔问。

“谢里尔和巴克斯。”

“缉毒组的。”

“房间里的药物和皮下注射器多到足够开一间第三世界国家诊所了。”霍金斯说。

“难道道顿的午夜伴侣是位纯洁的玛丽姐妹，来拯救他的灵魂的？”斯莱德尔问。

“前台觉得那个女人是个妓女。”霍金斯说，“他说道顿以前来过。一样的事情。深夜开房。嫖妓。”

“嗑了药，嗑了运气，嗑了间房。”拉勒比说。

“看来里奇·唐的好运都用光了。”斯莱德尔把那份报告丢在尸袋上。

我看着那份报告在轮床上往下滑，卡在了里奇·唐昂贵的金项链上。

赖安在走之前，要我答应他一定告诉斯莱德尔或里纳尔迪那些电子邮件的事。虽然过了一晚，我的担忧减弱了许多，但神经仍然紧绷着。我更愿意将那件事当做某个网络变态的恶作剧，但我也承诺过不再让恐惧改变我的生活。一切应该照旧。不过我在这件事上和赖安持相同看法。

如果那个人真的是在恐吓我，凯蒂也会有危险。

那天的晚宴上，我试图让女儿戒备起来，但是凯蒂对邮件的事嗤之以鼻。我一坚持，她就恼怒起来，说我被工作弄得疑神疑鬼。

二十几岁，不怕子弹，不怕死。有其母必有其女。

在我办公室里，我描述了一番我、博伊德和凯蒂的那些照片。我承认自己昨天被吓坏了，而且今天仍然不安。

里纳尔迪先开口。

“那位收割者格里姆是谁，你一点头绪也没有？”

我摇摇头。

“我和赖安从美国在线服务器上追查到的信息只包括那些邮件是用转发器寄到我在夏洛特分校的电子信箱，再从学校转到我在美国在线的信箱。”

“最后那个步骤是你自己做的？”

“是的，我习惯把所有邮件转发过来。”我摇头，“你们永远也追查不到原发件人。”

“可以找到，”里纳尔迪说，“只是不容易。”

“那些照片是从星期三早上开始拍的？”斯莱德尔问。

我点点头。“可能是用数码相机拍的。”

“那就无法去照相馆追查了。”斯莱德尔说。

“电话可能是用公共电话打的。”里纳尔迪说，“你愿意我们帮你申请保护吗？”

“你觉得有用吗？”

我本以为他们会不当回事，或是毫无耐心。他们真诚的关心却让我有点不自在。

“我们会派人在你家附近巡逻。”

“谢谢。”

“你女儿住的地方呢？”斯莱德尔说。

我看到凯蒂坐在门前的秋千上，悠闲自在，毫无戒备。

“最好能有人巡逻。”

“就这么说定了。”

他们两个走了之后，我又问了弗劳尔斯太太。还是没有卡格尔的传真。弗劳尔斯太太向我保证，资料一传过来，就立刻拿来给我，一秒也不耽搁。

我回到办公室，专心处理积压的邮件和文件。半小时后，电话响了。我猛地抓起电话时，差点把可乐打翻在地上。

是弗劳尔斯太太。

卡格尔的验尸报告还没来，但是艾克的牙科病历送来了。拉勒比博士要我去主解剖室找他。

我到解剖室的时候，验尸官正在两个灯箱上整理 X 光片，每个灯箱上各有十二张小X光片展示上下颌的牙齿。乔·霍金斯给茅坑里的头颅和下巴照了一组。布赖恩·艾克的牙医提供了另一组。

只需要看上一眼。

"我觉得我们不需要找牙科法医来了。"拉勒比说。

"我也这么觉得。"我同意。

布赖恩·艾克的X光片显示上下排各有两颗臼齿出现齿冠和根柱，这清楚地告诉我们他镶过牙。

茅厕里那颗头颅的X光片则没有这类迹象。

沃利·卡格尔的报告周五没到。周六也没有。周日亦是如此。

我一天去梅克伦堡县医事检察所两次，还打两次电话到卡格尔的办公室、家和手机。

没有回音。

我一天查看电子信箱两次，看有没有人发图片给我。

有好消息，也有坏消息。

卡格尔没发照片。

收割者格里姆没发照片。

我整个周末都在想兰开斯特那具无头尸。如果那颗头骨和颅下的残骸属于同一个人，这个人就不是布赖恩·艾克。那么是谁呢？

茅坑里的头骨真的和兰开斯特那具无头尸骨同属于一个人吗？我曾经很确信，但这只是一种直觉。我没有确切的数据。会不会其实我们有两具无名尸体？

布赖恩·艾克出了什么事？夏洛特·格兰特·科布又出了什么事？

我也沉思着塔梅拉·班克斯和她家人的下落。班克斯一家都不是世故精明的人。他们怎么会突然失踪？他们为什么要这么做？

星期六早上，我去了一趟班克斯家。百叶窗还拉着。门前堆了一堆报纸。我又按门铃又敲门，但没人回应。

赖安每天打电话给我，告诉我他妹妹和外甥女的进展。哈利法克斯那边的情况并不乐观。

我告诉赖安里奇·唐·道顿的死讯，我和赫希·蓝姆洛谈起的盗猎及野生动物调查员失踪的事，还有詹森对北美黄连的发现。他问我有没有将电子邮件的事告诉斯莱德尔或里纳尔迪。我向他保证我说了，而且他们已经对我和伊亚的住所加强了巡逻和警戒。

每当我们挂断电话的时候，我都觉得家里变得格外冷清。赖安走了，他的东西，他的味道，他的笑容，他的厨艺，都走了。虽然他只在我这里待了几天，但他的存在填满了整幢房子。我想他。非常想他。远远超出我的想象。

除此之外，我只能“混日子”。这是我妈妈的说法。跟博伊德出去散步或跑步。跟博迪说话。护发。修眉毛。浇花。随时提防背后，时刻注意周围奇怪的声音。

星期六，凯蒂说服我一起去参加在阿莫斯举办的一个晚会，可以看到一个叫做周末远足的乐团演出。那个乐团热情十足，才华横溢，而且爆发力强得连在沙漠里侦测太空生命反应的仪器都能发现他们。观众都站着倾听，全都被吸引住了。其间，我在凯蒂的耳边喊着。

“没人跳舞吗？”

“有些怪胎也许会。”

我脑海里浮现出阿巴乐团的那首《舞会皇后》。

时代变了。

离开阿莫斯之后，我们去隔壁一家叫琴坊的酒吧喝杯睡前酒。我喝沛绿雅加青柠汁，凯蒂喝灰鹅马丁尼。纯的，呈黄色，加了橄榄。我女儿真的已经长大了。

星期天，我们母女一起做了手脚的指甲护理，然后到卡梅尔乡村俱乐部去打高尔夫球。

凯蒂曾经是卡梅尔游泳队的明星。她四岁时第一次游完全程，半自由式，半抓着游泳池的绳子。她是在卡梅尔的高尔夫球场和网球场上长大的。她还在卡梅尔的草地上找复活节彩蛋，看国庆日的烟火。

我和皮特曾在这里享用过自助餐，在除夕夜的旋转灯下跳舞，喝香槟，观赏冰雕艺术。我们在这里交到很多亲密的朋友。

尽管我在法律上仍是已婚，仍然可以使用那里的设施，但对我来说，那里总感觉很奇怪，像是来到一个似曾相识的地方。我所见到的都像是梦中的人，既熟悉又陌生。

那天晚上，我和凯蒂叫了比萨外卖，在家里看《拜见岳父大人》。我没问她选这个片子有没有什么深意，也没问起帕玛·卡曾斯的周末行踪。

星期一我很早起来，检查我的电邮。

还是没有来自卡格尔或是收割者格里姆的照片。

我带着博伊德到附近的街区溜达了一圈之后，就去了梅克伦堡县医事检察所，相信卡格尔的报告肯定已经放在我的办公桌上了。

没有传真。

到九点半的时候，卡格尔的所有电话号码我都已各打了四次。教授还是没有回应。

十点的时候，电话响起，我立刻跳起来接。

“你应该已经听说了。”

“听说什么？”

斯莱德尔听出我语气中的失望。

“什么？你是在等斯汀[1]的电话？”

“我在等沃利·卡格尔的电话。”

“你还在等那份报告？”

“对。”我把电话线缠在手指上，“太奇怪了，卡格尔说他星期四就会传过来。”

“沃尔特？”斯莱德尔把沃利这个名字念成三个音节。

“那是四天之前的事了。”

“或许那家伙在拉紧身衣的时候受了伤。”

“你有没有考虑过同性恋恐惧症的支持团体。”

“瞧，在我看来，男人就是男人，女人就是女人，每个人都该睡在自己出生时的帐篷里。你开始越界了，没人知道该去哪里买他们的女士内衣。”

我没指出斯莱德尔刚刚的越界。他用暗喻来嘲讽人。

“卡格尔还说要扫描那些骨头的照片，再用电子邮件发给我。”我说。

“真是见鬼了，现在什么都是用电子邮件。你要是问我，我就觉得电子邮件有点像巫术。”

我听到斯莱德尔屁股下的椅子发出一阵吱呀声。

“如果艾克被排除了，那么另外一个调查员呢？”

“帐篷不同。”

“什么？”

“另一个调查员是女的。”

---

①斯汀（Sting，1951— ），英国著名摇滚歌手。

“说不定你把骨头弄错了。”

真不赖啊，瘦子。

“茅坑里的骨头有可能，但兰开斯特那具无头尸不会。”

“为什么？”

“卡格尔曾经把骨头样本送去做 DNA 检验，釉原蛋白编码是男性。”

“又来了。巫术。”

我让他听一会儿沉默。

“你还在吗？”

“你想听我解释釉原蛋白编码，还是想继续留在十九世纪？”

“简短点儿。”

“你听说过 DNA 吧？”

“我又不是白痴。”

值得怀疑。

“釉原蛋白其实就是牙髓的基因座。”

“基因座？”

“DNA 分子上的一个地方，其中包含了特定的编码。”

“牙髓他妈的跟性别有什么关系？”

“没关系。但是女性中，基因左侧会有非必要 DNA 的小缺失，经过聚合连锁反应放大之后，产生的物质就比较少。”

“所以说这个基因座可以显示不同性别的不同长度。”

“完全正确。”我太惊讶了，斯莱德尔居然反应那么快，“你知道性别染色体吗？”

“女的有两个 X，男的是一个 X 加一个 Y。我就是这个意思。我们的性别是由老天爷掷色子决定的，你可改变不了。”

暗喻的味道更重了。

“釉原蛋白区域经过分析之后，”我继续说，“如果是拥有两条X染色体的女性，就会出现一道链。若是拥有一条X染色体和一条Y染色体的男性，就会出现两道链。其中一条和女性的一样大小，另一条稍大一点。”

“而卡格尔的尸骨是男性的。”

“没错。”

“而你手上的也是男的。”

“也许。”

“也许？”

“我的直觉说是，不过还没有明确的证据。”

“性别的智慧。”

“性别的智慧。”

“但不是艾克。”

“如果牙科病历正确的话。”

“但是那具尸体有可能啊。”

“如果跟头颅是同一个人的话。”

“你认为那是同一个人的。”

“听上去像。但我还没有见到照片或是原始的骨头。”

“会有什么原因让卡格尔改变主意，而且开始回避你的电话？”

“我们谈话的时候，他很乐于合作。”

这次是斯莱德尔让我等着。

“要不要到哥伦比亚玩玩？”

“我在台阶那边等你。”

24

离开梅克伦堡县医事检察所十五分钟后，我和斯莱德尔已经在去南卡罗来纳州的路上。七十七号州际公路两旁散布着一些廉价商店、餐厅和大商场，像是卡罗来纳版的诺加莱斯市或蒂华纳市。

派拉蒙的旋转车轮水上乐园。大卖场。麦克杜格尔平价酒店。美国文化遗产游乐园，现在已经荒废了，但这里一度是吉姆和塔米·菲建立的虔诚信仰上帝的聚集地，也是度假和购买廉价服饰的圣地。至于吉姆和塔米·菲所建组织的名字，究竟是指“赞美上帝”还是“敛财”，看法各一。

里纳尔迪选择去田纳西州的斯尼德维尔调查里奇·唐·道顿和杰森·杰克·怀亚特。里纳尔迪还打算去查那位驾驶员哈维·皮埃尔斯的身份背景，还要找小鬼庞德尔好好谈一谈。

詹森已经回迈阿密了。

斯莱德尔从来接我开始，就一直很少说话，像是宁愿听对讲机里的杂音，也不想听我的声音。我猜他的冷淡多半来自我那句同性恋恐惧症。

不说话挺好的，瘦子。

我们很快就在山路上爬行，四周是茂密的树林和披着葛藤的山。斯莱德尔一会儿敲着方向盘，一会儿拍拍衬衫口袋。我知道他需要尼古丁，但我需要氧气。虽然他时不时地叹气，清清喉咙，又敲方向盘又拍口袋，但我拒绝同意他点烟。

我们经过磨坊堡和岩石山的出口，过一会儿就要转入九号公路，朝东开向兰开斯特。我想着卡格尔的无头尸体，不知道能在他的实验室找到些什么。

我也想起安德鲁·赖安，想起我们以前一起去犯罪现场或弃尸地的时光。我更想跟谁一起去？斯莱德尔还是赖安？无法相比。

南卡罗来纳大学有八个校区，母校方方正正地坐落在州府城市的心脏区域。也许是这个棕榈州的奠基人很排外，也许是经费不足，也许他们只想让后代子孙在自家后院接受教育。

也许他们预见到了春假时常春花海岸的狂欢节，因此早在几世纪前就试图阻止这股相当与众不同的朝圣人流。

到哥伦比亚市之后，斯莱德尔把车子转入公牛街，再左转来到校区的边缘。他在访客停车区没找到车位，就把车停到教职员车位，关掉了引擎。

“要是哪个书呆子给我开罚单，我会叫他把罚单贴到他的PHD上。”斯莱德尔把车钥匙放入口袋，“博士，你知道这三个字母是什么意思，是吧？”

尽管我毫无兴趣，斯莱德尔还是提供了他的定义。

"堆得高一点，深一点[1]。"

离开那辆金牛座真是件无情的事。我们走过彭德尔顿街的时候，太阳亮得发白，路上蒸腾着滚滚的热气。在我们头顶上，树叶动也不动地垂着，像是无风的日子里吊在晒衣绳上的湿尿布。

南卡罗来纳大学人类学系位于一幢叫汉密尔顿学院的米黄色建筑物里。这幢建于一九四三年的大楼最初是为了激励作战，但现在它可以用来鼓舞自己了。

我和斯莱德尔找到系办公室，出现在那位秘书或是接待员面前。那个女人把视线从电脑显示器上移开，隔着一副艾娜女爵眼镜注视着我们。她五十多岁，前额有一团紫红色的蘑菇状东西，头发堆得比得克萨斯州初入社交界的女孩子还高。

斯莱德尔说要找卡格尔。

那个女人告诉他教授没来。

她最后一次看到卡格尔是什么时候?

上上个星期的周五。

后来卡格尔来过学校吗?

有可能，但她没有遇到。自上周五以来，卡格尔的信箱就一直是空的。她从那时就没见过卡格尔，后来也没有。

斯莱德尔问了卡格尔办公室的位置。

在三楼，但没许可证不能进去。

斯莱德尔又问了卡格尔实验室的位置。

在二楼。那个女人再度提到书面许可的问题。

斯莱德尔亮出胸前的徽章。

---

①英文为 Piled higher and deeper，缩写恰好也是 PHD。

那个女人仔细看了一下斯莱德尔的徽章，紧闭的双唇周围出现了道道皱纹，口红陷进皱纹里。她哪怕是看到“夏洛特-梅克伦堡”这几个字，也没有任何表情。她转过身，拨了一个号码，等了一会儿，按掉。再拨，又等了一会儿，然后把电话挂上。她夸张地叹了一口气，站起身，走到档案柜前，打开最上面的抽屉，取下几大串钥匙中的一串，查看着上面的标签。

我们不情愿的女主人带我们前往二楼。她走在我们前面，保持几步远的距离，想尽量减少和我们交谈的机会。我们穿过一条铺了地砖的走廊，拐了个弯，来到一扇镶有毛玻璃的木门前。玻璃上有一行粗黑的钢印字：人类身份鉴定实验室。

“你们到底想要什么？”她的大拇指来回摩挲着钥匙的圆形小标签。

“上星期四，卡格尔博士答应要传一份报告和一些照片给我。”我说，“我没有收到。我打电话找不到他，而这件案子又很紧急。”

“卡格尔博士整个夏天都在野外，只有周末会回来。你们确定他打算马上做这件事？”

“绝对确定。”

紫红色蘑菇上出现两道皱纹。“这个男人是非常传统，可以信赖的。”

那个女人转动钥匙的时候，弯下整个身体，仿佛暴露手腕的运动会触犯安全规定似的。她又直起身子，把门朝里推开，用一根涂了指甲油的手指指向我。

“别弄乱了卡格尔博士的任何东西。”她说，“有些是警方的证据。”

“我们会非常小心的。”我说。

“走的时候跟我说一声。”

她分别瞄了我们一眼后，就往走廊那头走去。

“这婆娘想念党卫军的召唤了。”斯莱德尔从我身边走过，进了门。

卡格尔的实验室跟我在夏洛特分校那间的早期版本很像，不过看起来更坚固一些，都是用橡木和大理石造的，而不是塑料模型和油漆金属。

我的目光在室内快速扫了一遍。

工作台。水槽。显微镜。灯箱。翻拍台。通风器罩。悬挂的骸骨。冰箱。电脑。

斯莱德尔歪着脑袋看向占据了一整面墙的储物柜。

“你想那个笨蛋会把什么东西锁在里面？”

“骨头。”

“我——的——天——哪！”

斯莱德尔在翻工作台上方没上锁的橱柜，我检查房间里唯一的一张桌子。这张桌子上只有一个吸墨纸。

桌子左边的一个抽屉里放着一沓各式各样的表格，考古学调查表、墓葬清单、骨科学随堂测验题、视听教学申请单。

中间的长抽屉里放着笔、塑料回纹针、纸夹、橡皮、邮票和硬币。

没什么特别的。

除了每样东西都放在各自的地方，标得清清楚楚，擦得干干净净。隔间里的每件物品也都排得如几何图形般精确。

“吹毛求疵的家伙。”斯莱德尔出现在我身后。

我查看了右边的两个抽屉。文具。信纸。打印纸。标签。彩色便利贴。

同样是些普通的办公用品，同样是可怕的整整齐齐。

“你的办公桌也这样？”斯莱德尔问。

“不。”我有一次在办公桌的抽屉里发现一条死掉的金鱼，解开了去年春天那件失踪案的谜团。

“我的也不可能这样。”

我很熟悉斯莱德尔的车，一点也不愿意去想象他办公桌的情况。

“有那份报告的踪影吗？”

我摇头。

斯莱德尔开始拉台子下方的抽屉，而我开始搜索桌子左边的档案柜。一个柜子里放着上课用的讲义，另一个则是刑事案件报告。

全中！

房间那头，斯莱德尔把一个抽屉砰的一声合上。

“我要出去呼吸一下新鲜空气。”

“好啊。”

我没对他提起档案。让他去外面抽烟更好，比他在我脖子后面吹气强多了。

档案是按年份摆放的，而和卡格尔检验兰开斯特那具无头尸骨同一年的还有二十三份卷宗。我找到两个月份符合的，但都不是那具无头尸。

我又找出前后年份的卷宗，一一扫过上面的标签。

那份报告不在这里。

十分钟后，斯莱德尔回来了，一身骆驼牌烟味、腋下的汗味和湿发乳味。

“我找到卡格尔的案件档案了。”

“哦，是吗？”

斯莱德尔俯身看过来，嘴里一股烟味。

“兰开斯特的报告不在里面。”

“也许沃利老兄放错地方了？”斯莱德尔问。

“不太可能，不过还是再找找看吧。”

斯莱德尔又继续砰砰地拉抽屉。

我回到办公桌旁查看布告栏。跟弗劳尔斯太太一样，沃利·卡格尔也坚持要每一张之间距离相等，每张纸都呈九十度角。

栏上有一张署名吉恩的人寄来的明信片，几张在考古挖掘点拍的宝丽来照片，三张猫的图片和一张名字后面写着分机号码的打印名单。

公布栏中央有一张手写的工作计划，每一条后面都标有日期。计划上星期四以前的部分都被划掉了。

“看这个。”我说。

斯莱德尔走到办公桌旁跟我一起看。

我指着其中一条卡格尔的待办事项：把照片和报告找出来给布兰纳。

“他是用尺子把办完的事划掉的？天哪，这家伙真是麻烦。”

“这不是重点。虽然那位秘书没看到，但卡格尔最迟上星期四来过这里。这件待办事项没被划掉，是意味着他一直没找到资料？还是已经找出来了，但忘了传给我？”

“看来这位沃利老兄不写下来再划掉就不肯去倒垃圾。”

“也许他有其他什么事。”

“或许。”

“也许另外有人拿走了档案。”

“谁？”斯莱德尔语带怀疑。

“我不知道。”

“有谁知道他有这种鬼东西？”

“卡格尔的研究生。”我脱口而出，斯莱德尔的态度让我变得无礼起来，“他在电话里给卡格尔念过那份报告。”

“也许卡格尔把东西拿回家，用家里的电脑发给你。”

“也许。”

“但是他一直都没发给你。”

很好，瘦子。专说大家都知道的。

“照片也没有。”

“什么都没有。”

斯莱德尔拉了拉裤带，它又溜回他腰上那个游泳圈的下方了。

“这该死的东西到底在哪儿？”

“好问题。”

“该死的那位好教授又去了哪儿？”

“你真会问。”

我开始担心卡格尔的安危。

我凝视着那台电脑和平板扫描仪。这套装备看起来像是在顽童合唱团还走红的时候买的。

斯莱德尔看着我走过去，按下“开”的按钮。当中央处理器开始启动时，那位得克萨斯小姐出现在门口。

“你觉得你在做什么？”

“我找到了卡格尔的案件档案，但我们要找的那一份却不见了。”

“所以你就想用他的电脑？”

“电脑也许能告诉我们那些照片有没有被扫描过。”

就在这个时候，电脑发出滴滴声，显示器上闪烁着输入密码的字样。

“你有密码吗？”我问得州小姐。

“我不能泄露密码。”她说得好像我向她要银行卡密码似的，“而且，我不知道。”

“还有人用这台电脑吗？”

“吉恩·鲁丁。”

“卡格尔博士的研究生？”

得州小姐点点头。一根头发也没移动。

“吉恩去了佛罗里达，要到秋季开学才回来。上星期五走的。”

一根抹了指甲油的修长手指指着那台电脑。

“而且扫描仪坏了。至少两周前，我就找电脑维修部的人来修了。”

我和斯莱德尔交换了一个眼神。现在怎么办？

“卡格尔博士上周有没有让你发过什么传真？”我问。

她那抹了指甲油的手指消失在两手交叉的胸前，屁股一扭，穿着凉鞋的一只脚往前一步。她的脚趾也跟手指一样炫目。

“我已经告诉过你了，我上周没见到卡格尔博士。而且，你知道我要负责多少教职工的事？多少研究生、本科生、书商和访客的事？什么人都来找我，我得处理多少事？”我想我和斯莱德尔都被拦在她的那句“什么人”上了，“地狱啊，我负责一半的学生咨询工作。”

“这肯定很麻烦。”我说。

“给教师发传真，不在我的工作范围内。”

“你肯定有很多访客。”

“那是免不了的。”

“上星期，有没有不寻常的人来找过卡格尔博士？”

“这不该由我来说。”

她到底是什么意思？

“那上星期有没有人来找过卡格尔博士？”

她沉默半晌，斟酌语句。

“我也许不赞成卡格尔博士的另类生活方式，”她说“另类”时拉长了语调，“但他是个好人，我从不质疑他的人际关系。”

“有人来见卡格尔吗？”斯莱德尔粗声粗气地问。

那位秘书扬起一边眉毛。“没必要这么粗鲁，侦探。”

斯莱德尔张开嘴。我打断他。

“你不认识卡格尔博士的客人？”

得州小姐点点头。

“他来做什么？”

“他找卡格尔博士，我告诉他教授出差了。”那位秘书耸了耸一边满是雀斑的肩膀，“然后他就走了。”

“你可不可以描述一下那个人的长相？”斯莱德尔问道。

“矮个子，黑发，头发很多。又亮又黑。”

“年纪呢？”

“我只能说，不是个小伙子。”

“有没有戴眼镜？有没有留胡子？”斯莱德尔的语气很尖锐。

“别跟我发火，侦探。”

那位秘书放下手臂，用手指弹打着裙子上并不存在的污点。这是她冷处理斯莱德尔质问语气的方法。

“没有八字胡，没有山羊胡，都没有。”

“你还记得那个人的其他什么吗？”我问。

“他戴着一副滑稽的太阳眼镜，所以我看不到他的眼睛。”

“那你看着他的脸的时候，看到了什么？”斯莱德尔瞪着她。

“我自己。”得州小姐把钥匙扔在桌上，“那是壁橱的钥匙。离开的时候把它还给我。”

接下来的四十分钟里，我和斯莱德尔找遍了剩下的每一个橱柜、抽屉和架子。我们没有找到那具无头尸体的报告，也没发现任何有关卡格尔下落的线索。

我沮丧地回到办公桌旁，随意在吸墨纸的塑料底部留下我的指纹。

什么也没有。

我抬起吸墨纸的一角，朝底下瞥了一眼。

下面有一张卡片。我拿起来。

卡片上的标志很像警徽。我正要看上面写些什么，得州小姐再度出现在门口，因为跑上楼梯而气喘吁吁。

“我刚跟卡格尔博士的同屋通过电话。”

一只颤抖的手扇着她面前的空气。

“卡格尔博士进了重病特别护理房，靠呼吸机系统撑着。”

得州小姐双手抱在胸前，看看我，又看看斯莱德尔，涂了睫毛膏的那双眼睛因为惊慌而睁大了。

“天哪，医生说他可能撑不过今天。”

25

卡格尔住在一间小砖房里，周围是一排同样的房子。这里离汉密尔顿学院很近。房子外有淡紫色的镶边饰，宽敞的门廊里摆着四张淡紫色的摇椅，排成一条直线。草坪被修剪过，每个边角都修得整整齐齐，像军人一样一丝不苟。

一棵老橡树伫立在房子右侧，树荫遮住了房子的右半边，树根像巨大的手指般蜿蜒伸入地下，紧紧抓住泥土支撑着躯干。走廊和门廊边的花圃里，几簇色彩鲜艳的一年生花草彼此推推搡搡。当我们走近房子的时候，牵牛花和金盏花的香味，还有一股新漆的味道让湿热的空气变甜了。

斯莱德尔走上阶梯，用大拇指戳戳连接屋子的一个绿色金属架。有人把花园里浇水用的水管卷起来，每个圈都整齐如一。

“我们应该来对了地方。”

几秒钟之内就有人来应门了。那个人比我料想的年轻，一头黑发上抹了发胶，用夹子固定，从前额往后梳，再用弹力发圈绑住。我猜他有三十四五岁，体重在一百四十磅左右。

“你们是夏洛特来的警官？”

斯莱德尔只是亮出警徽，不打算费口舌去纠正他。

“劳伦斯·卢珀。”卢珀后退一步，“请进。”

我们走进一个小门厅。门厅左边放着一台盖了罩子的电暖炉，正前方是木质的滑门，右边则是个拱道。卢珀领着我们穿过拱门来到客厅。抛光的橡木地板上放着各种靠垫和从陶瓷大谷仓买来的家具。在我们头顶上，一个木叶吊扇正懒洋洋地转动着。

“请坐。”卢珀伸出一只修过指甲的手，“不要客气。你们要不要来点冷饮？”

我和斯莱德尔弯腰在沙发两端坐下。客厅里一个插在插座上的分散器飘出一股人工花香。

卢珀拿起一张脚凳，放在墙边，考虑了一下位置，又重新放置了那张脚凳。

我听到身旁的斯莱德尔嘴里喷着气。我给了他一个警告的眼神。他两眼转了转，脑袋也随之转动。

卢珀解决了风水问题之后，回来坐在我们对面的椅子上。

“哦哦。多劳丽丝要被我气疯了。我觉得她有这个权利。”

“你说的是那位大学里的南部魅力小姐。”斯莱德尔说。

“嗯。沃利一倒下去，我就应该打电话给她，但是……”卢珀弯起一只脚，夹趾沙滩鞋在地板上发出轻微的啪啪声，“我没打。”

“你为什么没打？”斯莱德尔的语气锐利起来。

“我不喜欢多劳丽丝。”

“为什么？”

卢珀直视着斯莱德尔的眼睛。“她不喜欢我。”

那只脚又在地板上拍了几次。

“而且沃利不舒服的时候，他从来不想让任何人知道。他……”卢珀犹豫了一下，“……有病。”啪，啪，啪，“这个人不喜欢让人知道他的健康状况，所以我也没告诉别人他生病了。我觉得他会喜欢这种做法。”

啪，啪。

“但你们两个出现之后，多劳丽丝又打电话过来，嗯，我不能再隐瞒了。”卢珀在说“隐瞒”一词的时候，连拖了三个元音，“再瞒下去没有意义。”

“请告诉我们发生了什么事。”我说。

“其实没什么可说的。星期四晚上我回到家后，发现沃利蜷缩着倒在浴室的地板上。”

一只手抬起来，一根手指指向另一个拱道，和我们进入客厅时走过的那个正好成九十度角。

“就在那里面。他呼吸困难，满脸通红，几乎说不出话来，我只听到他说胸部很闷，就把他从浴室里弄出来。我吓坏了，我看到他已经呕吐了一阵子。”

那只手在卢珀胸前晃动。

“我把他弄进车子里。告诉你，这实在不容易。他两腿不停发抖，一直呻吟着说他快死了。”

我很奇怪他为什么不叫救护车，但我没有问他。

“我们到达急诊室的时候，他刚刚停止呼吸。”

我们等着听卢珀继续说下去，但他没有。

“医生给他戴了人工呼吸器？”我先开了口。

“嗯。沃利已经开始有自主呼吸了，但他醒不过来，现在也没有。”

“是心脏病发作吗？”我轻声问。

“我觉得是。医生不想告诉我太多。”啪，啪，“因为我不是家属，你知道的。”

头顶上那个吊扇嗡嗡地轻响着。人工花香味开始让人厌烦。

“我和沃利在一起很久了。我真的很希望他能挺过去。”卢珀的眼眶红了起来。

“我也这样希望。他是个好人。”

说得好，布兰纳。

卢珀两手的手指绞在一起，用一根大拇指抠着另一根。

“我想我应该给他妹妹打电话，但他们并不亲近。而且我一直认为他随时会醒来，向我要他的烟斗，到时一切就都好起来了。”

卢珀两腿分开，又交叠，鞋底又在地板上敲了几下。

“你们为什么到这儿来？”

“我星期四跟卡格尔博士通过电话，”我说，“他答应传真一份报告和一些照片给我。我一直没有收到。斯莱德尔侦探和我在想，也许他会把东西带回家里来弄。”

“他有时的确会在家里用笔记本电脑工作，但是我从来没有注意任何东西。”

“有没有什么文件夹，或是信封之类的？”

卢珀摇摇头。

“公事包呢？”

“沃利通常是会带一个公事包回来，还有他心爱的笔记本电脑。”啪，啪，“他没在家里弄台式机。”卢珀站起来，“我去他房间找找看。”

斯莱德尔慢吞吞地站了起来，伸出一只手。

“你们两个去教授的房间找，我去他的车上看看，怎么样？”

“随你。”卢珀耸了耸肩。

卢珀拿了一串钥匙，转过身，走向屋后。我跟着他。斯莱德尔从前门出去。

卡格尔的卧室干净得像加护病房，而且像强迫症患者整理过的那般整齐。令人大大出乎意料。

这次搜索只花了五分钟。我在卡格尔的梳妆台、桌子抽屉、衣橱和床下，都没看到档案和照片的踪迹。除此之外，没有其他地方可找了。我失望地跟着卢珀回到客厅。

“让我弄明白这件事，”卢珀再坐下的时候，把一只脚塞进大腿底下，“你星期四跟沃利通过电话？”

“是的。”我回答，“他那时候在博福特。”

“他开车回来就为了给你传那份报告？”

“他说他刚好也要回家。”

“嗯。”

斯莱德尔回到我们身边，摇着头。

“这事让你感到惊讶吗，卢珀先生？”我问。

“夏天的时候，沃利从不在星期四回哥伦比亚。他会一直在挖掘地待到星期五。所以我在家里看到他的时候，惊讶万分。”

“你一点也不知道他为什么会提前回来？”

卢珀伸出脚，双腿交叠，又用鞋底在地板上敲了几下。不过脚踝的动作比之前激烈。

“我整个星期都不在市里。”

“怎么回事？”斯莱德尔问。

“我是搞销售的。”

“卢珀先生，你卖什么？”

“泵。会抽水的那种，不是你穿在脚上的那个鞋子的牌子。”

如果卢珀是在表达幽默，那么效果还不是太差。

“我本来不到星期五不会回来，但是我跟客户的约见提前结束了。”

“谈成了一笔大生意？”斯莱德尔问。

“实话说，没有。”

“你来猜猜看，卡格尔会因为什么事而提早结束他在博福特的工作回家来？”

虽然冷淡地耸起了一边的肩膀，卢珀脸上还是透出紧张的表情。

“卢珀先生，我们来这里，是为了调查一件谋杀案。”我开口说道。

他深深叹了口气。

“沃利也许是为了约会吧。”

叹息声更重。

“和别人幽会。”他耸耸肩，“背着我。”

一阵长长的沉默。就连斯莱德尔也精明地没再开口。

“沃利和某个人约会。他们不知道我已知道他们在一起，其实我都看见了。上上个星期五，在学校附近的一个咖啡馆里。”

“然后？”斯莱德尔问。

“有些事情你看一眼就明白。”卢珀研究着他赤裸的脚趾。

“明白什么？”斯莱德尔的声音像剃刀一般尖锐。

卢珀抬起眼，盯着斯莱德尔的眼睛。

“不像在谈公事。”

“他们两个是在……”

“你可以描述一下那个人的长相吗？”我打断斯莱德尔。

卢珀用鼻子吸着气，眉毛往上扬。

“很漂亮。”

“你能说得具体点吗？”

“身材健美，一身古铜色的皮肤。”

“高吗？”

“不高。”

“有没有戴眼镜？留胡子？身上有刺青吗？”

一连串的摇头。

“头发呢？”

“休·格兰特的发型，染成了黑色。”他用鼻子吸着气，“看起来像是要去拍《GQ》的封面人物照似的。”

卢珀转了一下眼珠，然后重新交叠起双腿，又回去抠他的大拇指。

“你不认识那个人？”

摇头。

“你和卡格尔博士之间出现了什么问题吗？”我温和地问道。

斯莱德尔从他的唇边喷出气。我没理他。

卢珀耸耸肩，又用鞋底敲打着地板。“偶尔，但不严重。”

“卡格尔博士有可能跟我们说话吗？跟我们交流交流？”

卢珀站起来，走向一个矮柜，拿起电话拨了号码。等待过后，他问了卡格尔的情况，听着，向对方道了声谢，说他很快会赶过去，然后把电话挂了。

卢珀依旧背对着斯莱德尔，右手擦过两边的脸颊，深吸一口气。接着，他展开肩膀，手在短牛仔裤上擦了擦，转过身来。

“他还是昏迷不醒。”

斯莱德尔面无表情。

“哪家医院？”

卢珀有些被激怒了。

“里奇兰帕尔梅托健康医院。他在心血管加护病房，主治医生叫肯尼思·麦克米伦。”

斯莱德尔走向门口。我站起来，走到卢珀身旁。

“你能照顾自己吗？”

他点头。

我从皮包里掏出一张名片，匆匆写上我的姓名和手机号码，然后递给他，紧握着他的手。

“如果你找到了失踪的档案，请告诉我。卡格尔博士醒来的时候，也请打电话给我。”

卢珀低头看着那张名片，瞄了斯莱德尔一眼，又看着我说：

“我肯定会打给你。”

他转向斯莱德尔。

“你度过了非常特别的一天。”

卢珀的左手仍然紧握着电话，手腕上的青筋暴起，如同活着的橡树根。

我们一走到人行道上，斯莱德尔立刻点起一根烟。我坐在他那辆金牛座上，打开车窗，等他的骆驼牌香烟时间结束。

“你觉得有没有必要绕到医院去看一下？”我问。

斯莱德尔把烟蒂丢在地上，用脚碾熄。

“反正没坏处。”他一只手腕抹了抹额上的汗，用力拉开驾驶座的车门，把自己塞进方向盘后面。

斯莱德尔说得对。没有坏处。也没什么帮助。沃利·卡格尔就像卢珀说的那样，几乎是个活死人。

他的主治医生也无法解释。卡格尔的生命迹象稳定，心脏没有受损，白细胞数目、脑波图和心电图都是正常的。这个人的问题仅仅是醒不过来。

我们刚刚离开医院门口，斯莱德尔就开始了。

“听着像是皇后城有了麻烦。”

我没有回答。

“公主认为女伯爵背着他偷偷找别的姑娘。”

我还是不理他。

“而且那位吹着口哨的吉卜赛情人是个大美人。这让他很不高兴。”

斯莱德尔瞧见我的脸色，沉默了一会儿。但安静维持不了多久。

“想想，卢珀和那位盖世太保女秘书说的是不是同一个家伙？”

“有可能。”

“卡格尔就是要去和那个人幽会？”

“这也许是卢珀幻想出来的。其实可能是为了其他事情。”

“例如？”

我也问过自己同样的问题。

“可能是一个有潜力的学生。”

“盖世太保女秘书说来找卡格尔的不是个年轻人。”

“成年人也来大学注册上学。”

“如果他对某个课程感兴趣，他就会在系办留言。”

没错。

“说不定是某个工人。”

“为什么约在咖啡馆？”斯莱德尔问。

“也许是个卖保险的。”

“同上。”

“沃利·卡格尔是个成年人了。”

斯莱德尔不以为然。“那个家伙也许就是来找人度假的。”

斯莱德尔的同性恋恐惧症让我神经紧张。

“沃利·卡格尔可能不知道跟多少人一起喝过咖啡。”

“一个美男子，英俊得让接近他的人都挪不开眼睛？”

“很多人符合这种描述。”我打断他的话。

“是吗？”

“没错。”

“真人？”

“当然。”

“你认识吗？”

“我女儿的男朋友就是。”我想都没想，脱口而出。

“你确定他是男的？”斯莱德尔拍拍他的头发，甩甩一只手腕，为自己的笑话哼了一声。

我闭上眼，在脑海里找着歌词。老鹰乐队。《放松》。

我们开出哥伦比亚，下午四点的阳光仿若纸风车一般在树木间闪烁。我对斯莱德尔充满了反感，在回夏洛特的一路上，没和他说过一句话。他点起烟的时候，我只是把车窗摇下，继续思索着今天发生的事件。

为什么我会把帕玛·卡曾斯说出来当例子？这只是对斯莱德尔的言辞的条件反射？还是我的潜意识察觉到某个被我忽略的事情？

我不信任帕玛·卡曾斯吗？说实话，是的。

为什么？因为他在和我女儿约会？因为他看起来对自己的工作缺乏了解？还是因为他长得太帅，又住在哥伦比亚？

卡格尔在咖啡馆见的是谁？那位到人类学系去的访客又是谁？他们两人之中是否有谁和卡格尔那份报告的失踪有关？他们中是否有人该为卡格尔的病负责？卢珀和多劳丽丝说的是不是同一个人？

想来想去，我总会回到相同的问题上。

那份报告在哪里？

我发誓一定要找出来。

我的誓言很快就得到了回报，比我猜想的快得多。

26

斯莱德尔把我送到梅克伦堡县医事检察所的时候，是下午五点半。蒂姆·拉勒比正要下班。

“里奇·唐怎么样？”

“没有外伤。看起来像吸毒过量致死，但是我们还得等毒品化验报告出来。”

“找到长期吸毒的迹象了吗？”

“找到了。当然，那并不表示上星期五没人推了他一把。”

我把和斯莱德尔去哥伦比亚的事简单说了一遍。

“你说那位卡格尔住在哪里？”

我告诉了他。

“卢珀把他送到了里奇兰医院？”

“对。”

“怪了，那边有一家浸礼会医院，就在萨姆特和泰勒路上。”

“里奇兰不是最近的医院？”

“不是。”

“也许卢珀不知道那家医院。”

“也许吧。”拉勒比摇晃着脑袋，“亲爱的，人急起来就像没头苍蝇。”

“我正要打电话到兰开斯特县，看能不能找出点和卡格尔那份报告有关的事。”

“去吧，姑娘。”拉勒比推开玻璃门离去。

我在办公桌边坐下，查到号码，开始拨电话。

“兰开斯特县警长办公室。”

在自我介绍之后，我要求找负责人说话。

“代理警长现在不在。”

我用两句话概括了富特农场茅坑案和兰开斯特县无头尸案之间的潜在关系，以及我在拿到人类学解剖报告时遇到的难题，询问有没有其他人可以帮助我。

“我看看有没有其他警官在。”

暂停。几声咔嗒声后，一个女人的声音传来。

“苔莉·伍尔西。”

我重复了一遍之前的话。

“承办那个案子的人已经调职。你要和罗代理警长谈才行。”

“你了解那个案子吗？”

“我记得。无头尸骸，大约三年前在州立公园发现的。”

“我听说那时的警长不是现在这一位。”

“哈尔·柯波。落选后就到佛罗里达养老去了。”

“验尸官叫默里·斯诺？”

“没错。”她的声音透着提防。

“你认识斯诺先生吗？”

“是斯诺医生。他是个妇产科医生。我们这里没有全职的验尸官。”

“那现在的验尸官是哪一位？”

“詹姆斯·帕克。”

“也是医生？”

“帕克有一家殡仪馆。本地的一则讽刺故事，斯诺迎接生命，帕克送人归西。”

这个笑话听起来像是已经说过很多次了。

“帕克是个好相处的人吗？”

“他只做自己分内的事。”

“他有任何理由把那份验尸报告藏起来吗？”

“他没有和我提起过。”

该死的。试试看姐妹情好了。

“好了。”一阵令人沉痛的犹豫，“你瞧，我正和夏洛特的斯莱德尔侦探与里纳尔迪侦探一起办这个案子。”我是说，语气里透着几许淡淡的失望。“我说句实话，伍尔西侦探。我觉得他们没把我当成自己人。”

“你到底要说什么？”

姐妹情就这么点了。

“卡格尔博士的报告不应该就这样从系统里消失了吧？”

“有时候就会这样。”

“你也遇到过这种事？”

她没回答我的问题。

“那位法医当然会有存档，为什么不去跟他要一份副本？”

“我试过。卡格尔的健康出了问题，他手里的验尸报告和照片不见了。”

“什么样的健康问题？”

我告诉她卡格尔健康崩溃，接着就陷入了昏迷。

她沉默了很久，我只听到电话里传来警局办公室里的嘈杂声。

“那份验尸报告被人拿走了？”

“看来是这样。”

我听到她吸了几口气，接着是一阵沙沙声，像是她把话筒换了个手。

“明天能和我见个面吗？”又是一阵沙沙声，像是把嘴唇更凑近话筒了一些。

“当然可以。”我试着掩饰话里的惊讶，“总部是在佩奇兰路，是吗？”

“不要来这里。”

另一阵短一点的沉默。我们各自都在仔细思考。

“你知道一家叫做咖啡杯的店吗？就在七十七号州际公路下的莫尔黑德附近。”

“当然知道。”每个夏洛特人都知道那家店。

“我明天会去那里办点事。我们八点见。”

“我在柜台等你。”

挂断电话后，我在座位上坐了整整五分钟。

先是蓝姆洛，现在是伍尔西。那位侦探有什么话不能在兰开斯特说呢？

我回到家里时，博伊德和博迪正在书房睡觉。狗躺在沙发上，猫钻进了我书桌后面的书架上的一个小洞里。

一听到我的脚步声，博伊德立刻溜回地板，低下头，再抬起来瞧着我，舌头垂挂在下排牙齿上。

“嗨，大男孩。”我拍着手，蹲下身。

博伊德立刻跳了起来，两只前掌搭在我肩上，倾身开始舔我的脸。它那热情的力量把我撞倒在地。我翻过身，双手抱着头。博伊德在我身边绕了三圈，又想发动口水攻势。

我坐起身的时候，博迪正看着我们，尽一只猫之所能露出反对的表情。接着它站起来，拱拱身体，跳到地板上，消失在门厅里。

“听着，博伊德。”

博伊德呆滞了十亿分之一秒，便往后跳开，又绕了一圈。

“看着我，我的身材已经走样了。你认识赖安的，你觉得他怎么样？”

博伊德又绕着我跑了一圈。

“你说得对。我要运动。”

我跳起来，上楼去卧室换上一身运动服。当我再回到厨房、解开博伊德的皮带时，这条松狮犬兴奋得要命。

“坐下。”

博伊德试着来一个急刹车，但失去了平衡，身体一歪，滑到了一只桌脚上。

我抄近路到了拉德克利夫路，穿过自由公园，绕着湖跑了一圈，接着沿着西皇后大道跑回去。博伊德在我身边踏着步子，时不时在经过有特殊狗味的地方要我停下来。

八月下旬的下午，我们在路上跑着，经过推着婴儿车的年轻母亲、遛狗的老人，还有掷飞盘、玩橄榄球或是骑自行车的孩子们。

炎热沉闷的天气让我对声音特别敏感。我听见树叶在微风中的低语之声。孩子在公园里荡秋千的声音。一只孤单青蛙的声音。头顶野雁的声音。一阵警笛声。

虽然我一直保持警惕，我还是没看见手里拿相机的人，也没听到按快门的声音。我很庆幸身旁有博伊德陪伴。

回到沙伦府第的时候，我浑身都被汗水打湿了，心跳大概每分钟七百下。博伊德的舌头挂在嘴角，就像一片牛后腹肉排。

为了让身体平静下来，我允许博伊德照自己的步调嗅着周围的庭院。那条松狮犬从灌木丛穿到乔木里，再穿到花圃，不断完善着它那招“嗅—喷—躲”的技艺，还时不时停下来做深呼吸，然后抬腿小便。

为了保持我的新健康活动，我的晚餐只有一大盘色拉，那是安迪·赖安离开前买的新鲜农产品。博伊德吃的是褐色狗粮。

到了十点，我肚子饿了，只能从冰箱里挖出点酸奶、胡萝卜和芹菜来吃。这时电话响了。

“你还觉得我是全世界最英俊、最聪明又最有热情的男人吗？”

“你太迷人了，赖安。”

他的声音让我整个人活了过来。我像个孩子似的咯咯笑着，咬了一口胡萝卜。

“你在吃什么？”

“胡萝卜。”

“你什么时候吃生蔬菜了？”

“胡萝卜有益健康。”

“真的？”

“对眼睛好。”

“要是胡萝卜真对眼睛有好处，我怎么会在路上看到那么多死兔子？”

“你外甥女还好吗？”

“什么都不好。那个孩子和她妈妈把她们的《奥兹家庭秀》[1]弄得像是什么事也没有。”

“我很遗憾。”

“但这事不是完全没希望。我想她们听了我的话，再过几天这里就会没事了。我一直想再请一个星期的假。”

“哦？”我的微笑现在能在空气里四射出火花。

博伊德从它的碗里咬了满口狗粮，丢在我脚边上。

“我在夏洛特还有些事没办完。”

“真的？”我晃着我的脚。那些黏糊糊的饲料滚到地板上。博伊德吃了它们。

“私事。”

那团滚动的狗粮让我的胃泛起一阵恶心，但我仍注意到那句注解。

“胡赫好吗？”

“很好。”

“茅坑案有进展吗？”

我把哥伦比亚之旅说给他听。

“哎呀！和瘦子的共同旅行。”

“他是个尼安德特人。”

“看到死兔子了吗？”

“人类学系的秘书说有个人来找过卡格尔，是个黑发的矮个子，但她不认识那个人。卢珀也说他看到卡格尔和一个陌生人在一起。”

---

①一部极具时尚音乐元素的电视剧。针对年轻观众。

“特征相符吗？”

“大致吧。因为卢珀强调那个人非常漂亮。把他视作情敌。”

“我也经常遇到这种事。”

“那位秘书并没有特别提出那位访客相貌出众。”

“情人眼里出西施。”

“我觉得她的眼睛能瞧得出来。”

“医生找不出卡格尔的病因？”

“是的。”

我告诉赖安我和苔莉·伍尔西的谈话，还有明天早上的约见。

“她是个侦探，我可以肯定她没问题。”

“大家都是圣人和圣徒。”

“我不知道她想说什么。”

“胡思乱想可以是件危险的事。”

“这很古怪，赖安。”

“这很古怪。”

“别用这种高高在上的语气跟我说话。”

“我知道我想对你做什么。”

胃部一阵痉挛。

“还有没有再收到恐吓邮件？”

“没有。”

“他们还在你住家附近巡逻吗？”

“是的，还有伊亚家那边。”

“很好。”

“我开始觉得整件事的幕后黑手就是道顿。”

“为什么？”

“里奇·唐死了，电邮也停了。”

“也许。也许有人干掉了道顿。”

“谢谢你的安慰。”

“我是希望你小心一点。”

“我没想过那些。”

“你真能让人着急，布兰纳。”

“我擅长这个。”

“胡赫得到了足够的注意吗？”

“我们今天下午出去好好跑了一大圈。”

“哈利法克斯今天华氏五十二度。”

“夏洛特今天华氏九十四度。”

“戒酒女士，想我吗？”

来了。

“一点点。”

“承认吧，亲爱的。这个男人可以实现你的梦想。”

“你一语中的，赖安。我最喜欢穿皮裤的男人。”

“快乐的交手。”

挂断电话后，我打电话给凯蒂。

没人接。

我留了言。

博伊德、博迪和我一起看勇士队和小熊队的最后几局比赛。我吃完了那些胡萝卜，博伊德啃着那根生牛皮骨，博迪舔着酸奶盒子。它们有时候交换一下食物。亚特兰大勇士队果然厉害。

到了十一点，狗、猫和戒酒女士都累趴下了。

27

夏洛特有许多机构专注于维护和尊敬美。薄荷艺术博物馆。精神广场。麦吉尔玫瑰花园。猫头鹰餐厅。

莫尔黑德路和克拉克森路的交界处不在上述名单之内。虽然离雅痞聚集的时尚地带只有几个街区，但第三区的这个狭长地带还有待经历一番类似的新生，而高架桥、老旧仓库、龟裂路面和斑驳的大型广告看板仍旧是高于一切的建筑主题。

无关紧要。咖啡杯店里的生意繁荣得很。

每天早上和中午，各种黑人白人专业人士、公务员、蓝领劳工、律师、法官、银行家、地产经纪人，都接踵而至，挤到这家店里。这不是因为那里的气氛，而是因为厨艺——那一道道乡村菜肴实在让人觉得温暖，最终能留下你的心。

几十年来，咖啡杯一直属于一群黑人厨师。加入退出都很自由。这家店的早餐从来不变：鸡蛋、燕麦面包、腌肉、鲑鱼煎饼、牛肝泥，以及普通的培根、火腿、烤饼和松饼。午餐的时候厨师们就比较有变化。每日的菜单会写在两三块黑板上：炖肉、猪脚、乡村风味牛排、排骨、炸鸡、烤鸡，有时还配有水果布丁。蔬菜类包括羽衣甘蓝、花豆、卷心菜、沙锅西蓝花、南瓜配洋葱、奶油土豆以及豇豆。午餐的时候，除了松饼之外，还有玉米饼。

你永远不会在这里遇到开了多家节食减肥连锁店的珍妮·克莱格，黑眼豆豆合唱团的主唱菲姬也决不会来这儿用餐。

我七点五十分到达。停车场已经满额，于是我把车停在路边。

我从店里等候的人群中慢慢穿过，注意到每张桌子都坐满了人。我瞟了柜台一眼。七个男人。一个女人。娇小，褐色短发，长刘海，四十多岁。

我走过去，向她介绍自己。伍尔西抬起头，一对银绿色的耳环摇晃起来。

我们两个互相介绍自己的时候，柜台空出了两张椅子。坐在伍尔西旁边的两个男人挪了过去。他们口袋上方分别写着加里和加尔文。

我谢过加里和加尔文，坐了下来。一个黑人女子走向我，手里拿着铅笔和点菜单。让节食见鬼去吧。我点了煎蛋、松饼和三文鱼馅饼。

伍尔西的盘子已经空了，只剩下一个燕麦面包，上面抹着一团有伊利湖那么大的黄油。

“不喜欢吃这个？”我问。

“我一直试着喜欢。”她说。

女侍应生走回来，把咖啡倒进一个白色的厚马克杯里，再把杯子放到我面前。接着她把咖啡壶举在伍尔西的杯子上方，一手叉腰，扬起她的眉毛。伍尔西点点头。咖啡就倒进去了。

我吃东西的时候，伍尔西提供了一些她认为可以说的背景资料。她在兰开斯特做了七年侦探，之前是佛罗里达州彭萨科拉警局的制服警员。因为私事搬到了北部。所谓私事就是结婚。

我吃完早餐后，我们又续了一杯咖啡。

“把整件事告诉我吧。”伍尔西开门见山地说。

我感觉她不喜欢含糊其辞，所以我一一说清。火炉、熊骨、塞斯纳飞机、茅坑里的骨头、可卡因、金刚鹦鹉、失踪的野生动物调查员、无头尸，还有卡格尔的验尸报告。

伍尔西一会儿搅着咖啡，一会儿喝上一小口。在我说完之前，她一直没有开口。

“所以你认为你们在北卡罗来纳梅克伦堡县一间茅厕里发现的头颅和手骨，和我们在南卡罗来纳兰开斯特县立公园发现的尸骨，属于同一个人。”

“是的。但兰开斯特那具无头尸已经火化了，而且我也没能看到那份人类学的验尸报告和那具尸体的照片。”

“但如果你是对的，那个无名氏就不会是那位野生动物局的调查员了。”

“布赖恩·艾克。是的。他的牙科病历跟那颗头颅的牙齿状况不符。”

“但如果头颅和手骨不是属于那具无名尸，那么我们这位无名氏仍有可能是布赖恩·艾克。”

“没错。”

“如果你们还保留了那具尸体的话。”

“是的。”

“但有可能是那个死婴的母亲或是她的男朋友。”

“塔梅拉·班克斯或达利尔·泰里。没多少可能性，但你说得没错。”

“还有可能是参与走私毒品、熊胆和濒临绝种鸟类的罪犯。”

“是的。”

“就从发现熊骨和头颅的那个废弃农场里运货出来。”

“是的。”

“而那些贩子可能和用塞斯纳飞机运可卡因的那两个人有生意上的来往。”

“哈维·皮埃尔斯和杰森·杰克·怀亚特。”

“他们可能一直在替某个毒枭工作，那个人还经营脱衣舞酒店和野外探险营。”

“里奇·唐·道顿。”

“他死在夏洛特的一间廉价旅馆里了。”

“是的。你看，我正在努力把这些线索拼在一起。”

“别这么防备。跟我说说卡格尔吧。”

我说了。

伍尔西放下汤匙。

“我说的话只能传进你的耳朵里。明白吗？”

我点点头。

“默里·斯诺是个好人。已婚，有三个孩子。好父亲，从来没想过离开他妻子。”她喘了口气，“他去世之前，我们正在交往。”

“他多大？”

“四十八岁。他在办公室里昏迷不醒，送到急诊室的时候，心跳已经停了。”

“做解剖了吗？”

伍尔西摇头。

“默里家有遗传心脏病史。他哥哥五十四岁去世，父亲五十二岁去世，爷爷是四十七岁。大家都认为默里这事无可避免。他的遗体在二十四小时内就被领回来进行火化前的处理了。詹姆斯·帕克安排了所有的事。”

“就是代替斯诺成为验尸官的那位殡仪馆老板？”

伍尔西点头。

“这在兰开斯特县并不算不寻常。默里的心脏本来就不好，他妻子都快疯了，而他家里的人都希望事情早点结束。”

“而且当时没有验尸官。”

她从鼻子里笑了一声。“没错。”

“似乎太快了。”

“见鬼，快极了。”

伍尔西双眼抬起看着柜台前方，然后又转向我。

“这对我来说一点也不真实。也许我只是感到愧疚，或者孤单。我不知道这是为什么，但我去了急诊室，询问有没有什么东西可以让我送去做毒性筛检。我可以肯定，他们抽过血，而且还保留了样本。”

女侍应生给加尔文续咖啡的时候，伍尔西住了口。

“检验结果说，斯诺的体内有大量的麻黄素。”

我等着。

“默里深受过敏之苦。我是说，曾经。但他是个心脏有问题的医生，他决不会去碰任何含有麻黄素的东西。我有一次试着劝他到药房买点药，但他态度很坚决。”

“麻黄素对心脏不好的人有害？”

伍尔西点头。“高血压、心绞痛、甲状腺毛病和心脏病。默里清楚这些。”

她朝我这边倾身，压低声音。

“就在默里死前不久，他还在调查一个案子。”

“什么案子？”

“我不知道。他有一次要告诉我，但没说，后来就再也没说起过。两个月后他便去世了。”

她脸上滑过一丝我无法辨别的表情。

“我想他卷进了那具无头尸案。”

“你为什么不去调查？”

“我查了。没人把这当回事。他们都认定默里会在中年就心脏病发去世。他死了。没有任何神秘之处。故事结束了。”

“麻黄素呢？”

“大家都知道他有过敏的毛病。警长不想听阴谋理论。”

“他说这是阴谋理论？”

“他还说我接下去该说长满草的小丘和第二个枪手了。”

在我能开口之前，我的手机发出一阵颤音。我看了看号码。

“是斯莱德尔侦探。”

伍尔西把账单从我们的盘子底下抽走。

“我去结账，在外面等你。”

“谢谢。”

我在伍尔西身后穿过桌子，一边走一边接起电话。

“博士，是你吗？”我几乎听不到斯莱德尔的声音。

“等一下。”

伍尔西在收银台前排队。我走到外面的停车场。早上的天气热得让人喘不过气来，耀眼的蓝天里飘着几朵薄云。

“博士，是你吗？”斯莱德尔又说了一遍。

“是我。”他指望脱口秀主持人奥普拉·温弗莉来接电话？

“里纳尔迪昨天挺有进展。”

“我在听。”

“他或许能在你那些白骨里头加点肉。听懂了吗？白骨，不是熊骨[①]。”

“我知道。”

“我们花了很多时间跟踪调查，终于查出那位神秘的乘客就是杰森·杰克·怀亚特。斯尼德维尔的老太太说他是个猎鳄高手。她只说了这个。怀亚特的专长是猎熊。一个城里来的油头粉面的家伙参加了野外探险营，丢下一千美元，怀亚特就猎了一头熊给他当战利品。”

一辆车停了下来，一对黑人夫妻走出车外。女的穿着红色紧身迷你裙、粉色短上衣、黑色长筒袜和细高跟鞋。一身的肉从她衣服的缝隙里冒出来。那个男的手臂和大腿都是肌肉，但啤酒肚却表明他向腌肉和玉米饼投入了太多的爱。

斯莱德尔说话的时候，我看着那对男女走进咖啡杯。

“这又不违法。”我说。

“当然。要不是蒙主恩宠，这么快就召唤了他，另一个家伙就能做斯尼德维尔的商会主席了。”

“里奇·唐。”

“斯尼德维尔之光，唐纳德。”

“老太太已承认他们两个彼此认识？”

“里奇·唐安排他那位有天分但运气不佳的表兄弟在野外探险狩猎

①白骨（bare bones）和熊骨（bear bones）发音相同。

营做季节临时工，还经常让他出差。”

“出差？”

“看起来杰森·怀亚特的工作包括运送高利润的商品。”

“里奇·唐的飞机。”

“还有长途汽车货运。”

“你认为怀亚特在帮里奇·唐贩毒？”

“这能解释驾驶舱里为什么会有可卡因。”

“别开玩笑。”

“我会开玩笑吗？”

“里纳尔迪拿到搜查令了吗？”

“本来可以。可是那位老太太坚持要亲眼看着，不让任何人碰乱怀亚特的遗物。她让里纳尔迪开车带她一起去。”

“我会疯的。”

“所以杰森·怀亚特这个屠熊手可能一直给里奇·唐·道顿贩毒，还顺便卖卖熊胆。”

“老太太知道她孙子跟达利尔·泰里在电话里都说了什么吗？”

“不知道。”

“小鬼庞德尔招了吗？”

“还像个死猫一样嘴硬。”

“飞行员呢？”

“我们还在调查哈维·皮埃尔斯的身份。”

伍尔西正要走出门口，一个留着辫子、戴着金项链的高大男人也走到门边。他还戴着一副名家设计的太阳眼镜，明显价格很高。他有什么地方让我感到熟悉。

那个男人后退一步，让伍尔西先走，接着把太阳眼镜拉下来，目光追随着伍尔西一动一动的臀部。

斯莱德尔在说话，但我没在听。

我在哪里见过那张脸？

我的脑子开始做类型辨认。

当面见过？照片上？最近的事？还是很久以前？

斯莱德尔还在说话，但手机里他的声音很小。

伍尔西看到我脸上的表情，转过身看着咖啡杯。那个男人已淹没在店里。

“怎么了？”

我伸出一根手指。

“喂？”斯莱德尔发觉我没在听，试图引起我的注意。

我正想挂断电话回到店里，那个男人却又出现了，一手拿着白色纸袋，一手拿着车钥匙。他走到一辆黑色雷克萨斯旁，打开后车门，把食物放在座位上，然后砰的一声关上车门。

坐进方向盘后面之前，那个男人朝我们这里看了一眼。

没有太阳眼镜。脸正面全都露出来了。

我研究着他的脸。

拿掉辫子和卷曲的小马尾。

符合！

气温似乎在下降。四周的空气在压缩。

“天哪！”

“怎么了？”斯莱德尔。

“怎么了？”伍尔西。

“你能跟上那个家伙吗？”我用手机指着那辆黑色雷克萨斯问伍尔西。

“留辫子的那个人？”

我点头。

伍尔西朝我点点头。

我们急忙跑向她的车。

28

“布兰纳！”

伍尔西一个U形大拐弯冲上克拉克森路，我系上安全带，紧靠在椅背上，抵抗冲击力。

“到底发生了什么事？”

斯莱德尔语气非常激动，像是穿着睡衣的人晚上听到一声巨响后发怒的样子。

我把电话拿到耳边。

“我刚发现了达利尔·泰里。”

“你怎么知道那就是泰里？”

“我在班克斯家看过他的照片。”

“在哪儿？”

“他在咖啡杯买外卖。”

“那条路。”我指着莫尔黑德路对伍尔西说。

“你觉得自己在干什么？”斯莱德尔说。

“跟踪他。”

伍尔西无视禁止左转的标志，把车子向左甩，驶上莫尔黑德路，轮胎在地面上发出一阵尖锐的摩擦声。我看到那辆黑色雷克萨斯在我们前面一个街区半的位置。泰里也不遵守交通规则。

“别让他发现我们在跟着他。”我对伍尔西说。

她给了我一个“谢谢你的建议”的表情，再度专心驾驶，两手紧握在方向盘十点钟和两点钟的位置。

“天哪，你疯了吗？”斯莱德尔大声吼着。

“他也许能带我们找到塔梅拉·班克斯。”

“你他妈的离泰里远点儿。那个疯子要想干掉你，不费吹灰之力。”

“他不会知道我们跟着他的。”

“你在哪儿？”

伍尔西又来个大转弯，我紧靠在坐椅上。

“自由车道。”

我听到斯莱德尔呼叫里纳尔迪。接着他的声音发起颤来，像是在慢跑。

“上帝，布兰纳。你和你朋友为什么就不能去逛逛购物中心。”

我没兴趣回答这个问题。

“我要你马上停车。把这事交给警察。”

“我身边就是警察。”

“谁？”

“苔莉·伍尔西。她有警徽，什么都有。她从南卡罗来纳州来找我们。”

“你真让人头痛，布兰纳。”

“你不是第一个说这话的人。”

我听到砰的一声关门声，接着引擎转动起来。

“告诉我你们的位置。”

“我们正在塔克埃吉路上朝东开。”我说，“等等。”

伍尔西看到了刹车灯，放慢车速让自己落在后面。泰里向右转，伍尔西加速，也拐了弯。泰里在下个十字路口向左转。

伍尔西加速追上去，跟着左转。泰里在街区尽头右转。

伍尔西冲过去转了弯，但那辆雷克萨斯车却不见了踪影。

“可恶！”我们两个同时喊了出来。

“什么？”斯莱德尔问。

我们所在的地方，到处是蜿蜒曲折的街道和死胡同。我曾在这类迷宫里迷过好几次路。

伍尔西加速冲到一条小巷口后左转。

没有黑色雷克萨斯。

伍尔西在街道上疾驶，我注意看私人车道和停着的车辆。

没有黑色雷克萨斯。

到了下一个十字路口，我们两个都先看左边，再看右边。

“在那儿！”我说。

那辆黑色雷克萨斯停在路右边三分之二的地方。伍尔西向右转，把车滑到路边停下。

“妈的你们在哪儿？”斯莱德尔气得像中了风似的。

我把手机拿到耳旁，跟他说了地址。

“什么也别干！别干！什么事都别干！”斯莱德尔大吼。

“那我能叫中餐外卖吗？能叫人送点春卷到车上来吗？”

拇指一按，我挂了电话。

“你朋友对我们来这里有意见？”伍尔西问我，眼睛扫视着街道。

“他快气疯了。”

“他有点顽固？”

“瘦子[1]这个绰号可不是来自他内裤的尺码。”

我看了看四周。

除了有的地方钉了一些新的胶合板之外，这些房子看起来像从大萧条时期建好之后，就再没有变过。油漆剥落，铁锈和干裂犹如进行了一场竞走比赛一般，四处都是。

“你那位老兄不会是来参加扶轮社大会吧。”伍尔西评价道。

“不会吧。”

“他是谁？”

我告诉伍尔西，泰里是个毒贩子，与塔梅拉、她的婴儿和她失踪的家人都有关联。

“我没法不觉得所有的事都彼此关联。”我说，“我没有证据，但直觉告诉我，塔梅拉手里握有整件事的关键。”

伍尔西点点头，眼睛转来转去，观察着四周的状况。

泰里走进了一座房子。一个男人从隔着两个门的房子里出来。他戴着一条头巾，身上的黑色丝质衬衫敞开，里面是件脏脏的白色背心。从他身后走出一个穿着低腰牛仔裤的女人，肚子露在外面，像只褐色的大瓜。他们看起来都像是该去贝蒂·福特戒酒中心[2]待上一阵子。

我瞥了一眼手表。从我挂断斯莱德尔的电话到现在，已经有七分钟了。

一辆生锈的福特天霸从我们身旁开过去，在经过泰里的黑色雷克

①瘦子（skinny）一词也有小气吝啬的意思。

②贝蒂·福特戒酒中心，美国前第一夫人贝蒂·福特建立的戒酒治疗中心。

萨斯时减了速，接着开始加速，消失在巷子另一头的拐角处。

“你觉得有人在看着我们吗？”我问。

伍尔西耸耸肩，伸出手，把空调温度调低。冷风从送风口里猛吹出来。

检查时间。从我挂断斯莱德尔的电话到现在，八分钟了。

一群黑人青少年，穿着松松垮垮的裤子，鸭舌帽的帽檐戴在脑后，哼着说唱乐，大摇大摆地绕过拐角，走在人行道上，朝我们这边走来。他们看到伍尔西的车，互相用胳膊肘推搡着，聚在一起嘀咕。几秒钟之后，他们表演着握手特技，继续朝我们走来。

他们一靠近我们的车，其中两个少年跳上引擎盖，身体后仰，用胳膊肘撑着身体，双脚交叠，露出脚上的耐克鞋。第三个人绕到伍尔西所在的车门外，第四个来到我这边。

我注意到伍尔西的手离开了方向盘。她右臂微微抬起，放在身体左侧的手紧紧捏着。

我看了一下站在我这边的不良少年。他看上去十五岁，只比宠物雪貂大一点点。

那只雪貂示意我把车窗摇下来。我并没理他。

雪貂分开双腿，双臂环胸，透过太阳眼镜狠狠地瞪着我。我瞪着他整整五秒，接着挪开眼。

十分钟了。

雪貂的同伙年纪大一点，身上戴的金子足够给世界通讯公司[①]再度融资了。他弯起食指，用指节敲敲伍尔西那边的车窗。

“你们在这儿干吗？”他的声音在紧闭的车窗外几乎传不进来。

---

①美国历史上规模最大的破产案例。

我和伍尔西都没理他。

那孩子一只胳膊搭在车窗上，额头贴在窗户上。

“哟，白人姐姐。要帮忙吗？”

他说话的时候，只有右脸的肌肉在动，好像左脸得了面瘫似的，或是左边的颜面神经受过伤。

“长得不赖嘛，漂亮妈妈。把车窗摇下来，跟我聊聊吧。”

伍尔西朝他比了比中指。

那孩子把两只手都贴在车窗上。

伍尔西挥了挥左手让他滚开。

那孩子退后一步，一副小浑蛋的模样，看着伍尔西。

伍尔西瞪了回去。

十一分钟过去了。

那孩子绷紧双腿，两手紧抓住侧视镜，转头看着伍尔西。他半边嘴角笑着，眼里却毫无笑意。

我永远也无法知道伍尔西当时是想拔枪，还是想拿出警徽。就在那时候，斯莱德尔的金牛座绕过拐角，猛冲过来，摇摇晃晃地停在我们后面。

这些骚扰我们的小讨厌鬼虽然智商不高，但在一百码之外还是能认出警车。那辆金牛座的车门一打开，那两个侦察兵立刻从伍尔西的引擎盖上滑了下来，开始往街那头跑去。雪貂最后给了我一个随便你的眼神，追上了他们。

伍尔西旁边那位硬汉子直起身子，右手做出手枪的样子，朝伍尔西开了一枪，接着又像打鼓似的在引擎盖上拍了几下，就大摇大摆地跟着他的同伴离开了。

斯莱德尔朝我们冲过来的时候，两辆巡逻车跟上来停在金牛座后面。我和伍尔西走出车子。

“斯莱德尔侦探，我很高兴向你介绍伍尔西侦探。”我说。

伍尔西伸出一只手。斯莱德尔没理她。

伍尔西的手还停在半空中。我眼角瞄到里纳尔迪从金牛座里走出来，缓缓朝我们走来。

“她就是你说的那位侦探？”斯莱德尔朝伍尔西比了比大拇指。他满脸通红，额头上青筋暴得像个喷油井。

“冷静点，不然你血管会爆掉。”我说。

“你从什么时候开始关心起我的血管来了？”

斯莱德尔转头去找伍尔西麻烦。

“你在值勤吗？”

“兰开斯特。”

“这里的事跟你无关。”

“当然。”

这话似乎让他消了些气。里纳尔迪加入我们的时候，斯莱德尔马马虎虎地跟伍尔西握了个手。接着里纳尔迪和伍尔西握了手。

“你来这里有什么事？”斯莱德尔抽出一块手帕，擦着脸上的汗。

“我和布兰纳博士在吃早餐。你知道。突发状况。她让我送她来这里。”

“就这样？”

“到目前为止，就是这样。”

“嗯哼。”斯莱德尔转向我，“泰里在哪儿？”

我指指黑色雷克萨斯后面的那幢房子。

“你确定那个人就是泰里？”

“是的。他大概十五分钟前进去的。”

“我会让人守在屋后面。”里纳尔迪说。

斯莱德尔点点头，里纳尔迪往第二辆巡逻车走去。他和开车的人说了几句，接着车子掉头离去，消失在拐角处。

“现在你们照着我说的做。”斯莱德尔把手帕揉成一团，塞进裤子后面的口袋里。

“你坐这位优秀女侦探的雪佛兰，然后你们把车开走。去美甲沙龙。去上瑜伽课。去参加卫理公会的烘焙义卖会。我不管你们。但是我要你们能离这儿有多远就走多远。”

伍尔西抱着两臂，脸上的肌肉因为愤怒而僵硬起来。

“听着，斯莱德尔，”我说，“我很抱歉，如果我损伤了你敏感的自尊心。但是达利尔·泰里在那幢房子里。塔梅拉·班克斯和她的家人也许跟他在一起。也许他们已经死了。无论是什么状况，泰里都有可能带我们找到他们。但前提是我们跟上了他。”

“我都没想到这些。”斯莱德尔的声音透着讥讽。

“那就想想吧。”我回道。

“听着，布兰纳博士，你还在给你的芭比娃娃换舞鞋的时候，我就在抓罪犯了。”

“你找到泰里的速度没打破任何纪录吧？”

“我们也许不能这么大声。”伍尔西说。

斯莱德尔盯着她。

“你是在教我如何办案？”

伍尔西瞪了回去。“发火没有意义。”

斯莱德尔看着伍尔西，就像是以色列人看着巴勒斯坦游击队员。伍尔西眼睛都没眨一下。

里纳尔迪又回到我们身边。我从伍尔西的肩头看过去，发现那辆黑色雷克萨斯后的房子里，前面一扇窗户的窗帘动了一下。

“我觉得有人在看我们。”我说。

“准备好了吗？”斯莱德尔问里纳尔迪。

里纳尔迪解开夹克，转身向剩下那辆巡逻车上的警员做了个“上”的姿势。两扇门立刻打开。

就在那时，那幢房子的前门突然被推开。一个人影飞快地冲下台阶，朝街上奔去，消失在对面的人行道上。

29

斯莱德尔的血管没有爆裂。他也没抓到达利尔·泰里。我记得很清楚，当时的情形是这样。

斯莱德尔和里纳尔迪立刻追到街上，双腿不断摆动，领带朝后飞。两个制服警员几秒钟之内超过了他们。

当他们四个人全朝黑色雷克萨斯对面那排房子追出去之后，我和伍尔西互看一眼，立刻钻进优秀女侦探的雪佛兰里。

伍尔西在街上疾驰，转弯的时候轮胎都在尖啸。我紧紧抓住把手，靠在椅背上。又一个急转弯之后，我们来到一条巷子里。碎石子不断从我们的轮胎下面溅起来，打在我们左右两边的大型垃圾桶和生锈的汽车底盘上。

“在那儿！”我看见里纳尔迪、斯莱德尔和其中一位警员大约在十码开外的地方。

伍尔西加速，接着踩急刹车。我前后摇晃着，迅速看懂了当时的情势。

里纳尔迪和一位制服警察叉开腿站着，用枪指着地上扭打成一团的两个人。斯莱德尔弯着腰，手放在膝盖上，大口喘着气。他脸色发紫，而里纳尔迪脸色苍白。

“警察！”里纳尔迪双手握着枪，喘着气说道。

地上那两个人像一只被钉牢的蜘蛛，警察在上，猎物在下。两个都大喘着气，背上全湿透了。我看见那位警员的右肩下面有碎石子、手机碎片和扎辫子用的发圈。

“别动！”那位站着的警员大声喝道。

扭打又开始了。

“别动！浑蛋！”那位站着的警员再度喊道。

一阵模糊的抗议声。那团隆起物在人行道上蠕动。

“停止抵抗！不然我就把你的毒鸟蛋打爆！”

地上那位警察抓住那家伙的手腕，把他的胳膊扳到背后。又一声抗议，缠斗结束了。那名警察收回手去拿皮带上的手铐。

小辫子猛地一动，使劲跳起来，从那位警察手里挣开。他朝路边滚去，获得自由之后跌跌撞撞地爬起来，半弯着腰摇摇晃晃地跑着。

伍尔西毫不迟疑地挂上倒车挡，加速后退，然后前进，用那辆雪佛兰封住巷子。

地上那位警察飞快地站起来，跑向巷子深处。他和他的搭档同时追上那个人，把他推到伍尔西的车旁。

“你个浑蛋，别动！”

刚才与他扭打的那位警员再次把那个人的一只胳膊扳到背后。我听到那个人的头当的一声撞在汽车顶盖上。

我和伍尔西下车看着那个趴在她车上的人。他的手腕被铐住，另一位警察的枪抵着他的太阳穴。

按住他的那位警察大口喘着气，踢开那家伙的腿，搜他的身，找到了一把格洛克九毫米半自动手枪和两个密封袋，一袋装着白粉，另一袋装着白色小药丸。

那位警察把那把手枪和两袋毒品扔给他的搭档，理了理自己的衣领。他的搭档接过东西，往后退了一步，枪口挪到那个人的胸口。

达利尔·泰里瞳孔放大的眼睛注视着我们，一边的嘴角在流血。他的金项链缠在一起，辫子像是刚刚擦过运动场的抹布。

斯莱德尔和里纳尔迪把枪放进皮套里，向泰里走去。斯莱德尔仍然喘得很厉害。

泰里目光闪躲，不断挣扎，像是不知道该把他的脚怎么站才好。

斯莱德尔和里纳尔迪两臂抱在胸前，注视着泰里。侦探们都一言不发，动也不动。

泰里一直低头看着地面。

斯莱德尔掏出一包骆驼牌香烟，手轻敲了一下烟盒，嘴巴叼出一根烟来，然后把那包烟丢向泰里。

“抽吗？”斯莱德尔的脸像被烫伤了似的，双眼充满愤怒。

泰里僵硬地摇摇头，小马尾在他脖子上面摇来晃去。

斯莱德尔点了烟，吸一口，双手放在屁股上，吐出一口烟圈。

“可卡因和摇头丸。打算买一送一？”

“我不贩毒。”泰里含糊不清地说。

“抱歉，达利尔，我听不见。”斯莱德尔转向他的搭档，“埃迪，你听到了吗？”

里纳尔迪摇摇头。

“你说什么来着，达利尔？”

泰里瞄了斯莱德尔一眼，但巷子里的那点阳光正落在斯莱德尔背后。刺眼。泰里把脸转到一旁。

“那些狗屁玩意儿不是我的。”

“我只有一个问题，达利尔。这些东西在你的裤子里旅行吗？”

“我是被陷害的。”

“那谁会干这种事呢？”

“我是出来混的，总会有敌人。你懂我的意思吧？”

“是，我懂。达利尔，你是个硬汉子。”

“你们在我身上什么也找不到。我只是个跑腿的。”

“你跑什么腿？”斯莱德尔说。

泰里耸耸肩，脚跟踢着地上的碎石。

斯莱德尔吸了口烟，把烟头丢在地上，踩熄。

“达利尔，你在给谁跑腿？”

泰里又耸耸肩。

“达利尔，知道我是怎么想的吗？我认为你在黑吃黑。”

泰里在他那鹅脖子一样长的颈子上摇晃着脑袋。

斯莱德尔失望地叹了口气。

“达利尔，这些问题这么难回答吗？”

斯莱德尔转向他的搭档。“你怎么看，埃迪？是不是我们的话太让人不知所云了？”

“可以换个方式问。”里纳尔迪说，“我参加讯问技巧进修班的时候学到的。改变方法。”

斯莱德尔点点头。

“这么问如何？”斯莱德尔转向泰里，“你为什么要杀了塔梅拉·班克斯和她的孩子？”

泰里的眼睛里露出第一丝恐惧。

“我什么也没做过。我们以前是一对。”

“以前？”

“谁都知道这事。我和塔梅拉，我们是一对。我为什么要伤害她？”

“这可真不错，埃迪，不是吗？我是说，成一对是件很好的事，你不觉得吗？”

“你只需要爱情。”里纳尔迪表示同意。

斯莱德尔又转向泰里。

“但是你知道，达利尔，女人有时候眼睛会到处飘，你知道我什么意思吧？”斯莱德尔夸张地眨眨眼，“我的想法是，一对儿就是一对儿。男人有时得把女人给看好了。哎，我们都是过来人了。”

泰里把头歪到一边。“打女人只会把事情弄糟。”

“也许就打一小巴掌？或是在腰上捶一拳？”

“没这回事。我不会干那种混账事。”

“那打小孩出气呢？”

泰里继续用脚跟踢着石头，头又转到另一边，目光落在地面上。

“狗——屎。”

斯莱德尔扬起眉毛，故作惊讶。

“达利尔，我们说了什么冒犯你的话吗？”

斯莱德尔转向他的搭档。

“埃迪，你觉得我们冒犯了达利尔吗？还是这位硬汉先生有什么秘密不愿跟我们分享？”

“我们都有自己的骨头。”里纳尔迪和他一唱一和。

“是。可是达利尔家的骨头却在一个巨大的脏火炉里。”斯莱德尔看着泰里。

“我没对塔梅拉做任何事。”

“那个婴儿出了什么事？”

“他死了。”

“那个火炉似乎是个伤感的纪念？”

泰里的脚跟在地上踢了一下。

“哥儿们，你们为什么要找我麻烦？”

“我们真的很抱歉，达利尔。我们知道这一耽搁可能会耽误你参加老鹰童子军。”

泰里移动着身体的重心。

“也许我是做了点小生意，但那并不表示我知道塔梅拉出了什么事。”

“小生意？我们刚才在你身上找到的可卡因和摇头丸，都足够让我那三个外甥念完哈佛大学了。”

斯莱德尔朝前走了两步，脸离泰里只有几英寸。

“泰里，你这下麻烦大了。”

泰里想往后退，但那辆雪佛兰挡住了他，让他没法躲开斯莱德尔呼出的气。

“你知道杀婴的人能在牢里活多久？”

泰里拼命扭动脖子，朝后转脸，都要把他脖子扭断了。

“我告诉你，大概三个月吧。”斯莱德尔，扭过头去，对里纳尔迪说，“埃迪，我说得对吗？”

“差不多。如果你身子硬朗的话，也许能撑四个月。”

“就像达利尔这种。”

“对。”

我再也忍不下去了。

“别胡扯了。”我终于忍不住开口，“你知道塔梅拉在哪儿吗？”

泰里歪过头，越过斯莱德尔的肩瞥了我一眼。我们的视线一度交会。虽然只有一瞬，但已足够。我感觉我看进了一片黑暗而空洞的地狱。

泰里一言不发地转过脸去。

“拜托了，”我对着他的侧脸说道，“现在救你自己还来得及。”

泰里鼻子喷着气，不断换着重心，耸耸肩，一副满不在乎的模样。

一个可怕的想法在我脑子里转个不停。塔梅拉和她的家人都死了。这个男人知道这件事。

他知道很多事。

看着泰里被带走时，一阵冰凉又恶心的感觉淹没了我。

我回到梅克伦堡县医事检察所，发现蒂姆·拉勒比办公室的门开着。我猜他是不是在等我。我经过他门口的时候，他叫住了我。

“听说你想在《纽约重案组》里抢镜头。”

我走进他的办公室。

“他们说你想盯泰里的梢，斯莱德尔不得不阻止你。”

“斯莱德尔阻止不了任何人。我觉得我哪天要给他做人工呼吸。”

“泰里说了什么有用的吗？”

“他就和圣女小德兰一样无辜。”

“在卢尔德教堂遇到圣母的那位小女孩？”

我点头。

“精辟的比喻。”

“我的老师是修女。”

“本性难移。”

我翻了个白眼。

“现在怎么办？”拉勒比问。

“他们一办完收押手续，里纳尔迪和斯莱德尔就会开始盘问泰里，让他跟小鬼庞德尔对质。总有一个人会招的。”

“我赌庞德尔。”

“赌得好。问题是，庞德尔知道多少？”

拉勒比脸上露出孩子炫耀秘密时的表情。

“猜猜谁进了储藏室？”

这是拉勒比提及送到停尸房暂放的遗体的方式。临时储藏间。

“里奇·唐·道顿。”

“老话了。”

“奥萨马·本·拉登。”

“比那个还好。”

我给了他一个快说的手势。

我没想到会听见那个名字。

30

“布赖恩 · 艾克。”

我有一种坐在过山车上往地面冲去，惊恐尖叫时那种颠簸崩溃的感觉。我脆弱如牙签塔的推论正在崩塌。

“你确定？”

“在艾克的车里发现了尸体，还有许多证件。牙齿资料完全吻合。”

“可是那颗头颅，还有兰开斯特那具无头尸……”我急促地说。

“都不是艾克的。你已经知道那颗头颅不是他的，现在那具无头尸也可以确定不是了。”

“怎么回事？在哪儿？”我太过惊讶，话都说不完整。

“在克罗德山州立公园的一个小湖里打捞出了他的车。”

“艾克在克罗德山干了什么？”

“开车时走了神。”

“过了五年才被人发现？”

“显然那个湖不受欢迎。”

“现在又是怎么找到的？”

“那地区发生了干旱，水位一直在下降。一个小孩从堤岸那里滑下去，要不就是从防波堤摔了下去，或者其他什么见鬼的事。车子不知是滑落堤岸，还是掉到防波堤下，反正就是那么回事。车子就在离停船码头两码的地方，车顶露出水面大约二十英寸。”

这种事经常发生。一对夫妻离开一家餐厅后，消失了。两年后，他们的本田极品车附件在池塘底被人发现。一个老爷爷把孙子送到之后，自己开车走了。下个圣诞节的时候，他的本田在高速公路下的排水沟里被人发现了。一位妈妈松开了SUV的刹车，车子冲进水库，车里还有几个男孩。四个月后，一艘船的螺旋桨撞到金属，车子和遇害者才从烂泥里被打捞起来。

每年都有成千上万的人开车经过，或打高尔夫球，或骑自行车，或走路经过事故现场。没有人发现异状。直到后来，有一个人发现了。

“车窗摇上去了，车子是密封的，鱼蟹都进不去。”拉勒比继续说，“想想艾克在水里泡了那么久，他的尸体看起来就没那么糟糕了。”

“在哪儿？”

拉勒比误解了我的意思。

“在后座。”

“尸体送到教堂山了吗？”

拉勒比摇摇头。

“他们的病理学家们，两个休假，一个病假。负责人问我可不可以在这里验尸。”

我心不在焉地点着头，思绪还绕在那些不属于布赖恩·艾克的骨头上。拉勒比看出了我的心事。

“这个消息让你为茅坑头骨和兰开斯特无头尸的事烦恼了？”

“是。”

“拿到你一直在等的那份报告了吗？”

“没有。”

拉勒比等我整理思绪。电话响起的时候，他还在等。他犹豫了一下，伸手接起电话。

我回到我办公室继续思考。思路不畅。我试着加了杯咖啡。但没有帮助。

我打开笔记本电脑，想借着网络字节来组织这十一天来我所知道的事情。

分类：地点。富特农场。飞机失事地点。南卡罗来纳州兰开斯特县、南卡罗来纳州哥伦比亚市、克罗德山州立公园。

兰开斯特那具无头尸不也是在一个州立公园里发现的？我做了个记号。

分类：人物。塔梅拉·班克斯。哈维·皮埃尔斯。杰森·杰克·怀亚特。里奇·唐·道顿。达利尔·泰里。小鬼庞德尔。沃利·卡格尔。劳伦斯·卢珀。默里 ·斯诺。詹姆斯·帕克。布赖恩·艾克。

范围太广了。我试着再细分。

坏人。哈维·皮埃尔斯（已死）。杰森·杰克·怀亚特（已死）。里奇·唐·道顿（已死）。达利尔·泰里（被捕）。小鬼庞德尔（被捕）。

受害者。

这个分类行不通。名字后面有太多的问号。我再细分两类。

确定的受害者。塔梅拉·班克斯的孩子。茅坑头骨和手骨的主人。兰开斯特无头尸。

可能的受害者。塔梅拉·班克斯和她的家人。沃利·卡格尔。默

里 · 斯诺。布赖恩 · 艾克。

塔梅拉 · 班克斯和她的家人属于这类吗？他们是真的受到伤害，还是说只是吓得躲起来了？

塔梅拉 · 班克斯的婴儿不属于这类吗？那个婴儿有没有可能只是自然死亡？我根据骨头判断出婴儿已经足月，但也有可能是胎死腹中。

卡格尔是真的病倒了，还是说他的昏迷是由其他事情引起的？去学校找卡格尔的那位不知名的访客就是卢珀在咖啡馆里看见的那个人吗？卢珀为什么不把他的伴侣送到最近的医院？卡格尔那份验尸报告去哪儿了？

默里 · 斯诺是自然死亡吗？这位兰开斯特的验尸官生前有没有对他手头那具无头无手的尸体再度展开调查？为什么呢？

道顿属于这类吗？道顿死于吸毒过量。这是他自己干的？还是有人给他注射的？

我毫无头绪。

我拿了纸笔，开始连线。我在道顿和怀亚特之间画了一条线，在上面写上“亲戚”二字。接着我把线延伸到皮埃尔斯名下，在这三个名字上写下“塞斯纳”。

我把泰里和庞德尔用线连起来，写上“富特农场”，把那条线延伸到“茅坑头骨”，接着我连到塔梅拉 · 班克斯的名字上。

我把泰里连到道顿—皮埃尔斯—怀亚特那条线上，写上“可卡因”。

我在卡格尔、斯诺和兰开斯特无头尸之间画了一个三角，接着连到富特农场的茅坑头骨，再拉出一条线来，加上熊骨和羽毛两个节点。我又往上画了一条线，连到杰森 · 杰克 · 怀亚特上，再加了一条线，在末端写上“布赖恩 · 艾克”和“夏洛特 · 格兰特 · 科布”。

我注视着这张手绘图，人名与线条交错犹如一张蜘蛛网。

我是不是在把不相干的事硬凑在一起？毫不相干的人物和地点？我想得越多，越为自己了解的事实太少而感到沮丧。

我又回到笔记本电脑上。

可能的受害者。布赖恩·艾克。

茅坑头骨和兰开斯特无头尸，都和这位失踪的野生动物局调查员无关。艾克是开着车掉下码头淹死的。我正想把他的名字从这一栏里划掉，突然脑子里冒出一个疑问，让我停了手。艾克的尸体为什么是在后座？

这是一个可以着手的问题。我把椅子往后一滑，起身去寻找答案。

拉勒比正在解剖室做事。我一进去就知道了原因。

艾克的皮肤上到处是淡绿色和褐色的斑点，大部分的肉已经形成了尸蜡。暴露在空气中，也没有让他的状况稍好。

他的肺部残余成为外扩的薄片状放在解剖台下的软木树皮板上。其他腐烂的器官放在一个天平上。

“有什么发现？”我浅浅吸了几口气问道。

“普遍的尸蜡现象。肺部凹陷腐烂。气管里有液体腐烂。”拉勒比的语气跟我的心情一样沮丧，“空气层的残余看起来被稀释了，但也可能是由于气泡的缘故。”

拉勒比把艾克胃里的东西挤进一个广口瓶里，然后把样本交给霍金斯。我就在一旁等着。

“意外溺水？”

“我没发现其他迹象。指甲破裂，看起来手上擦破了皮。这个可怜的家伙一定曾经挣扎着想逃出车外，也许是想打破车窗。”

“有没有办法确定他绝对是溺水而亡？”

“尸体在水里泡了五年，很有难度。我想，可以做硅藻测试。”

“硅藻？”

“浮游生物、淡水或海水沉积物上的微生物。宇宙大爆炸之后不久就存在了的生物。数以亿计。事实上，有些土壤完全是由这些小东西构成的。听说过硅藻土吗？”

“我妹妹用来过滤她的池子。”

“就是这个。这东西被挖出来做商业用途，制作成磨砂和过滤器。”

拉勒比打开艾克的胃进行检查，继续说道。

“在放大镜下面看硅藻，非常有趣。这些硅质细胞有各种各样的形状和轮廓，非常漂亮。”

“告诉我硅藻和溺水的关系吧。”

“从理论上来说，每个水域都有自己特定的硅藻家族。所以，如果在器官里找到了硅藻，那么这个人就是淹死的。有些法医甚至还认为可以找出死者溺水时的特定水域。”

“但你似乎不太相信。”

“我有些同事有很多硅藻储备。我没有。”

“为什么？”

拉勒比耸耸肩。“硅藻可以吃。”

“如果我们可以在一根长骨的骨髓腔里找到硅藻，我们是不是能归结为是由心血管作用到达那里的？”

拉勒比想了想。

“是，也许可以。”他拿手术刀指着我，“我们要做大腿骨的检验。”

“我们也要送去一份湖水的样品。如果他们在大腿骨里发现了硅藻，就可以作比对。”

“好主意。”

我等着拉勒比切开艾克的食道。

“他在后座被发现这件事重要吗？”

“引擎的重量会把车前端往下拉，把最后一丝空气挤到车后顶上。遇难者无法打开车门的时候，他们就会往后爬，让自己呼吸得更久一点。有时候，尸体也会漂浮到后座。”

我点点头。

“我们会做毒性检查。犯罪现场处理小组也会检查车辆和下水坡道。但是我没看出任何疑点。”

艾克的衣服和随身物品正放在台子上晾干。我走过去看看。

这就像是把艾克调查员压缩成几件湿透了的满是泥巴的物品。

内裤。内衣。蓝白条纹长袖衬衫。牛仔裤。运动袜。阿迪达斯的运动鞋。黑色摇粒绒连帽夹克衫。

艾克是先穿牛仔裤，再穿袜子？先穿内裤，再穿衬衫？我对一个生命的骤然而逝感到悲伤。

衣物旁边放着他口袋里的东西。

梳子。钥匙。小型瑞士军刀。叠好的二十三美元纸币。七角四分的硬币。钱包大小的票夹里放着野生动物局的徽章和证件。

除了一张北卡罗来纳的驾照之外，霍金斯还从那个长方形的卡片夹里取出一张长途电话卡、一张美国航空公司的常客卡、一张大来信用卡①及一张 VISA 卡。

我右手戴上手套，伸出一只手指摸着驾照上的照片。那双坚定的褐色眼睛和那头黄色的头发，和躺在拉勒比解剖桌上那具扭曲变形的尸体，相差太远。

我倾身向前，仔细研究着他的脸，想知道他在克罗德山的码头做

①大来信用卡（Diners Club），一九五〇年由创业者弗兰克·马马加创办，是第一张塑料付款卡，最终发展成一国际通用的信用卡。

什么。我拿起那张驾照，翻过来看看。

一张卡片粘在背后。我用大拇指的指甲把它拨下来。那是一张哈利斯-提特超市的购物卡。我把卡片放在台子上，又回去看驾照。

我顿时屏住了呼吸。

“背面粘着什么东西。”我说。

那两个男人都回头看着我。我立刻从抽屉里拿出镊子，从驾照背面剥下一张湿软的纸。

“像是一张折起来的纸。”

我用镊子继续剥，弄下一角，拉下一层。我再拉，那张纸就摊在台面上。尽管笔迹模糊颜色很淡，但内容还能辨认。

“是手写的字条。”我说着，小心地将那张纸放在盘子里，送到照明台上，“也许是个地址或电话号码，或者是路线图。”

“或是遗书。”霍金斯说。

我和拉勒比看着他。

“更像是购物单。”拉勒比说。

“这家伙可能随手写了字条，塞进卡片的塑封里，觉得这样就不会丢。”霍金斯为他的看法辩护，“事情很有可能就是这样。那张纸因为夹在两张卡之间被密封住，才得以保存下来。”

霍金斯对保存东西很有心得。

我打开放大台上的灯，霍金斯和拉勒比凑了过来。我们三个一起看着照明放大台上的字迹。

o question. C o ins dirty.

ding to lumbia.

Be car

See you in tte day.

*　*　*

即使在如此理想的状况下，字迹仍然难以辨认。

“第一句应该是 No question（没有问题）。”拉勒比说。

我和霍金斯都赞同。

“什么 to Columbia（去哥伦比亚）。”我说。

“Sending（送）？”

“Lending（借）？”

“Heading（去）？”

“Landing（着陆）？”

“什么 dirty（脏）。”

“Clowns（小丑）？”

“Collins（柯林斯）？”

“说不定那个字并不是 C，而是 O 或 Q。”

“或是 G。”

我把放大镜调近一些。我们俯下身，凑近了仔细看。每个人都想弄清楚那些斑点是什么意思。

没有用。有些部分完全无法辨认。

“在某天某地 See you（见你）。”我说。

“不错。”拉勒比和霍金斯说。

“Charlotte（夏洛特）？”

“有可能。”拉勒比说。

“字尾是 tte 的地方有多少个？”

“我去查地图。”拉勒比站直身子说，“对了，档案鉴定室的人也许能发现点什么。乔，打个电话给他们，问问我们应该让这张字条湿着，还是晾干了。”

霍金斯脱掉手套和围裙，洗了手之后就往门口走去。我关掉了灯。

拉勒比继续他的解剖。我告诉他卡格尔昏迷的事，还有我和伍尔西的谈话。我说完之后，他才抬起戴着口罩的脸看着我。

“唐普，我觉得你也许有太多的假设了。”

“也许。”我说。

我在门口转过身，说了最后一句。

“但如果不是呢？”

31

但如果我忽略了什么呢?

我不想再让计算工作加深挫折感，转而走到冰库，取出茅坑头骨和那些手骨，重新做了一次全面检查。

这些骸骨仍然唱着相同的曲调：三十几岁的白人男性。

但不是布赖恩·艾克。

我回到电脑上。

那颗头骨和那些手骨出现在富特农场。熊骨和金刚鹦鹉的羽毛也出现在富特农场。是巧合吗?

兰开斯特的尸体缺了头和手。是巧合吗?

兰开斯特那具尸体是三年前发现的。布赖恩五年前失踪。是巧合吗?

布赖恩·艾克和夏洛特·格兰特·科布几乎同时失踪。是巧合吗?

熊骨和濒临绝种鸟类的羽毛。野生动物局的调查员。也是巧合吗？

跳出这个盒子再想想，布兰纳。

我正在设法跳出去的时候，电话响了。

“哟。”斯莱德尔。

“什么事？”

“庞德尔活像只吸了毒的金丝雀，一股脑儿都说了。”

“我在听。”

“泰里在帮道顿贩毒。”

“这真令人惊讶。”

“道顿是从一个南美洲联络人那里弄到可卡因的。哈维·皮埃尔斯在靠近曼蒂奥东边的某个地方，从海路把毒品运到夏洛特，再把货卖到北部和西部。”

“泰里付钱给庞德尔，把富特妈妈的农场当做中转站。”我猜道。

“全中。”

“道顿的表兄弟杰森·杰克·怀亚特靠家族生意过活。”

“接下来的部分你一定会喜欢。前些时候，皮埃尔斯好像被几个南美人说服了，跟其中一个买了一只鸟，转手卖出后，赚了不少钱。道顿听说了。他是个投资者。这位脱衣舞酒馆先生和毒品之主，决定再开条财路。”

“让我猜猜。里奇·道顿看中了怀亚特的狩猎技术。”

“皮埃尔斯也从低地国家拿到货源。”

制造毒品。残杀濒临绝种的珍稀动物以获得利益。我们人类真是高尚的动物。

“道顿跟一个亚洲联络人牵上了线，变成了熊胆大王。”

“谁？”我问。

“庞德尔不知道他的名字。他说他觉得那个家伙是韩国人，而且有内线。”

“什么方面的内线？”

“那个笨蛋也不清楚。别担心，我们会把他找出来的。”

“泰里说了什么？”

“要找律师。”

“他怎么解释他经常和怀亚特通电话的事？”

“那个浑蛋说事情有时候和表面看到的不一样。这是我翻译的。”

我担忧得几乎问不出下一个问题。

“塔梅拉·班克斯和她的家人呢？”

“泰里说他真的不知道。”

“孩子的事呢？”

“到时死亡[①]。”

斯莱德尔无情的话语让我捏紧了拳头。

“我们说的是一个死去的新生儿，侦探。”

“抱歉。”他语气单调平板，“我没去上这个星期的魅力提升课程。”

“有消息的时候打电话给我。”

我摔掉话筒，倒在椅背上闭起眼睛。

一堆影像掠过我的脑海。

冷漠的双眼。吸毒后虹膜都被瞳孔吞噬了的眼睛。

吉迪恩·班克斯那张痛苦煎熬的脸。吉妮瓦在门口无声徘徊的身影。

烧焦又碎裂了的婴儿骨头。

①医院术语，送到的时候就已经死亡。

我想起我的女儿。

还是个婴儿的凯蒂穿着连身睡衣。刚会走路的凯蒂穿着两件式印花小粉红泳衣，一双胖乎乎的小脚在塑料水池里拍着水花。年轻姑娘凯蒂、穿着短裤和背心的凯蒂，棕色长腿在门廊下荡着秋千。

日常生活的一幕幕。塔梅拉的孩子永远都无法拥有的一幕幕。

我忽然觉得有某种需要，但不确定是什么。我拿起电话，拨给我女儿。她的室友接了电话。

伊亚说凯蒂应该是跟帕玛·卡曾斯到常春花海岸去了。但她不是很肯定，因为凯蒂是一个人出门的。

凯蒂有没有接手机？

没有。

我挂断电话后，开始害怕起来。

凯蒂不是在皮特的公司当临时接待员吗？今天是星期二。

卡曾斯今天不用上班吗？

卡曾斯。这个男人有什么地方一直让我不安呢？

他让我想到艾克。

我又回到盒子里了。

扒开一条路出去。

我开始想到什么，就把什么输入到电脑里。

前提：兰开斯特那具无头尸与茅坑头骨是同一个人。

推论：那个人不是布赖恩·艾克。

推论：那个人不是夏洛特·格兰特·科布。DNA鉴定结果，证实兰开斯特那具无头尸是男性。

斯莱德尔那句“到时已死”让我愤怒，而且处在爆发的边缘。

我是不是对他不公平？也许吧。我还是觉得我渐渐失去了思考的能力。

因为我在担心凯蒂所以太过焦虑了吗?

是斯莱德尔。这个人心胸狭窄，又是个恐同性恋的白痴症患者。我想起他对吉妮瓦和吉迪恩·班克斯的粗鲁，想起他对劳伦斯·卢珀和沃利·卡格尔的无情讽刺。他那句睡帐篷和买内裤的比喻是怎么说的?他对性别角色的杰出见解又是怎么说的?哦，想起来了。老天爷掷色子决定我们的性别，谁都改变不了。出色的胚胎期解读。

忘了色子吧。

本来是可卡因，结果是北美黄连。

本来是麻风病，结果成了肉状瘤病。

有一个斯莱德尔理论：事情有时候和表面看到的不一样。或者说这是泰氏理论。

得站在围城外面思考问题。

我有个想法，但又抓不住是什么。该死的。

我走到皮包旁，拿出我在卡格尔桌上拿来的那张卡片，然后拨了电话。

“南卡罗来纳保安局。”一个女人接的电话。

我说出我的要求。

“请稍等。”

“DNA。”另一个女人的声音。

我念了卡片上的名字。

“他这星期不在局里。”

我想了一会儿。

“那请找泰德·斯普林格。”

“请问谁找他?”

我说明了自己的身份。

“请稍等。”

十几秒过去了。一分钟。

“人类学家女士。我有什么能为你效劳的吗？”

“嗨，泰德。我想请你帮个忙。”

“说吧。”

“大约在三年前，你们部门曾经为兰开斯特县验尸官处理过一个案子。一具无头无手的骸骨。”我又念了一次卡片上的名字，告诉他那个人现在不在局里，“当时是沃利·卡格尔做的人类学解剖。”

“你有档案编号吗？”

“没有。”

“这就比较麻烦了。但是上帝保佑，我们有电脑，我可以查出来。你需要哪方面的资料？”

“我想请你查一下那个案子的成釉蛋白检验报告，看有没有什么异常情形。”

“你要多快？”

我迟疑了。

“我知道了，”斯普林格说，“昨天。”

“我欠你一次。”我说。

“我会攒起来的。”他说。

“玛吉和孩子们也许会不乐意。”

“别担心。给我几个小时就够了。”

我给了他我的手机号码。

接着我拨通了赫希·蓝姆洛在罗利的办公室的号码。

“我有点好奇。你知道夏洛特·格兰特·科布的家人住在哪里吗？”

“科布在南卡罗来纳州的克洛弗长大。她失踪时，她父母都还住在那里。在我的印象里，他们不太配合。”

“为什么？”

“他们坚信科布有一天会回来。”

“拒绝接受现实？”

“谁知道。等等。”

等他的时候，我用手指绕着电话线。

“我想他们是那里的某个教会组织的积极分子，所以我猜他们还住在那里。我只听夏洛特提过一次她的家人。感觉上，他们不怎么亲近。”

我快速记下地址，突然又想到一个问题。

“科布有多高？”

“她不是那种袖珍型的女人，那种小个子。她也不是人们称为女战士的那种类型。我想你已经听说布赖恩·艾克的事了吧？”

“蒂姆·拉勒比今天在这里解剖他的尸体。”我说。

“可怜的家伙。”

“艾克是在克罗德山办公事吗？”

“据我所知，不是。”

“知道他为什么去那儿吗？”

“完全不清楚。”

我看看手表。六点四十分。我跟伍尔西在咖啡杯吃过早餐后，就再也没吃过东西。

而博伊德也已经有十三小时没外出了。

哦，可怜的孩子。

* * *

博伊德像盟军在诺曼底登陆似的，接管了这片草地。吞下我给它在汉堡王买的芝士汉堡之后，它花了十分钟，凝视着我手上的超大汉堡，想打动我分给它。接着，它在两个汉堡的包装纸上舔了五分钟。

博迪表现得更有自制力，而且也更尊贵。它小口小口地咬着薯条的一角，接着坐下来，伸出一条后腿，仔细清理着它的脚掌。

八点钟，泰德·斯普林格从哥伦比亚打电话来的时候，猫和狗都睡着了。

“微生物学家忙了一整天。”我说。

“我在检验几个样本。听着，我找到了你那个兰开斯特骸骨的档案，也许有点有趣的东西。”

“你动作真快。”我说。

“我运气好。你对性别染色体了解多少？”

“女性是XX，男性是XY。男性的染色体里，一条跟女性的一样大，另一条稍微大一些。”

“B+。”

“谢谢。”

“成釉蛋白呈现为凝胶上的两组染色体XY看来很像，但是其中有一点极为细微的差别，不是所有人都能辨认出来。对正常的男性来说，两条染色体的强度应该差不多才对。你跟得上吗？”

“我想‘正常’这两个字是关键词。”我说。

“如果是患有克兰费尔特综合征的男性，X染色体的强度，是Y染色体的两倍。”

“克兰费尔特综合征？”我的大脑不断工作，但还是不肯咬合齿轮。

“先天性睾丸发育不全症，性染色体有三条，即XXY，而非两条。

我的同事没有注意到强度差异的问题。”

“那位无名氏患有克兰费尔特综合征？”

“准确度不到百分之百。”

“但是这个案子里可能性很高？”

“是的。这对你有帮助吗？”

“有可能。”

我坐着一动不动，仿佛一个塞满了填充物又被放置好了的狩猎战利品。

克兰费尔特综合征。

XXY。

斯莱德尔的胚胎色子掷得太糟了。

我启动电脑，开始上网。我在克兰费尔特综合征协会网站看资料的时候，博伊德拱着我的膝盖。

“现在不行，小伙子。”

博伊德又推推我。

我低头看它。

博伊德把一只前掌放在我膝盖上，抬起鼻子，嗅着周围的空气。要出去。

“你真的要去？”

博伊德在房间里冲来冲去，转圈子，喷鼻息，还飞快地转着眼睛。

我看了一下时间。十点十五分。来得及。

我关掉电脑和灯，起身去拿博伊德的皮带。

那条松狮犬蹦蹦跳跳地跟着我一起离开书房，因期待着睡觉前的最后一次出发而兴奋不已。

别馆周围几乎是一片漆黑，只有热浪滚滚中闪电在树木间一闪即逝才能看见一点点光亮。屋子里，壁炉上方的时钟在滴答作响。屋外，飞蛾和金甲虫不断撞着纱窗，它们的身体发出沉闷的砰砰声。

我们来到厨房时，博伊德的举止突然变了。它身体绷紧，耳朵和尾巴都竖了起来。它发出一声短促的咆哮，接着向前冲去，对着门狂吠。

我用手按住胸部。

“博伊德，”我轻声叫它，“过来。”

博伊德不理我。

我嘘了一声，让它安静，但它还是叫个不停。

我的心怦怦跳着。我蹑手蹑脚地走向门边，背贴着墙，侧耳细听。

一声汽车的喇叭声。金甲虫的声音。蟋蟀的鸣叫声。没有异常。

博伊德叫得越来越凶。它后颈的毛已经竖了起来，全身绷直。

我又嘘了一声。它还是不理我。

在博伊德的叫声里，我听到门外一声闷响，接着是一阵轻微摩擦的声音。

我全身冰凉。

有人在外面!

打九一一！我的脑细胞尖叫着。跑去找邻居！从前门逃走!

逃离什么？跟九一一说什么？我家门廊里有鬼？收割者格里姆在我家后门口?

我伸手抓住博伊德，但那条狗扭动着身子挣开我的手，继续吠个不停。

门上锁了吗？通常我很注意安全，但有时候也会有疏忽。我会不会因为急着带博伊德出去，而忘了锁门?

我颤抖着手指，摸到门锁。

那个长椭圆形的小把手呈水平状态。锁了？没锁？我想不起来！

我应该试一下把手吗？

别弄出声音！别让他知道你在这儿！

我有没有打开安全系统？我通常是在上楼睡觉前才开。我的目光瞄向墙上的控制面板。

红灯没亮。

糟了！

我掀开窗帘的一角，手抖得更厉害了。

一片漆黑。

我的眼睛在努力适应黑暗。

什么也没看见。

我凑近玻璃窗，从窗帘的小缝隙里看过去，朝左瞄一眼，再朝右瞄。

还是没有发现。

一个理智的脑细胞建议我打开门廊的灯。

我的手伸向开关。

不！别让他知道你在家！

我的手顿住了。

就在此时，天空突然闪过一道光。两个人影从黑暗中现出身来。

我体内的肾上腺素瞬间激增。

那两个人影就站在我的后门边，离我惊恐的脸不到两英尺。

32

两道黑色的剪影，在深黑色的夜晚，伫立在那里。

我放下窗帘，缩回墙边，心都跳到了嗓子眼。

是收割者格里姆？还有帮凶？

我屏住呼吸，又偷瞄了一眼。

那两个人影之间的距离似乎缩短了。

他们离我门口的距离似乎也缩短了。

我该怎么办？

我恐惧的大脑里各式各样的意见一齐冒出来。

打九一一！把门廊的灯打开！对着门大吼大叫！

博伊德的叫声一直不停，但不那么狂暴了。

天空闪过一道光后，再度陷入黑暗。

是我的脑子出了问题，还是那个大一点的人影真的有点眼熟？

我等着。

闪电更多，时间更久了。一秒、两秒、三秒。

亲爱的上帝。

她比我记忆中要胖一些。

我的手在墙上摸索，找到了灯的开关。门廊的顶灯洒下琥珀色的光。

“安静，博伊德。”

我一只手放在博伊德头上。

“吉妮瓦，是你吗？”

“别放狗咬我们。”

我弯下腰，用力抓住博伊德的项圈，然后开了锁把门打开。

吉妮瓦一手环住一个年轻女子的肩，另一手抬起来遮住光。我立刻认出那就是塔梅拉。这对姐妹如同受惊的小鹿，这突如其来的灯光让她们什么也看不见。

“进来。”我一手抓着狗的项圈，一手推开纱门。

弄明白来的是客人之后，博伊德的吠叫变成了摇尾巴。

那对姐妹没有挪动步子。

我拉着博伊德，一起退进厨房。

吉妮瓦拉开纱门，把塔梅拉轻推了进来，自己跟在后面。

“它不会咬你的。”我说。

那对姐妹还是一脸不安。

“真的。”

我放开博伊德，打开厨房的灯。那条松狮犬朝前一跃，开始嗅塔梅拉的大腿，尾巴摇得更快了。

吉妮瓦僵在那里不敢动。

塔梅拉弯下腰，试探着轻拍博伊德的脑袋。它扭动着身体，舔着塔梅拉的手指。她的手指看上去非常纤细，几乎像是十岁孩子的手。除了血红的指甲油。

博伊德转向吉妮瓦。她瞪着它。博伊德回到塔梅拉这边。塔梅拉蹲下身，一个膝盖放在地上，抚弄着它的毛发。

“很多人都在找你们。”我说着，轮番打量着那对姐妹，试图掩饰我的惊讶。经过这些日子，塔梅拉居然就这样出现，站在我家的厨房里。

“我们很好。”吉妮瓦说。

“你父亲呢？”

“爸爸很好。”

“你们怎么找到这里的？”

“你留了名片。”

听到这里，我的惊讶再也掩饰不住了。

“爸爸知道该怎么找到你。”

我没追问，权当吉迪恩·班克斯是从学校公布的信息里找到我家的地址的。

“看到你们都没事，我就放心了。要喝茶吗？”

“有可乐吗？”塔梅拉站起身问我。

“健怡可乐。”

“好。”失望的语气。

我指指桌子。她们坐了下来。博伊德跟上去，把下巴放在塔梅拉膝上。

我不想喝可乐，但为了客人，还是拿了三罐出来。我在她们两人面前各摆了一罐可乐，自己也拉了把椅子坐下。

吉妮瓦穿着一件V字领的北卡罗来纳夏洛特分校的四九人的针织

衫。短裤还是上次斯莱德尔和我去她家时看到过的那条。她的四肢和肚子像是膨胀了，肘部和膝盖部位的皮肤起了许多皱纹。

塔梅拉穿着一件红色露背装，两根带子系在她的后背和肋骨那里，外面一件橘色和红色相间的化纤裙，脚上一双粉红色平底拖鞋，塑料带上镶着假钻。她的胳膊和腿很长，而且没有肉。

对比很强烈。吉妮瓦是河马，塔梅拉则像瞪羚。

我等着。

吉妮瓦打量着厨房。

塔梅拉嚼着口香糖，神情不安地挠着博伊德的鼻子。她似乎很活泼，一秒钟也静不下来。

我等着。

冰箱发出嗡嗡的声响。

我等了这么久，足够让吉妮瓦整理好思绪，足够让塔梅拉镇定下来。

足够放完舒伯特的《鳟鱼五重奏》。

终于，吉妮瓦低头看着自己的那罐可乐，打破了沉默。

“达利尔被抓了吗？”

“是的。”

“为什么要抓他？”一道闪电在她身后的窗外划过。

“警方找到了达利尔贩毒的证据。”

“他要坐牢了？”

“我不是律师，吉妮瓦。不过我猜是这样。”

“你猜。”出于某种原因，塔梅拉这句话是朝着吉妮瓦说的。

“是的。”我说。

“你怎么知道？”塔梅拉侧着头，挺像博伊德表示好奇的模样。

“我不能确定。”

又是一阵长长的沉默。然后她说：“达利尔没有杀我的孩子。”

“告诉我发生了什么事。”

“那不是达利尔的孩子。我的确跟他在一起，但那不是他的孩子。”

“孩子的父亲是谁？”

“一个白人，叫巴克·哈罗德。但是那不重要。我要说的是，达利尔没有伤害那个孩子。”

我点点头。

“那个孩子不属于达利尔，就像我不属于他一样，你懂我的意思吗？”

“告诉我你的孩子出了什么事。”

“我待在达利尔那里——嗯，那不是他的房子，但是他住在那里，嗯，住其中一个房间。然后，有一天，我开始阵痛，我感觉要生了。但我只是疼得越来越厉害，孩子却生不下来。我知道出事了。”

“没有人送你去医院？”

她大笑一声，看着我，仿佛我在建议她去念耶鲁大学那么荒谬。

“一天一夜之后，孩子终于出生了，但情况很糟糕。”

“什么意思？”

“那孩子全身发紫，没有呼吸。”

她眼眶泛红，看向别处，手掌抚过两边的脸颊。

我胸中一阵绞痛。我相信她的话。我为这个年轻女人和她这无法承受的悲伤感到难过。为世界上的塔梅拉们和她们的孩子而感到痛苦。

我伸出手，放在她的手背上。她抽回手，放在自己腿上。

“是你把孩子的尸体放进火炉里的？”我轻声问她。

她点点头。

“达利尔让你这么做的？”

“不是。我不知道自己为什么会那样做。达利尔还以为那是他的孩子，为他无法成为一个父亲而伤心难过。”

“我明白了。”

“没有人伤害那个婴儿。”她脸上泛着泪光，瘦骨嶙峋的胸部在红背心底下起起伏伏，“他只是注定了会夭折。”

塔梅拉再次擦了擦脸颊，粗鲁的动作透露出她的愤怒与悲伤。她握起手指，把前额放在拳头上。

“你还没有恢复过来？”

塔梅拉只能摇着她的头。

“你为什么要躲起来？”

塔梅拉透过她的指缝望向吉妮瓦。

“说吧，”吉妮瓦说，“我们都到这儿来了。现在你告诉她吧。”

塔梅拉吸了好几口气，仍旧有点激动。

“有一天，达利尔和巴克打了起来。巴克告诉他说我一直在玩弄他，而且那个孩子是他的。达利尔气疯了，认为我为了侮辱他而杀了自己的孩子。他说他会找到我，让我更不好过。”

“你去了哪里？”

“表姐家的地下室。”

“你父亲也在那里？”

两人一起摇头。

“爸爸去桑特他妹妹家了。她开车来接他，但不想管我们。她说我们是魔鬼的子孙，死后会下地狱被火烧。”

“你们为什么来找我？”

姐妹二人都不抬头看我。

“吉妮瓦？”

吉妮瓦继续看着她握住可乐罐子的手指。

“告诉她吧。”她平淡地说。

塔梅拉耸耸肩，随吉妮瓦高兴。

“今天早上，我表姐捶门，大吼着说她的男人一直盯着我妹妹看，让我们滚出去。爸爸气疯了，我们的亲戚也气疯了，而达利尔又想杀了我们。”

吉妮瓦低着头，我看不到她脸上的表情，但她颤动着的马尾辫告诉了我她内心的绝望。

“我们得从地下室里离开，而且不能回家，万一达利尔出来了，会去家里找我们。”她的声音越来越轻，“我们走投无路了。”

“我不……”塔梅拉刚说了个开头，但没有说完。

我伸出手去，同时握住她们的手。这次她没有抽回去。

“在能安全回家之前，你们就待在我这里。”

“我们不会乱动你的东西。”塔梅拉的声音很轻。那是受惊的孩子的声音。

我带博伊德出去遛了五分钟。接着花了半小时给客人们找出毛巾，铺好沙发床。安顿好她们之后，博伊德也在吉妮瓦的反对下，在书房里找到了一块自己的地盘。那时，早已过了十一点。

我太激动了，根本睡不着，就把笔记本电脑拿到卧室，登录，继续研究克兰费尔特综合征。我刚看了十分钟，手机响了。

“出什么事了？”赖安一听到我高亢的声音，立刻警觉起来。

我告诉了他吉妮瓦和塔梅拉的事。

“你确定这合适吗？”

“我觉得可以。”

“好吧，小心一点。她们也可能和泰里是一伙的。”

“我一直很小心。”我没必要告诉他我不确定门锁了没有，也不必说安全系统也没打开的事。

“知道班克斯一家都平安无事，你肯定就放心了。”

“是的。而且我想我发现了某件事。”

“跟骨头有关吗？”

“你听说过克兰费尔特综合征吗？”

“没有。”

“你查过你有多少对染色体吗？”

“二十三对。够我用的了。”

“那代表你某些地方是正常的。”

“我感觉有人要教我染色体了。”

我让他忍受了一会儿我的一言不发时。

“好吧。”我听到他划了根火柴，接着深深吐了口气，“请你告诉我吧。”

“正如你精确指出的那样，基因正常的人有二十三对染色体，一半来自父亲，一半自来母亲。其中二十二对叫常染色体，另一对是决定性别的染色体。”

“XX 让你穿粉红色袜子，XY 让你穿蓝色的。”

“你真是个天才，赖安。但有时候，在卵子或精子的形成过程会出一些问题。所以有的人天生就多一条染色体或少一条染色体。”

“唐氏综合征？”

“完全正确。得了蒙古症也叫唐氏综合征的人，在第二十一对常染色体上会多出一条染色体。这也叫三体性 −21。”

“我想我们要说到克兰费尔特先生了。”

“有时候，非正常状况会是少了或多了一条性染色体。XO 的女性会得特纳氏症。XXY 的男性会得克兰费尔特综合征。”

“那 YO 的男性呢？”

“不可能有这种。少了 X，就活不下来。”

“跟我说说克兰费尔特综合征吧。”

“由于基因组里有个 Y，所以具有 XXY 染色体，也就是得了克兰费尔特综合征的人，是男性。但是他们的睾丸较小，睾酮分泌不足，而且不孕。”

“外表上看得出来吗？”

“得克兰费尔特综合征的人多数个子高，腿特别长，与身体其他部分不成比例，而且头发和体毛都很稀少。有些人是梨形身材。还有些人会出现女乳症。”

“这种病的发病率呢？”

“我看到的数据是五百分之一到八百分之一。所以克氏综合征是发病率最高的一种性染色体异常。”

“行为上有什么特征吗？”

“克氏综合征患者很可能会有学习障碍，有时表现为语言能力较弱，但通常都有正常的智力。有些研究则认为他们有较高的侵害行为和反社会行为。”

“我不认为那些孩子在成长过程中会感觉有多好。”

“是的。”我赞同。

“我们为什么要研究克兰费尔特综合征？”

我把布赖恩·艾克的事告诉赖安，还仔细说了我跟斯普林格和蓝姆洛的谈话，接着说出了我的猜测。

“所以你认为茅坑头骨属于兰开斯特那具无头尸体，而那个人可能就是夏洛特·格兰特·科布。”

“没错。”我把理由说给他听，“这是个大胆的猜测。”

“蓝姆洛说科布没有那么高。”赖安说。

“他说科布不是个女战士。如果腿骨长得不成比例，会误导了别人对高度的估算。”

“你打算怎么做？”

“找到科布的家人，问些问题。”

“没什么坏处。”赖安说。

我告诉他我从斯莱德尔和伍尔西那里得到的最新情报。

“我越来越好奇了。”赖安喜欢这么说。

我犹豫了一下。

管他的。

“我能很快就见到你吗？”我问。

“快得超乎你的想象。”他说。

太棒了！

我在雅虎上查完地图，就爬上了床。

没什么坏处，我想着，重复着赖安的话。

然而，我们两个都错得太离谱。

33

第二天早上，我七点半就起来了。书房里一片寂静，看来吉妮瓦和塔梅拉还睡得很沉。我带博伊德到附近转了一圈之后，在狗食盆里添了狗粮和水，在餐桌上摆了玉米片和葡萄干麦麸片，匆匆写下一张字条，就跳到车上。

克洛弗位于北卡罗来纳州和南卡罗来纳州的交界附近，也就是在卡托巴河被堤坝拦截而成的怀利湖和国王山国家公园之间。赖安曾带博伊德去那个公园远足过。我朋友安妮把那个镇叫做克罗维，给这名字添上一丝法语的派头。

在非高峰时段，我开车不到半小时就能到达克罗维。但不幸的是，在老北州和棕榈州注册的所有司机全都在那天早上把车开了出来。还有来自田纳西州和佐治亚州的车，以及俄克拉荷马州，以及关岛。我在七十七号州际公路上缓慢爬行，偶尔喝一口星巴克的咖啡，或是敲敲方向盘。

一八八七年克洛弗加入铁路系统，成了一个火车中途停留的地方，后来在二十世纪初期繁荣起来，成为一个纺织业中心。铁路油槽车渗漏出的水，保持了这个地方的潮湿，让它长满苜蓿，才得了“苜蓿地”这个名字。这里渴望一个更有吸引力的形象，或是想要和爱扯闲话的乡巴佬划清界限，某个市民委员会后来把这个地名缩短成了“克洛弗”。

这种努力没什么用。尽管克洛弗仍旧保留了一些作坊，附近还在大量生产刹车零件和手术器材，但这个地方并没有什么改变。只要熟读商业文献，就会发现真正的经济繁荣都发生在别处：怀利湖、蓝脊山脉、卡罗来纳海滩、打棒球的夏洛特骑士队和打橄榄球的卡罗来纳黑豹队。

克洛弗四周的山丘里藏着一些南北战争前的房子，但这里没有法国乡村式的手巾和条纹雨伞。尽管很像画家诺曼·罗克韦尔的出色画作，但镇上的人几乎都是蓝领阶层，说得更准确一点，是无领阶层。

九点四十分，我来到三二一国道与南卡罗来纳五十五号公路的交界处，也就是克洛弗市区的心脏地带。交界处的柏油路两旁都是两三层的红砖房。可以想见，三二一国道为什么被当地人称做主街。

我一边回忆在雅虎上查的地图，一边在三二一国道上向南行驶，然后左转开上平岩路。三次右转之后，我发现自己身处一个种满长叶松和矮橡树的死胡同。蓝姆洛给我的地址就在离我八十码远的路那头。那是一个停在水泥板上的加大号拖车活动屋。

门口的台阶上放着两张铁艺草地椅，一张空的，一张上铺着一个花卉图案的绿色垫子。在拖车右边，我看到了一个菜园子，前院里堆满了旋转玩具。

拖车左后方有一个用吸盘挂住的车棚，棚子里摆了一堆用蓝色塑料布盖着的奇形怪状的东西。一棵结了果子的山胡桃在车棚左侧生锈的秋千上投下树影。

我把车停在碎石路旁，关掉引擎，穿过前院来到门口。我在那堆旋转玩具里认出了一脸迟钝、睡眼蒙眬的小波波[1]，还有一只母鸭领着四只它的缩小版。

应门的是个骨瘦如柴的女人，脸上嵌着一双过大的眼睛。她穿着一件褪色的聚酯纤维家居服，外面套着一件松松垮垮的羊毛衫。外套覆住了她骨瘦如柴的身体，看起来就像是一件挂在衣架上的衣服。

那个女人隔着一扇镶着玻璃的铝门跟我说话。

“这星期什么也没有。”她退回去，准备关上内门。

“你是科布太太吗？”

“你是来买腰子的？”

“不是，夫人。我不是。我想和你谈谈你女儿。”

“我没有女儿。”

那个女人又要关门，但又犹豫了一下，前额上紧贴着骨头的一点肉上出现了几道皱纹。

“你是谁？”

我从皮包里掏出一张名片，递到门前。她看了一眼，又抬起头来，眼里满是我不明白的思虑。

“验尸官？”她说。

“是的，夫人。”索性让事情简单一点。

她把门推开时，格子图案的铝门发出吱吱嘎嘎的声音。一阵冷气渗了出来，仿佛没有关闭的坟墓里透出的阴气。

①小波波（Little Bo Peep），迪士尼一九六一年出品的《玩具国历险记》中的角色之一。

那个女人一言不发地领着我走进厨房，手指着一张古式绿色桌脚和仿木桌面的小桌子。拖车里一股樟脑丸和除臭剂的味道，还有散不去的陈年烟味。

“咖啡？”我坐下来之后，她问我。

“好，谢谢。”室内的温度一定是设在华氏五十八度。我的脖子和手臂上起了一层鸡皮疙瘩。

那个女人从头顶上的橱柜拿出两个马克杯，再拿起整理台上的咖啡壶倒满了咖啡。

“你是科布太太，对吧？”

“是的。”科布太太把马克杯放在桌子上，“要加牛奶吗？”

“不了，谢谢。”

科布太太从冰箱上拿了一包库尔斯香烟，在我对面拉开椅子坐了下来。她的皮肤苍白而无血色，左眼皮下有一个凸起的东西，逗号形状，看起来像是码头上挂着的藤壶。

“有火吗？”

我从皮包里摸出一盒火柴，划着一根，举到她的烟边。

“需要的时候，偏偏找不到。”

她深深吸了一口，缓缓吐出，手指拨弄着那个火柴盒。

“收起来吧。我不想抽太多烟。”她哼着笑了一声，“对身体不好。”

我把火柴盒塞进牛仔裤的口袋。

“你想谈谈我的孩子。”

“是的，夫人。”

科布太太从毛线衣的口袋抽出一张纸巾，擤擤鼻子，接着又吸了一口烟。

“到今年十一月，我丈夫就去世满两年了。”

“我对此感到很遗憾。”

“他是个很好的基督教徒。固执，但是个好人。”

“你肯定很想念他。”

“天主了解我的心。”

水槽上方的挂钟里蹦出一只布谷鸟，开始报起时来。我们都听着。它叫了十声。

“这是我们结婚二十五周年的时候，他给我的礼物。”

“它对你来说一定很珍贵。”

“那只笨鸟一直叫了这么多年。”

科布太太抽着她的库尔斯，双眼凝视着我们中间的某一点，仿佛看到了多年之前。然后，她扬起下巴，像是突然想到了什么。

她的目光移到我脸上。

“你们找到我的孩子了？”

“有可能是她。”

烟从她指间盘旋上升，飘过她的脸。

“死了？”

“只是有这个可能，科布太太。验明身份是件很复杂的事。”

她把香烟拿到嘴边，吸了一口，从鼻子喷出烟雾。接着她弹掉烟灰，在一个小铁碗里不断转着仍然在燃烧的烟头，直到火光熄灭为止。

“我很快就要去见老查理了。我想是时候把事情说明白了。”

她从椅子里站起来，拖着脚步朝拖车后面走去，拖鞋在室内和室外的地毯上发出沙沙的声响。我听到嘎吱声，像是门发出的声音。

几分钟过去了。几个小时过去了。十年都过去了。

科布太太终于回来了，手里拿着一本用黑绳捆着的巨大的绿色相册。

“我想那老家伙会原谅我的。”

她把相册放在我面前，翻开第一页。她在我身后，越过我的肩膀指着一张躺在格子花呢毛毯上的婴儿快照时，呼吸变得沉重起来。

她的手指又移向一张躺在旧式摇篮里的婴儿的照片。还有一张孩子坐在折叠婴儿车里的照片。

她连着翻了好几页。

一个学步孩童手里握着一个塑料锤子。一个学步儿童身上穿着蓝色的牛仔连身服，头上戴着一顶安全帽。

她又翻了两页。

一个淡黄色头发的小男孩，大约七岁，戴着一顶牛仔帽，脖子上挂着一对手枪皮套。还是那个男孩，穿着棒球球衣，肩上扛着一支球棒。

再翻过三页。

一个少年伸手表示抗议，脸从镜头前转过去。那个少年大约十六岁，穿着一件过大的高尔夫球衣和松松垮垮的牛仔短裤。

他就是拿着塑料锤子、打着棒球、一身牛仔装扮的那个孩子，只是现在头发的颜色变深了。他的脸颊光滑而粉嫩，还长着几颗青春痘。他的屁股很大，身体有一点像女孩子，很明显缺少男性的肌肉线条。

我抬头看着科布太太。

“我儿子。查尔斯·格兰特·科布。”

她绕着桌子走了一圈，又坐了下来，双手握着马克杯。

我们听着秒针滴答滴答地走了六十下。我打破了沉默。

“你儿子在青春期一定过得很艰难。”

“小查理就是一直无法正常发育。他始终长不出胡子，声音也没变过，还有……”秒针走了五下，“你知道的。”

XXY。一个身患克兰费尔特综合征的男孩。

"我知道，科布太太。"

"小孩子有时也很残忍。"

"你儿子去做过检查或是治疗吗？"

"我丈夫拒绝承认小查理有任何不对劲的地方。到了青春期，小查理除了体重越来越重外，其他什么变化都没发生。我觉得不太对劲。我跟他说，我们应该带孩子去看看医生。"

"医生怎么说？"

"我们根本没去。"她摇摇头，"科布先生平生最讨厌两种人，医生和兔子[①]。他就是这么说话的，你知道的。"

她又抽出一张纸巾，又擤了一次鼻子。

"跟他说话，就像跟块煤渣砖说话似的。到他死的那天，老查理都觉得小查理只是需要坚强起来。他就是这么跟小查理说的。坚强一点，孩子，要像个男人。没人喜欢脂粉气的男孩。没人喜欢娘娘腔。"

我看着照片上的男孩，想着学校里那些在走廊上欺负别人的冷酷家伙们。有的会抢比自己小的孩子们的午餐费。有些大嘴巴的浑蛋专门嘲笑别人的缺陷，攻击别人的弱点，让别人的伤口永远结不了疤，一直流血。有的辱骂、折磨并欺压他们的受害者，直到对方自暴自弃。

我感到一股沮丧与悲伤。

"所以小查理离开家后，就决定当个女人。"我猜道。

她点头。

"我不确定具体是什么时候，但他就这么做了。他……"她挣扎着，不知该用他还是她，"她回来过一次，但被老查理狠狠骂了一顿，还说

①侮辱性的指代"同性恋"的词。

他如果不改回来，就再也不要回来。从那以后，我已经十年没再见过查理，直到他……”他和她的用法更加混乱，“他失踪了。”

她露出阴谋得逞的笑。

“不过，我跟他通过电话。老查理不知道。”

“经常吗？”

“他大概一个月会打一次电话给我。他是公园警备队员。”

“鱼类及野生动物局的调查员。那是个非常辛苦的工作。”

“对。”

“你和小查理最后一次通话是在什么时候？”

“五年前的十二月初。不久之后，我又接到一个警察打来的电话，问我知不知道夏洛特在哪里。那是小查理给他自己——她自己——起的名字。”

“你儿子在失踪前有没有特别在调查什么案子？”

“跟杀熊有关的什么事。他对此非常愤怒，说那些人为了几个钱，居然屠杀那么多熊。但是，我记得，他说起的时候，那语气像是在谈论别人的事情，不是正式的任务。他像是偶尔发现的。我想他应该只负责乌龟的事。”

“他有没有提过什么人名？”

“我记得，好像提到过一个中国人。等等，”她把一只瘦骨嶙峋的手指贴在唇上，再指向空中，“他说有一个在兰开斯特，另一个在哥伦比亚。我不知道那是不是跟熊或龟有关，但我记得我后来也觉得有点奇怪，因为小查理是在北卡罗来纳工作，不是在那儿。”

时钟“布谷布谷”地叫了一声，表示半小时过去了。

“还要咖啡吗？”

“不要了，谢谢。”

她站起来给自己倒了一杯咖啡。我对着她的背开口。

“科布太太，我们已经找到了尸骨。我想那是你儿子的。”

她的双肩垮了下来。

“会有人打电话通知我吗？”

“确定以后，我会打电话给你。”

她握着拳头，把手伸进毛线衣的口袋里。

“科布太太，我可不可以再问最后一个问题？”

她点点头。

“你为什么不把这些事告诉当时调查你儿子失踪案的人呢？”

她转过身，用哀伤的眼神注视着我。

“老查理说小查理也许去了旧金山或其他什么地方，追求他的新生活去了。我相信他的话。”

“你儿子有没有说过什么话，暗示他想搬到别的地方去吗？”

“没有。”

她把马克杯抬到唇边，又把杯子放回台子上。

“我大概只想相信我愿意相信的话吧。”

我站起身来。“我该走了。”

在门口，她问了最后一个问题。

“你读《圣经》吗？”

“不，夫人，我不怎么看。”

她的手指不断揉搓着手中的纸巾。

“我不明白这个世界。”她的声音几乎听不见。

“科布太太，”我说，“即使在我最幸福的日子里，我也不明白我自己。”

我穿过那堆旋转玩具，感觉背后有双眼睛在看着我。那双眼睛里满是失落、悲伤与迷惘。

当我朝车子走去时，挡风玻璃上的某样东西攫住了我的注意力。

天哪，该死的!

我往前又走了两步，终于看清楚那样东西。

我停下脚步。

我一手捂着嘴，胃里开始翻腾。

我艰难地咽了咽口水，又往前走了两步。三步。四步。

亲爱的上帝啊。

我感到恶心，闭上了眼睛。

脑海里爬过一个影像。十字形瞄准器对准着我的胸部。

我的心跳得要冲进大气层了。我睁开眼。

收割者格里姆正盯着我吗？我被跟踪了吗？

压抑住恐惧，我不得不强迫自己去看挡风玻璃上那个已死的小东西。

被压在雨刷器和玻璃之间的是一只松鼠。它两眼呆滞，肚破肠流，像是烂木头上长出的蘑菇。

34

我急忙看向四周。

拖车的内门和铝门都关着。

我扫视着街道。

一个人带着一条狗在慢跑。

我被跟踪了吗？我感觉身上一片寒冷。

我屏住呼吸，拉开雨刷，拎住那只松鼠的尾巴，扔进了树林里。尽管我的手在发抖，但脑子还在自动做记录。

尸体僵硬。不是刚死的。

我从仪表板上的储物箱拿出餐巾纸，把玻璃擦干净，然后钻进驾驶座里。

利用肾上腺素。跟着它走。

我加大油门快速前进，冲到路上。

那个慢跑的人和狗正要转过拐角。我跟上他们。

这个女人三十多岁，看起来还得更经常慢跑才好。她穿着弹力抹胸和紧身运动裤，头上戴着一个竖着小天线的耳机，扎着金色的马尾辫。一条蓝色塑料皮带拴住了那条狗。

我摇下车窗。

“打扰一下。”

狗回头了，但慢跑的人没有。

“你好，打扰一下。”我往前滑了一点点，大声喊道。

那条狗冲到车子旁，差点绊倒它的主人。那个女人停了下来，摘下耳机挂在脖子上，一脸警惕地看着我。

那条狗把前爪搭在我的车门上，开始嗅了起来。我伸出手，拍拍它的头。

慢跑的人看起来放松了一点。

“请问你认识科布太太吗？”我问道，声音中的冷静掩饰住我的激动。

“嗯哼。”她喘着气。

“我去拜访她的时候，有人在我车子的挡风玻璃上放了个东西。我想问问你，有没有在她的拖车附近看到别的车子。”

“看到了。这条路是个死胡同，所以车子很少。”她指着那条狗，又指指地面，“加里，下来。”

加里？

“是一辆黑色的福特探险者。开车的是个男的。个子不高。头发很漂亮。戴着墨镜。”

“黑发吗？”

“对，很浓密。”她咯咯笑了起来，“我丈夫秃头了。他说他是正在秃。所以我会特别留意男人的头发。总之，那辆福特就停在科布太太的车道对面。我没见过那辆车，但是车上挂着南卡罗来纳的车牌。”

那个女人叫了加里。加里跳到人行道上，又跃到我车子的侧门上。

“科布太太还好吧？我也会去拜访她，但是不常去。”

“如果有人去陪她的话，我想她会很开心。”我说着，思绪又回到那个黑发的陌生男人身上。

“嗯。”

那个女人把加里从我车上拉开，重新戴上耳机，继续她的慢跑。

我在车里坐了一会儿，思索着下一步该如何走。我先整理一下自己的思路。

兰开斯特和哥伦比亚。

个子不高的黑发男子。漂亮的黑头发。

这可以用来形容和沃利·卡格尔一起喝咖啡的那个男人。

也可以用来形容帕玛·卡曾斯。

可以用来形容美国一百万左右的男性。

可以用来形容收割者格里姆吗？

该死，这到底是怎么一回事？

冷静下来。

我深吸了口气，然后试着打凯蒂的手机。

手机没人接。我给她的语音信箱留了言。

兰开斯特和哥伦比亚。

我打给劳伦斯·卢珀，询问卡格尔的状况。

回答我的是电话答录机。我留了言。

我再打给南卡罗来纳大学人类学系的多劳丽丝。

好消息。沃利·卡格尔已经醒了。不，他还不能说话。没有，没有人到学校找他。

我谢过她，挂了电话。

再去一趟哥伦比亚会有什么进展呢？吓着卢珀？吓着帕玛·卡曾斯？找到凯蒂？然后因为试图找到她而让她火冒三丈？让斯莱德尔火冒三丈？

去一趟兰开斯特？

到了克洛弗，就等于走了一半的路。

不会惹凯蒂生气。

斯莱德尔也会接受的。

反正，卡格尔现在还不能说话。

我沿着三二一国道往南开，接着在九号公路上往东开，同时一直留意着后视镜。我两次都以为看到了那辆黑色福特，两次放慢车速，两次让那车子超过我。虽然我表面上还算镇定，但内心的寒冷不曾离去。

离兰开斯特还有五英里的时候，我打电话到警局找苔莉·伍尔西。

“伍尔西侦探今天不上班。”一个男人说道。

“我可以打到她家里吗？”

“是的，夫人，当然可以。”

“但是纪律不允许你给我电话号码。”

“是的，夫人，我不能给你。”

可恶！为什么我没向伍尔西要她家里的电话号码？

我给伍尔西留了言。

“可以告诉我验尸官的电话吗？”

“这个我可以给你。”他给了我电话号码。“帕克先生可能在。”他的语气听起来不太确定，“如果不在的话，你可以试试他的殡仪馆的号码。”

我谢过他，挂断电话。我注意到另一辆黑色SUV，但是等我拨完验尸官办公室的电话号码，抬起头来的时候，那辆车已经开走了。心头的寒意更重了。

接电话的那个男人说对了，帕克不在。我留下了十分钟内的第四个留言，然后在一家加油站停下，询问去殡仪馆的路。

加油站的接待员和他的少年助手经过漫长的讨论之后，最终达成一致：沿九号公路一直走，直到出现西会街的路标。右转到纪念公园街，穿过铁路，大约开四分之一英里之后，再往右转，沿路找路标。要是开到公墓那边，你就开过了。

他们两个人都记不得殡仪馆在哪条路上了。

谁需要雅虎地图?！我有这两个向导就够了!

他们指的方向没错。开了十五分钟又拐了两个弯之后，我看到两根白色柱子撑起的一块木头标志，上面凸出的字表明这里就是“帕克殡仪馆”，还列出了服务项目。

我转弯进去，沿着一条两旁都是杜鹃花和黄杨木的弯弯曲曲的车道往前开。拐了第九还是第十个弯之后，我看到一块碎石空地和一片房子。我停好车，打量着眼前的建筑。

帕克殡仪馆的规模不大。它的建筑中心是一间砖砌平房，两侧各有一间房子，中间部分突出向前，大门两侧各有三个窗户，一根烟囱立在油毡的屋顶上。

在主建筑后面，我看见一间双门的砖砌小教堂，顶上还有小尖塔。教堂后面是两个木头建筑，大的那个可能是车库，小的那个也许是间贮藏室。

建筑物之间和四周长满了常青藤和常春花。一团牵牛花沿着地面爬满了一圈。榆树和橡树将所有房子都笼罩在四季不断的树荫里。

我一下车，浑身上下立刻爬满鸡皮疙瘩。我在心里给门口木板上的服务项目加了几条。葬礼。火化。安慰服务。计划。四季不断的树荫。

别演肥皂剧了，布兰纳。

好建议。

不过，这地方让我毛骨悚然。

我走到最大的那幢建筑，试了一下门，没上锁。

我走进一间小客厅。白色的塑料字母嵌在一块灰色的板子上，指出了接待室、准备室、灵柩室、一厅和二厅的位置。

一个叫埃尔德里奇·梅普尔斯的人已经订了二厅。

我犹豫了一下。“准备室”是不是办公室的委婉说法？“接待室”是接待活人的地方吗？白色塑料箭头表明两个审判地点都在正前方。

我从小客厅的门走进一间铺着深紫色地毯、墙漆成粉红色的装饰华丽的大厅。门和木质器具都白得发亮，几根仿科林斯式的白色柱子间隔均匀地支撑着屋顶。柱顶上是科林斯式的圆形花饰和涡形花样。

或者是多利安式？科林斯式的柱顶不是应该有柱头的吗？不对，科林斯式的是有圆形花饰。

停下！

安妮女王式的沙发和双人坐椅摆在圆柱间的每一个空间。每根柱子后面的桃花心木桌上都放着丝花和纸巾盒。

左右两边的两扇门紧闭着，门前各有一排盆栽棕榈树。走廊尽头有个仿古挂钟在放哨。在这压抑的沉寂中，我只能听得到它缓慢而坚定的滴答声。

“有人吗？”我轻声喊着。

没人回答我。也没人出现。

我又喊了一次，声音大了一点。

老爷挂钟继续滴滴答答地走着。

“有人在吗？”

这个早上我就是来听挂钟的滴答声的。

我正在考虑是要选“准备室”，还是“接待室”，手机突然尖啸起来。我跳了起来，转头看向四周，希望没人发现我的傻瓜样子。见周围没人，我立刻跑出大厅，回到那间小客厅，然后按下电话。

“是我。”我小声说。

“哟。”

我翻了一个大白眼。这个男人永远都学不会说“你好”吗？

“喂？”我还是很小声。

“你在教堂还是哪里？”听起来，斯莱德尔又在吃他那无时无刻不在的士力架。

“不是教堂。”

“那又是什么见鬼的地方？”

“殡仪馆。你怎么会打电话来？”

斯莱德尔思索了一阵，电话那头暂时没了声音。

“拉勒比博士要我告诉你，档案鉴定组那里已经有了结果，问你想不想知道。”

我有一阵子没反应过来。

“你和博士不是在艾克的内裤里找到了一张字条？”

我不想费神纠正他字条的出处。

“博士让我告诉你，哥伦比亚这个词你猜对了。”斯莱德尔说。

我突然毫无缘由地转身对着大厅的入口，仿佛那位死去的梅普尔斯先生会偷听我说话。

"写字条的人要去哥伦比亚？"

"看起来是。档案鉴定组的小伙子们用了某种魔灯，成功地让一些模糊掉的字显现出来。"

"还有什么吗？"

小教堂或是车库那边传来砰的一声关门声。我从入口的门缝里往外瞄了一眼。没看到人影。

"他们只能再拼出 cousins 这个词。"

我的脑子顿时像电路短路似的冒出火花来。

毫无疑问。卡曾斯在干肮脏的勾当。前往哥伦比亚。[①]

我像是被人一巴掌打醒。

一个小个子且肌肉发达的男人，还有一头浓密的黑发。一个对盗猎熊的问题一问三不知的野生动物局调查员。

帕玛·卡曾斯。

斯莱德尔还在说话，但我没听。我想起我跟赖安的一次谈话。茅坑尸骨是星期二发现的。收割者格里姆从星期三开始跟踪我，拍我的照片。

那个星期六，帕玛·卡曾斯也在富特农场。他知道博伊德发现了骨头。

是卡曾斯在我车上放了松鼠？还是说这是收割者格里姆的再次警告？他在跟踪我吗？他是不是要抓了凯蒂？他会不会为了警告我而伤害她？

---

①此处原文为：No question. Cousins dirty. Heading to Columbia.

我的心怦怦直跳，握着电话的手掌冒着汗。

“我待会儿再打给你。”我说。

斯莱德尔气急败坏地说着什么。

我挂掉电话。

我颤抖着手，把手机塞进皮包，然后推开前门。

接着，我撞上了一个如水泥般坚硬的胸膛。

那个男人和我差不多高，穿着一条黑色细条纹裤和一件雪白的衬衫。

我含糊地道了声歉，让开一步，从旁边过去。

一只手突然伸了过来。钢铁般的手指紧紧抓住我的胳膊。

我感觉身体旋转起来，看见一头浓密的黑发，黑色的镜片映出我惊讶地嘴巴大张的样子。

我感觉手指从我左耳畔掠过。我的头朝前撞到门上。

我的头骨上蹿起一阵剧烈的疼痛。

我竭力想挣开，但那双手像老虎钳一般紧抓住我。

手指揪住我的头发，我的头又往后甩去。我感觉脸颊上流下血和泪水。

我的头再一次朝前撞去，猛地撞在木头上。

我的脖子又往回弹。

再度前倾。

我感觉到一阵撞击，听到一声闷响。

接着就什么也不知道了。

35

我闻到霉菌和青苔的味道，淡淡的甜味，像是炒锅里的牛肝。

我听到头顶上的雁鸣声，像是在呼唤湖对面遥远的同伴。

我在哪儿？我知道自己趴在某个坚硬的东西上，但是这是在哪儿呢？

我的大脑只能给我提供一些彼此不相连的片段。科布家的拖车。加油站。殡仪馆。一个叫梅尔普斯的人。

我用手指在四周的地面上摸索着。

光滑，冰冷，平坦。

我一边抚摸着地面，一边闻着气味。

是水泥板。

我把一只手挪到脸上，摸到了血块，一只肿起来的眼睛，半边脸上的肿块有苹果那么大。

我眼前又闪过一些影像。

黑细直条纹。一片雪白。

攻击!

然后呢?

我感到胸口升起一股恐慌。我受伤的脑细胞只能爆发出命令,无法给我答案。

醒醒!

就是现在!

我把两只手掌拖到身旁,想撑起上半身。

我的双臂成了橡胶,毫无力气。疼痛流遍我的头骨,胃里一阵痉挛。

我重新趴回去,冰凉的水泥板让脸颊舒服了点。

我的心跳声在耳边如同擂鼓。

我在哪里?我在哪里?我在哪里?

我的大脑又吼出一道命令。

移动!

我翻了个身,慢慢坐了起来。眼前划过一道道白光。味蕾下一片战栗。

我把脚踝移到屁股旁边,放低下巴,深深吸了口气。

渐渐地,恶心与晕眩的感觉消失了。

我缓缓抬起头来,睁开没有受伤的那只眼睛,留心打量着四周。

黑暗仿佛不可撼动。

我等着瞳孔放大。但它没有。

我摇摇晃晃地把重心挪到膝盖上,终于站了起来,放低身体,伸出手在黑暗中摸索着,就像个失明的人。

我走了两步,手掌碰到了一面水泥墙。我像螃蟹一样,扶壁沿着墙走。三步之后来到一个拐角。我转了九十度的弯，沿着垂直的墙面，右手放在身前，左手摸着墙面，往前走。

天哪。我的监牢有多小？小到何种地步？我感觉到脸上和脖子上冒出汗来。

我往前走了四步，左脚的脚趾踢到一个坚硬的物体。我向前跌了一跤，双手在空中挣扎了一会儿，还是跌进了黑暗之中，接着砰的一声摔在粗糙又坚硬的东西上。我的胫骨也撞到了地板上某个东西的边缘。

我疼得大叫出声，吓得浑身发抖。

我的舌头又战栗起来，嘴里一股苦味。

我像是被一块石板模样的东西绊倒了。我整个人趴在石板上，手臂和双手露在石板外，双脚还绊在让我跌倒的另一边。

我慢慢挪回水泥地上。一滴眼泪从没有受伤的那只眼睛里滑了下来，滚落脸颊。另一滴泪从肿着的那只眼角渗出来，引起一阵灼痛。

汗水渐渐凉下来。眼泪还是滚烫的。心脏剧烈跳动着。

我脑子里又闪过一些影像，闪得比上次还快。

一个身体强壮的男人，一头浓密的黑发。

金属色的镜片，倒映出我惊恐的脸。

我眼前飞速地掠过之前的一幕幕。四十八小时之前。斯莱德尔和秘书小姐之间的交谈。

“你看到什么？”

“我自己！”

多劳丽丝指的就是镜子一般的眼镜片！

天哪！攻击我的人就是去找卡格尔的那个人！

而卡格尔上个星期都在昏迷。

思考！

我的脸颊有如火烧一般。我的胫骨不断抽痛着。我肿着的那只眼睛充血了。

思考！

万花筒一般的影像们。

戴着耳机在慢跑的女人。科布太太。钟里的布谷鸟。照片。

我喘了口气。

火柴！

我把手指塞进牛仔裤的后口袋。

空的。

我摸了摸另一个口袋，在慌乱中折断了一片指甲。

我再去翻前面的两个口袋。

一张面纸，一个五分钱的硬币。一个一分钱的硬币。

但我确实把火柴放在口袋里了。我记得很清楚。科布太太让我收起来的。也许我记错了？再慢一点仔细回想一遍。

我感觉到四周的墙都在朝我挤压过来。我被关在多小的一个地方？天哪！幽闭恐惧症突然加大油门，带来恐惧与疼痛。

我在四个口袋里插来翻去，双手不停颤抖。

火柴应该在口袋里。

快出来！

我又去摸了右胸前的小口袋，手指触到一个长方形的物体，一头厚，一头粗糙。

火柴盒！

但是还有多少根火柴？

我掀开盒盖，用中指和大拇指去数。

六根。

再数一次！

六根。只有六根！

冷静！一步步来。先点着火。再找到出口。

我伸长双脚，抽出一根火柴，朝着自己希望是房间中央的地方划下第一根火柴。

火柴头断了，没有点着。

该死！只剩五根了。

我又抽出一根火柴，用大拇指压着火柴头，在摩擦带上划去。

火柴立刻冒出火花，燃烧起来，但只照亮了我的衬衫。我把火柴举高，一点点向前挪着，迅速记下看到的景象。从我视线所及来看，这房间似乎还挺大的。

我刚才走过的那面墙边放着许多板条箱和纸箱。刮掉我胫骨上一块皮的那块石板平躺在地面。铁条和穿了孔的条板撑起一格格的架子。架子和墙之间还有空隙。

火烧到我的手指。我丢掉火柴。

房间再度陷入黑暗。

我继续摸索着往前走。在架子的尽头，我划着了第三根火柴。

远处的墙上有一扇木门。

我把火柴头垂下，这样火焰就会上升。我在找灯的开关。

没找到。

火光熄灭。我扔掉火柴，大步向那扇木门走去，摸到球形把手后，试着转了转。

锁着！

我用身体去撞门，用拳头使劲敲打，用脚去踢，大声喊叫。

没有任何回应。

我很想在愤怒与沮丧中放声尖叫。

我向后退，往三点钟方向走了几步，点燃了第四根火柴。

一张桌子从如墨的漆黑中冒了出来。桌面上摆着一排东西，旁边还堆着许多东西。

火柴又灭了。

我重新回忆了一下三次看到的景象，归纳出一个完整的模样。

这房间大约长二十英尺，宽十二英尺。

还好，还能接受。我的幽闭恐惧症减少了一些，但恐惧仍在。

箱子和架子堆在一面墙边，对面是桌子或工作台，桌旁堆着东西，然后门在最远的那头。

我又回到房间正中，转身背对着那扇门，一点一点地往前挪动，打算再靠近后墙一点，仔细查看一番。

我颤抖着手把倒数第二根火柴头放在红磷带上。我正要划下去，突然感觉房间这部分好像没有那么黑。

我转过身。一个长方形的小东西出现在桌子上方。

我更努力地辨认着。

那长方形是个布满了灰尘污垢的格子窗。

我把火柴盒塞进口袋里，爬上桌子，踮起脚尖往外看。

那扇窗有一半在地下，周围是一个被藤蔓堵住的水井。我从窗子上半部分望过去，能看见树木、一幢小屋和从深紫色的云层透出的月光。

我听到更多的雁鸣声，这才意识到这些鸣叫声是被泥土和混凝土挡住了，而不是它们在高空之中或是遥远的地方。

我的脉搏又开始加速，呼吸变得急促起来。

我被关在一间地下的房间里，地下室或地窖之类的什么地方。唯一的出口大概就是那扇上锁的门之后的楼梯。

我闭上眼，做了几下深呼吸。

行动！赶快行动！

我从桌上跳下来，忽然看到十几条细丝在月光下摇动，每一条都像闪闪发光的蜘蛛丝。那股香甜的牛肝味变得更浓了。

我走过去靠近了看。

每条细丝上都绑着一团有我拳头大小的肉。每一团肉都吊在一个小型烘干器上。

熊胆！那些熊胆应该已经烘好了，因为烘干器已经关上了。

怒火和愤慨扫荡了最后一点幽闭恐惧症。

现在就行动！动作要快！云层的缝隙随时会消失。

我划了第五根火柴，走向桌子另一端。

档案柜。停车牌。长长的尖头花架子。一个婴儿的棺材。一个地下室的小钢质模型。几团人造草皮。一顶帐篷。

我掀开一层帆布，抓起一根帐篷钉子，揣进口袋里，朝房间对面走去。

找出蜡烛！在门边上点亮。再用帐篷钉子撬开锁或是把手。

我屏住呼吸，划了最后一根火柴，扫视着纸箱子。

香油。硬化剂。

我又走到架子旁，蹲下身，查看一个打开的箱子。

镜片盖子。套针。解剖刀。导流管。皮下注射针。皮下注射器。没有可以撬开门的工具。

房间越来越黑了。

我能不能移动其中一个烘干器？能不能点亮它？

我站在那儿。

上层的架子是一个主题公园，里面陈列着青铜和大理石做的瓮。一只展翅的老鹰。图坦卡蒙的面部模型。一块节瘤突起的橡木。一尊希腊神祇的雕像。一个双层的骨灰架。

天哪！瓮里有骨灰吗？那些无家可归的游魂是不是正注视着我的一举一动呢？一个铜质的老鹰像能不能砸开木门？我能够得到老鹰像吗？

天上的云层合上了。黑暗再度占据了地下室。

我摸索着回到桌边，爬上桌子，朝外窥探。我能不能引起谁的注意？我应该这么做吗？那个黑发陌生人会不会回来把我干掉？

我的腿和脸都在抽痛。眼泪也灼痛了我的眼皮。我咬紧牙关，不让泪水滑落脸颊。

外面的世界像是一间黑暗中的书房。

几分钟过去了。几小时过去了。千万年都过去了。

我和绝望无助的感觉斗争着。肯定会有人来的。但是谁呢？什么时候来呢？

我看看手表。黑暗太过浓重，我连自己的手都看不到。

有谁知道我在这里呢？绝望爬满我的思绪。没有人知道！

突然，一道光在树林间闪动。

我看着那道光朝一团黑影走去。我知道那团黑影就是这间小屋。那道光忽明忽暗，朝我的方向而来。亮光不断靠近的时候，我开始大声呼叫，随后停了下来。我能辨认出一个男人的身影。他走近我这里，接着就消失在我的视线里。

我头顶上传来关门声。

我从桌子上跳下来，急忙跑过房间，躲进架子后面的空隙。我挤进去的时候，架子一阵摇晃。我把手伸进口袋里，掏出那根帐篷钉，紧紧握在手里，尖头朝下，放在腰侧。

过了一会儿，我听到地下室的门外有动静。有人在转动钥匙，接着门开了。

我屏住呼吸，在装骨灰的瓮间窥视着。

那个男人在门口停下脚步，手里的灯举到右肩上方。他个子不高，肌肉强健，一头浓密的黑发，一双东方人的眼睛。他的袖子是卷起来的，露出手臂上的刺青。

永远忠诚！

赫希·蓝姆洛曾提过有一个亚洲人是熊胆交易的中间人。

小鬼庞德尔也曾提起过有个韩国人在贩毒，而且是个有内线的人。

里奇·唐·道顿的尸体走私生意中，曾有一个海军陆战队的同伙。

苔莉·伍尔西怀疑她恋人的死因，以及代替他成为验尸官的人选。

我在瞬间得出了另一个结论。

攻击我的人就是那个急着将默里·斯诺的遗体火化的人，就是去拜访卡格尔的那个人，也是和里奇·唐·道顿一起贩毒与走私熊胆的人。

攻击我的人就是兰开斯特的验尸官，詹姆斯·帕克！詹姆斯·帕克是韩国人。

帕克走到门口，拎着灯四处看着。我听到他突然倒吸了口气，身体僵了僵。

帕克走到架子的正对面，左手举起一个麻布袋子。那个麻布袋挪动着，不断改变形状，像是活物似的。

肾上腺素立刻充满我体内的每一根纤维。

帕克手里那圈灯光在令人毛骨悚然的地下室可怕地四处乱射。它急促不稳的移动清楚地说明了主人的愤怒。我能听到他的呼吸声，闻到他身上的汗味。

我把手里的帐篷钉握得更紧，下意识地紧张起来，把身体更紧紧地压在墙上。

架子摇晃了一下，发出滴答声。

帕克手里的灯光突然跃向我的方向。他朝我走了一步。又一步。灯光照亮了我的脚，接着是我的腿。我慢慢挪动着，把握着帐篷钉的右手藏在背后。

我听到另一声喘息声，接着帕克停下脚步，举起灯。虽然灯光不算亮，但那突如其来的光亮仍然让我那只好的眼睛出现重影。我急忙把头偏到一边。

“好了，布兰纳博士。我们终于见面了。”

那声音平稳而温和，音调像小孩子的那样高。帕克现在已经不想费力去掩饰身份，而我也立刻明白了。收割者格里姆!

我握着帐篷钉的手捏得更紧了，身上的每一根肌肉都紧绷起来。

帕克微笑着，但那笑容里全都是冰冷的寒意。

“我和我的伙伴都非常欣赏你为野生动物付出的努力。我们决定送你一个礼物，以表示我们小小的感激之情。”

帕克举起那个麻布袋。袋子里有东西在扭动，弄得袋子的影子不断改变着形象，不断波动着。

我背贴着墙，一动都不敢动。

“布兰纳博士，没有什么要说的吗？”

怎么对付他？讲理？拿好话哄他？猛烈抨击他？我选择保持沉默。

“好吧，那么，来看看礼物吧。”

帕克退后一步，让我再度被黑暗吞没。我看着他把灯放在地上，开始解开袋子上的结。

我不假思索地把手里的帐篷钉子滑进架子里，将它当做杠杆，双手紧握着。架子上重心不稳的瓮往前摇了一下，又回到原位。

帕克专注于他的工作，没有注意到我。

我把帐篷钉扔在地上。

帕克抬起头来。

我双手抓住一根垂直的铁条，使出全身的力气摇晃着架子，让它脱离墙面。

帕克站起身。

架子往前倒去。骨灰瓮飞向空中。

帕克举起双手，扭过上半身，但还是被雕像砸中了右边的太阳穴。他倒下了。我听到他的头颅撞到水泥地上的声音。

灯的玻璃罩碎了一地，灯光熄灭了，只留下一股煤油味。

这短短的一瞬，却像是过了一生。东西都掉落在地，碎裂开来。

当一切噪声终于平息之后，四周陷入了怪异的寂静。

地下墓穴般的黑暗。

一片死寂。

一声心跳。两声。三声。

帕克是不是昏过去了？死了？还是躺在地上等着我？我该不该逃走？还是去把那根钉子拔出来？

麻布袋里发出沙沙的声响，仿佛寂静中的雷声。

我屏住呼吸。

帕克有没有把他那个不怀好意的礼物打开？

我听到一声轻响，像是柔软的鳞片擦过水泥地的声音。

接着又是一片寂静。

是不是我的幻觉？

那窸窣声又开始了，再停下，再开始。断断续续。

有东西在动！

我该怎么办？

接着，一阵令人惊恐、令人动都不敢动一下的嘎嘎声扼杀了我所有的反应。

蛇！

我想象出在地上滑动的身体盘起来，吐着芯子，没有眼睑、闪着光的眼睛。

我胸口爬满了冰冷的感觉，接着从心脏、血管传到胃和手指上。

是什么蛇？噬鱼蛇？还是铜头蛇？这两种蛇会不会发出嘎嘎声？响尾蛇？从南美进口的一种蛇类？我了解帕克的背景，我可以肯定这些蛇绝对有毒。

有多少条蛇正在黑暗中滑向我？

我感觉自己孤单无助，完全没了希望。

拜托了，拜托让谁来救救我吧。

但是没人会来。没人知道我在这里。我怎么会这么笨？

我的大脑挣扎着运作起来，却陷入了一团混乱。

蛇如何定位猎物的方位？视力？嗅觉？热度？动作？蛇会主动攻击，还是试图回避接触？

我应该站着不动，还是赶快逃跑，还是去找那根钉子？

更多的嘎嘎声。

恐慌终于战胜了理智。我在黑暗中睁大那只完好无损的眼睛，朝门口猛冲过去。

我的脚被倒下的架子绊到，一头栽进地上那团混乱之中。我的手撞在肉和骨头上，下意识地朝左挪开。

头发。一团温暖潮湿的东西躺在水泥地上。

帕克！

嘎嘎声渐渐增强。

我强忍住泪水，翻向右边，碰到一根木头桌脚。

站起来！抬起头来，抬到攻击范围之外！

我挣扎着想要站起来的时候，忽然看到窗外掠过一道光。

接着脚踝一阵剧痛。

我吓得大声尖叫。

我的身体瘫软地靠在桌子上，灼痛迅速蹿过我的腿部，来到腹股沟那里。我的视线开始模糊。

我的意识飘浮到另一个地方，另一个时间。我看见凯蒂、哈莉、皮特和赖安。

我听到一阵砰砰声和摩擦声，感觉自己的身体被抱了起来。

接着就什么都不知道了。

36

当我和赖安拖着我们的沙滩椅，走过安妮家的木板栈道，来到海边放好椅子的时候，已经是一周以后的事情了。我穿上那套期待已久的比基尼和一双优雅的白色短袜，戴了一顶宽边的草帽，画上索菲亚·罗兰式的眼影，以遮盖黑眼圈和脸上的疤。我还拄了一根拐杖，让我的左脚不必承担重量。

赖安穿着冲浪短裤，还加了足够厚的阻隔垫保护他巨大的小兄弟。我们到海边的第一天，他的皮肤还是粉色的，但到了第二天，就已经快变成烟草叶子的颜色。

我和赖安看书聊天的时候，博伊德一会儿咬着浪花，一会儿去追逐海鸥。

"胡赫很喜欢这里。"赖安说。

"它叫博伊德。"

"太可惜了，博迪不肯改变主意。"

在过去的一周里，斯莱德尔、赖安和伍尔西把我不知道的事情告诉了我。我们小心翼翼地讨论问题，避免说起在兰开斯特所发生的高潮事件。赖安能察觉到我对那件事仍心有余悸。

那些蛇是帕克在大烟山捕捉到的响尾蛇。帕克喜欢使用自然物质。感谢斯莱德尔和里纳尔迪，让我只被蛇咬了两次。感谢伍尔西，我才能在毒液扩散前到达急诊室。

我虽然大病了二十四小时，但之后恢复得很快，而赖安的每日探访更加快了我复原的速度。我在殡仪馆的地下室里出事之后四天，就出院回家了。三天之后，我和赖安就出发去了沙利文岛。博伊德在我们的后座上流口水。

碧蓝的天空，白色的沙子，粉色条纹在我泳装的边缘闪烁着光芒。虽然我左脚和脚踝还又肿又痛，但我非常兴奋。

我灵光一闪，猜那个人是詹姆斯·帕克。我是对的。帕克和道顿从在越南的时候开始，就在一起走私毒品。道顿回到美国以后，把赚来的钱投资在狩猎营和脱衣舞酒馆上。帕克回家之后就接手了家里的殡仪馆。帕克的父母都出生于汉城，在佐治亚州的奥古斯塔开了间殡仪馆。几年之后，帕克从父母那里得到很有限的帮助，在兰开斯特开了一家自己的殡仪馆。

帕克和道顿一直保持联络，帕克还参加过道顿办的一个野外探险营。里奇·唐在进出口生意中站稳脚跟之后，指出大家的前途应该来自贩毒和走私野生动物上，而帕克则答应打开亚洲市场的进出口。

杰森·杰克·怀亚特在山里猎熊。哈维·皮埃尔斯在海岸附近猎熊，在运毒品到夏洛特的时候把熊的各部分一起带给道顿。帕克处理好熊胆，在亚洲出售，通常是用它们来交换毒品，以补充道顿在拉丁美洲的货源。

“要防晒霜吗？”赖安摇晃着瓶子。

“谢谢。”

赖安把防晒霜抹在我的肩膀上。

“再低一点？”

“好。”

他的双手一路下滑到我的后腰。

“再低一点？”

“嗯。”

他的指尖滑到我比基尼泳裤的腰带边缘。

“这里不用了。”

“你确定？”

“阳光永远晒不到那里，赖安。”

赖安躺回他的椅子里，而我忽然想到另一个问题。

“你觉得科布是怎么发现熊胆交易的？”

“他本来在泰瑞尔县调查非法捕龟的事。在跟踪哈维·皮埃尔斯的时候，才意外发现熊的事。”

我一想到哈维·皮埃尔斯，愤怒立刻涌了上来。

“这个狗娘养的用蜂蜜当诱饵抓熊，挖出它们的脑浆，砍断脚掌，割下胆囊，然后把其余的部分丢掉。”

“也许皮埃尔斯在地狱的容身之所里被熊包围，而他手里只有一把玩具枪。”

我想到另外一件事。

“布赖恩·艾克皮夹里的那张字条把我弄糊涂了。”

“科布给艾克写的条子。”

“对。我以为科布指的是南卡罗来纳的哥伦比亚。我忘了哈维·皮埃尔斯是住在北卡罗来纳的哥伦比亚。”我为自己的愚蠢摇着头，“我还以为科布说的那个做肮脏交易的人是帕玛·卡曾斯。”

“他指的是cousin这个词的复数，不是Cousins作为姓氏的单数形式。他指的是田纳西州斯尼德维尔的一对表兄弟。”讨论了一阵语法之后，我和赖安都在称呼夏洛特·科布时用了表示男性的“他”。

“默伦琴人的表兄弟。”

我看着一只鹈鹕猛扑向水面，收起翅膀，跳入波浪之中。几秒钟之后，它浮出水面，什么也没抓到。

“你觉得小蓝金刚鹦鹉和北美黄连只是投机性的副业？”我问。

“也许道顿是让他的表亲怀亚特去收集北美黄连。道顿也许打算说服他的熟客相信这东西可以在尿液检测的时候掩饰吸毒的痕迹。”

“庞德尔提到过，哈维·皮埃尔斯曾向南美人买过一只鸟，也许金刚鹦鹉也是这样弄到手的。”

“也许。”赖安表示同意，“泰里帮道顿在市面上贩毒。他、道顿、皮埃尔斯和帕克定期在富特农场碰头。皮埃尔斯可能在其中一次把鸟带来了。可惜的是，那只鸟没有在严酷的考验下存活。”

“但是有人留下了那些羽毛，觉得它们也许值几美元。”

蕾切尔·门德尔松正是这样认为的。

“我也这样想。”赖安说。

博伊德发现一个骑自行车的小孩，跟着他跑了几码，又突然跑向一只矶鹞。

“塔梅拉和毒品没关系，只是和泰里一起去了富特农场。”我想起班克斯家姐妹在我家厨房的情景，“你应该看看她当时的表情，赖安。我相信她的话，孩子刚出生就死了。”

“反正无法起诉她。无法证明死亡原因。”

我们都思索了一番。接着我想到另一个问题。

“科布提醒了布赖恩·艾克，然后他们两个就开始四处打探。道顿或帕克就发现了他们。”

“可能是道顿下的命令，但是根据泰里的说法，是帕克杀了艾克。”赖安说，“给他下药让他失去知觉，再把两辆车开到码头那里，把艾克的车推到水里。如果说泰里负责开其中一辆，我也不会感到惊讶。”

“泰里杀了科布。”

“泰里认为自己是无辜的，他没有杀人。他只是帮人‘跑腿’，满足一下人类的欲望。他只承认把科布的头和手装在帕克提供的麻布袋里，运到富特农场。是帕克想让尸体变得更难以辨认。”

“头上的两个弹孔让你想到帕克的一贯风格？”我问。

“不完全是。”赖安说，“泰里说他也不知道熊的事。他还说那全都是怀亚特和哈维干的。他说他把熊骨挖出来一些，是因为茅厕太满了，他怕臭味会让人注意到科布的尸骨。”

“只有笨蛋会把想藏的东西挖一部分出来。”我忽然又想起一件事，“是帕克杀了道顿吗？”

“很可疑。没有动机，而且毒性检测结果表示，道顿体内的可卡因和酒精成分都反映在眼球上了。我们可能永远也没法知道是他杀，还是他自己吸毒过量致死。”

“好吧，赖安，我认输。”

“他的死期到了。”

我翻了个白眼，眼睛还有点疼。

“但是我们都知道，帕克在小鬼庞德尔被捕的两天后，曾经去了一趟夏洛特。”

就在我在检验分析塔梅拉的孩子的骨头的时候。

“他为什么去夏洛特？”我问。

“不清楚。但斯莱德尔发现帕克曾在位于伍德朗的七十七号州际公路上的加油站用过信用卡。”

“你觉得庞德尔要是说了什么，帕克和道顿就打算除掉他？”

“这不奇怪。但我们知道的是，帕克杀了默里·斯诺。伍尔西在殡仪馆的地下室里找到一罐麻黄。”

“我相信你马上就要告诉我那是什么东西。”

“麻黄是亚洲的一种中草药，市面上叫它狂喜草。”

“让我猜猜。麻黄里含有麻黄素。”

“你要成为班级第一名了。”

“帕克知道斯诺心脏不好。”

“也许是给了他一杯加了麻黄的茶。他们经常这么做。砰的一声，心脏病发作。”

“为什么？”我问。

“和他毒害卡格尔出于同一个理由。太多人关注那具无头尸体，令他开始感到紧张。”

“他怎么给卡格尔下毒的？”

“他不知道卡格尔的健康状况，我们这位主角先生只得使用毒性更猛的东西。甚至能杀死一个健康的人的东西。听说过河豚毒吗？”

“它是一种神经毒素，简称TTX，是从fugu体内提取出的毒素。”

赖安看着我的样子，就像我在讲罗马尼亚话似的。

“fugu是日语，就是河豚。”我解释道，“同样是一克，TTX比氰化物的致死率高出一万倍左右。亚洲每年都有人因为吃了河豚而死。TTX的可怕之处在于它会让人全身麻痹，但头脑十分清醒，能知道周围发生的一切。”

“但是卡格尔活下来了。”

“能说话了吗？”

“还不能。”

“所以我们就不知道帕克是怎么下的毒。”

赖安摇摇头。

“你怎么知道帕克用的是TTX？”我问。

“河豚毒看起来像海洛因。除了麻黄之外，帕克的备用药品里还有一包白色结晶粉末。伍尔西送去化验过了。”

一只海鸥在天空盘旋，接着飞落地面，朝我们拍打着翅膀，就像是放在早餐桌上的水上玩具。

“为什么用蛇？”我问。

“为了让你的死亡看起来像意外。”赖安模仿着一位电视新闻播音员，“一位人类学家，今天在兰开斯特的森林里徒步旅行的时候，不幸被一条响尾蛇咬死。”他的声音恢复正常，“结果死的是帕克自己。”

我突然浑身战栗，想起帕克的头撞在水泥地上碎裂的声音。警方的报告说，帕克被掉落的物体砸中，又撞到了坚硬的地面，头部受了致命伤。

博伊德看到一只海鸥朝海岸飞去，立刻奔过海滩去追。那只鸟飞走了。博伊德看着鸟跟着它跑了一阵，才回到我们身旁，抖抖身子，甩了我们一身的沙子和海水。

“喜力？”我用手臂遮着脸，问道。

“谢谢。”

我打开冷藏箱，拿出一罐啤酒给赖安，一瓶水给博伊德，给自己拿了一罐健怡可乐。

“为什么你会认为收割者格里姆发的那些电子邮件是帕克干的？”

我问着，把啤酒递给赖安。博伊德抬起脑袋，我把水倒进它的嘴里。

“他想让你离茅坑头骨的事远一点。”

“想想你自己的推理，赖安。那些邮件是星期三开始出现的。在那个时候帕克怎么可能知道我是谁，或者我们发现了什么？”

“里纳尔迪星期二发信询问那具无头尸的事。公文也许被送到兰开斯特和那边的验尸官手里。我们最后会知道答案的。斯莱德尔相信泰里一定会坦白交代。”

“斯莱德尔。”我哼了一声。

“瘦子没那么不好。”赖安说。

我没回答。

“他救了你的命。”

“没错。”这点我不否认。

博伊德侧躺在我沙滩椅的阴影下。赖安回去看他的泰瑞·普莱契[①]，我继续看我的电子杂志。

我无法集中注意力，思绪一直绕在斯莱德尔身上。最后，我放弃了阅读。

“斯莱德尔怎么知道我在哪里？”

赖安用一根手指塞进书里做记号。

“里纳尔迪去查了道顿的背景，发现早年跟他一起在海军陆战队走私毒品的同伴不是别人，正是兰开斯特的现任验尸官。斯莱德尔打电话告诉你艾克那张字条的时候，试图警告你小心帕克。”

“我挂了他的电话。”

“据里纳尔迪说，斯莱德尔发了一阵子火，然后就同意去你家看

①泰瑞·普莱契（Terry Prat Chett，1948— ），英国著名奇幻小说家，内容惯于影射著名世界童话，暗讽人类现实社会，因此有相当多的成人读者。

看。你不在家，但吉妮瓦给他们看了你留下的字条。”

“我在字条上说我要去南卡罗来纳。”

“斯莱德尔把字条上的话和你在殡仪馆说的话联系起来，就立刻和里纳尔迪赶到兰开斯特。他们赶到的时候，响尾蛇正在跟你作自我介绍。伍尔西和他们一起去的，是她飙车把你送进医院。斯莱德尔说，她实际上把巡逻车直接开进了急诊室里。”

“嗯。”

“他还在医院打电话通知我。”

“嗯。”

“他也承认他在塔梅拉的事情上错了。”

“是吗？”

“他送了一盆菊花给班克斯家。”

“瘦子干了这个？”

“黄色的菊花。他特地到沃尔玛买的。”

瘦子送了一盆花给吉迪恩·班克斯。

嗯。

“我想我以前对瘦子太苛刻了。我讨厌承认这一点，但他确实是个好警察。”

赖安嘴角露出了微笑。

“那卡曾斯调查员呢？”

“好吧。也许我评价错了。反正，凯蒂没和他一起去常春花海岸。”

“她在哪儿？”

“跟皮特在阿什维尔住了几天。她也没告诉我一声。她觉得我为了收割者格里姆的电子邮件的事，给她太多压力，让她有些恼怒。但是，反正现在已经没事了。凯蒂今天早上从阿什维尔打电话来，兴奋地跟我反复提到一个叫谢尔登·西波恩的医学院预科生。”

“哈，善变的年轻人。”

我和赖安回去各自看书。每看一页，我就更意识到自己对绿色运动的信念何等天真。有好几次，我的厌恶都沸腾到了极点。

“你知道在一九九六年的时候，美国一共出口九百多万只的龟和蛇吗？”

赖安把他的书放在胸前。“你肯定希望有两个人能跟那些龟蛇一起出口。”

“听说过亚利桑那的野生动物人工饲养基金会吗？”

“没有。”

“他们的口号是‘当买卖乌龟成为非法，那么只有非法人士拥有乌龟’。”

“不打自招的白痴。”

“这些好公民很乐意以八千到一万美元的价格，卖两只加拉帕戈斯象龟给你。你抓到一只麻雀，把它列入濒临绝种的名单，就会有个浑蛋用两万美元找你买下它。”

“我们有《濒临绝种野生动植物国际贸易公约》，”赖安说，“和《濒临绝种动物法案》。”

“纸上谈兵。”我不屑地说，“漏洞太多，执行能力太差。你记得蕾切尔·门德尔松说的那只小蓝金刚鹦鹉的故事吗？”

赖安点点头。

“听听这个。”我摘录了一段我看的文章念给他听。

“一九九六年，赫克托·乌加尔德在巴西向法院承认了同谋走私蓝紫金刚鹦鹉的罪行。”我抬起头，“乌加尔德被判缓刑三年和一万美元的罚款。这样才能制止他的行为。”

博伊德走过来，把下巴放在我膝盖上。我抚摸着它的脑袋。

“每个人都知道鲸鱼、熊猫、老虎和犀牛。这些动物都很迷人。它们有基金会，还出现在汗衫和海报上。”

博伊德盯着一只矶鹞一直看，还在考虑要不要行动。

“每年都有五万种动植物绝种，赖安。半个世纪之内，地球上会有四分之一的物种消失。”我对着大海挥挥手，“而且这不止发生在其他国家。美国的动植物也有三分之一面临绝种危机。”

“喘口气吧。”

我喘了口气。

“听听这个。”我又开始念我选择的片段，“仅在美国地区，至少有四百三十种药物含有八十个濒临灭绝物种的成分。而且，在美国可以买到的中药当中，至少有三分之一含有保护物种的成分。”

我抬起头。

“仅仅在加州地区，熊胆一年的黑市交易值达到了一亿美元。想想，赖安。同样是一盎司，熊胆比可卡因还贵。道顿和帕克这两个老浑蛋了解这一点。他们还很清楚，即使被抓到，也不会判得太重。”

我厌恶地摇摇头。

“为了取得鹿茸而杀鹿。为了虎骨和虎鞭杀死东北虎。为了让人长出头发就杀死海马。”

“海马？”

“也门人用枪射杀犀牛，用电击，或是把犀牛赶进插着削尖的竹子的坑里，只是为了制造匕首柄。世界上只剩下几千头犀牛了。赖安。天哪，你还能在网上买到烟熏大猩猩脚掌。”

赖安站了起来，蹲在我的椅边。

“这让你感觉很痛苦。”

“这让我恶心。”我把视线转向赖安，“去年六月，新加坡缴获了一批重达六吨的象牙。现在，有些南非国家发表言论，说要取消买卖象牙的禁令。为什么？只为了能让人拥有象牙饰品。日本人每年都抓几百条鲸鱼去做研究。是的，对，做研究，研究到海鲜市场去了。你知不知道要经过多久的进化演变，才能出现我们现在拥有的这些动物，但毁灭它们却只需要很短的时间？”

赖安双手捧起我的脸。

“我们为此努力过，唐普。帕克死了，泰里也完了。以后再也不会有熊和鸟死在他们手里了。我们做的还不够多，但它是个开始。”

“它是个开始。”我表示赞同。

“让我们继续努力。”赖安的眼睛蓝得像大西洋。他坚定地注视着我。“你和我。”

“你真是这个意思吗，赖安？”

“是的。”

我吻了他，双手环抱着他的脖子，紧紧贴上他的脸颊。

放开他之后，我抹去他额头上的沙粒，躺回去看书，渴望找个段落开始看。

赖安带着博伊德在沙滩上奔跑。

那天晚上，我们到雪姆港码头吃了虾和螃蟹，踩着浪花散步，然后做爱，并在赖安的一阵甜言蜜语里沉沉睡去。

图书在版编目（CIP）数据

猜，白骨的阴谋／（美）莱克斯著；缪莹译.—北京：新星出版社，2011.3

ISBN 978-7-5133-0208-1

Ⅰ.①猜… Ⅱ.①莱… ②缪… Ⅲ.长篇小说－美国－现代 Ⅳ.①I712.45

中国版本图书馆CIP数据核字（2011）第029052号

午夜文库
谢刚 主持

猜，白骨的阴谋

（美）凯西·莱克斯 著；缪莹 译

责任编辑：王 欢
责任印制：韦 舰
装帧设计：瀚清堂·周伟伟

出版发行：新星出版社
出 版 人：谢 刚
社 址：北京市西城区车公庄大街丙3号楼 100044
网 址：www.newstarpress.com
电 话：010-88310888
传 真：010-88310899
法律顾问：北京市大成律师事务所

读者服务：010-88310800 service@newstarpress.com
邮购地址：北京市西城区车公庄大街丙3号楼 100044

印 刷：三河市南阳印刷有限公司
开 本：910×1230 1/32
印 张：12.375
字 数：164千字
版 次：2011年3月第一版 2011年3月第一次印刷
书 号：ISBN 978-7-5133-0208-1
定 价：32.00元